小書痴的下剋上

為了成為圖書管理員不擇手段！

第四部 貴族院的自稱圖書委員VI

香月美夜——著
椎名優 繪　許金玉 譯

本好きの下剋上
司書になるためには
手段を選んでいられません
第四部 貴族院の自称図書委員VI

· CONTENTS ·

第四部 貴族院的自稱圖書委員 VI

序章……009
開始上課……019
圖書委員GET!……034
圖書館登記與魔力供給……047
思達普的變形……062
武器的強化……076
首日全員合格……090
調合課與回復藥水……103
羅德里希的請求……115
奉獻舞與奧多南茲的調合……132
音樂茶會與課程修畢……145
好想做圖書委員的工作……158

赫思爾老師的研究室……171
赫思爾老師的弟子……185
為休華茲與懷斯更換新衣……197
魔石採集……212
鞀拿斯巴法隆的討伐……227
治癒與救援……251
愛書同好的茶會……268
返回領地……295
終章……308
絕不退讓的決心……327
舊孛克史德克舍的探索……341
後記……360
卷末漫畫——
輕鬆悠閒的家族日常……364
作畫：椎名優

登場人物

第三部劇情摘要

成為貴族以後，羅潔梅茵因為領主養女與神殿長的身分忙得不可開交。好不容易印刷機完成了，還在城堡舉辦了販售會，歌牌、撲克牌與書正順利普及開來。然而，就在喬琪娜來訪以後，情勢變得非常緊張。不只韋菲利特遭到算計，羅潔梅茵為了拯救被擄走的夏綠蒂，被敵人灌下毒藥性命垂危。雖然浸入了尤列汾藥水，但再次睜眼醒來，時間竟然已是兩年後……

羅潔梅茵

本書主角。稍微長高後，現在外表看來有八歲左右，但內在還是沒什麼變。到了貴族院，依然是為了看書不擇手段。現為貴族院二年級生。

艾倫菲斯特的領主候補生

韋菲利特

齊爾維斯特的長男，羅潔梅茵的哥哥。現為貴族院二年級生。

夏綠蒂

齊爾維斯特的長女，羅潔梅茵的妹妹。現為貴族院一年級生。

羅潔梅茵的監護人們

斐迪南

齊爾維斯特的異母弟弟，羅潔梅茵的監護人。

齊爾維斯特

收養羅潔梅茵的艾倫菲斯特領主，羅潔梅茵的養父。

芙蘿洛翠亞

齊爾維斯特的妻子，三個孩子的母親。羅潔梅茵的養母。

卡斯泰德

艾倫菲斯特的騎士團長，羅潔梅茵的貴族父親。

艾薇拉

卡斯泰德的第一夫人，羅潔梅茵的貴族母親。

波尼法狄斯

齊爾維斯特的伯父，卡斯泰德的父親，羅潔梅茵的祖父。

黎希達

首席侍從。熟知三名監護人孩提時期的上級貴族。

莉瑟蕾塔

貴族院五年級生，中級見習侍從。安潔莉卡的妹妹。

布倫希爾德

貴族院四年級生，上級見習侍從。

哈特姆特

貴族院六年級生，上級見習文官。奧黛麗的么子。

菲里妮

貴族院二年級生，下級見習文官。

柯尼留斯

貴族院六年級生，上級見習護衛騎士。卡斯泰德的三男。

萊歐諾蕾

貴族院五年級生，上級見習護衛騎士。

優蒂特

貴族院三年級生，中級見習護衛騎士。

羅潔梅茵的近侍

達穆爾

下級護衛騎士。未隨同至貴族院。

安潔莉卡

中級護衛騎士。未隨同至貴族院。

奧黛麗

上級侍從。哈特姆特的母親。未隨同至貴族院。

羅潔梅茵的專屬

艾拉	專屬廚師。
雨果	專屬廚師。
羅吉娜	專屬樂師。

艾倫菲斯特的學生

奧斯華德	韋菲利特的首席侍從。
伊格納茲	貴族院三年級生，韋菲利特的上級見習文官。
瓦妮莎	夏綠蒂的首席侍從。
瑪麗安妮	貴族院三年級生，夏綠蒂的上級見習文官。
凱薩琳	貴族院四年級生，夏綠蒂的中級見習侍從。
托勞戈特	貴族院四年級生，上級見習騎士。黎希達的外孫。
馬提亞斯	貴族院四年級生，中級見習騎士。隸屬舊薇羅妮卡派。
勞倫斯	貴族院三年級生，中級見習騎士。隸屬舊薇羅妮卡派。

羅德里希

貴族院二年級生，中級見習文官。隸屬舊薇羅妮卡派。

貴族院的教師

普琳蓓兒 庫拉森博克的舍監。
洛飛 戴肯弗爾格的舍監。
賈鐸夫 多雷凡赫的舍監。
傅萊芮默 亞倫斯伯罕的舍監。
鮑琳 法雷培爾塔克的舍監。音樂老師。
朗納杜斯 哈夫倫崔的舍監。騎士課程的最高齡教師。

赫思爾
艾倫菲斯特的舍監。
斐迪南的師父。

索蘭芝
貴族院的圖書館員。

貴族院　其他

錫爾布蘭德
中央的第三王子。

休華茲 圖書館的魔導具。
懷斯 圖書館的魔導具。
阿度爾 錫爾布蘭德的首席侍從。

他領學生

藍斯特勞德 戴肯弗爾格的領主候補生，
貴族院五年級生。
克拉麗莎 戴肯弗爾格的上級見習文官，
貴族院五年級生。
雷蒙特 亞倫斯伯罕的中級見習文官，
貴族院三年級生。赫思爾的弟子。
盧第格 法雷培爾塔克的領主候補生，
貴族院六年級生。

漢娜蘿蕾
戴肯弗爾格的領主候補生，貴族院二年級生。

阿道芬妮
多雷凡赫的領主候補生，貴族院六年級生。

奧爾特溫
多雷凡赫的領主候補生，貴族院二年級生。

蒂緹琳朵
亞倫斯伯罕的領主候補生，貴族院五年級生。喬琪娜的女兒。

艾倫菲斯特的貴族

艾克哈特 斐迪南的護衛騎士。卡斯泰德的長男。
尤修塔斯 斐迪南的文官兼侍從。黎希達的兒子。
蘭普雷特 韋菲利特的護衛騎士。卡斯泰德的次男。
奧蕾麗亞 蘭普雷特的妻子，來自亞倫斯伯罕。
貝緹娜 弗洛登的妻子，來自亞倫斯伯罕。
鄂妮思塔 夏綠蒂的護衛騎士。未隨同至貴族院。
薇羅妮卡 齊爾維斯特的母親。現正受到幽禁。

他領貴族

席格斯瓦德
中央的第一王子。
亞納索塔瓊斯
中央的第二王子。
艾格蘭緹娜
拉森博克的領主一族。
喬琪娜
齊爾維斯特的姊姊，
亞倫斯伯罕的第一夫人。

神殿的侍從

法藍 負責管理神殿長室。
薩姆 負責管理神殿長室。
妮可拉 神殿長室與廚房的助手。
莫妮卡 神殿長室與廚房的助手。
吉魯 負責管理工坊。
弗利茲 負責管理工坊。
葳瑪 負責管理孤兒院。

其他

小修
麗乃那時候的鄰居兼青梅竹馬。

第四部

貴族院的自稱圖書委員Ⅵ

序章

搖晃著一頭大捲髮，夏綠蒂站上通往貴族院宿舍的轉移陣，身旁是首席侍從瓦妮莎。這是她首次要前往貴族院，內心滿是期待與緊張。

「夏綠蒂大人，請您小心慢走。好好享受在貴族院的生活吧。」

包括鄂妮思塔在內的成年近侍們都面帶笑容，前來送行。然而對照之下，父母親卻是一臉擔心和不安，絮絮叨叨地說著注意事項。

「夏綠蒂，妳聽好了。我需要各種不同的角度，才能更準確地了解來自貴族院的情報。雖然我也吩咐過韋菲利特與羅潔梅茵了，但妳也要把自己在貴族院的所見所聞還有上課情形，與見習文官一起寫成報告書，每天寄回來。」

「是，父親大人。」

「夏綠蒂，如同妳注意到的，羅潔梅茵在社交方面的表現非常令人不安。她不僅在神殿長大，現在也依然更常待在神殿，最主要是她錯失了兩年可以接受教育的時間。但是，他領的人不會去體諒背後有哪些緣由。如今羅潔梅茵正在推廣流行，一定有許多人想與她往來交流吧。雖然對一年級的妳來說必然是份重擔，但妳同樣身為女性領主候補生，要好好輔佐羅潔梅茵。」

父母親的叮嚀大半與夏綠蒂無關，全是關於要如何輔佐哥哥與姊姊。自從韋菲利特與羅潔梅茵訂下婚約，夏綠蒂就失去了能夠成為下任領主的機會。如今周遭人們對夏綠蒂的期望，不再是她應該好好磨練、精進自己，而是全力輔佐兄姊。儘管夏綠蒂心裡也知道，為了艾倫菲斯特的未來，這是最好的決定，但身為領主候補生，仍難免感到有些失落。

……不過這樣一來，也能回報姊姊大人的恩情了呢。

夏綠蒂曾在受洗當晚被人擄走，當下是羅潔梅茵立即追上來解救，她那時的身影再度浮現腦海。也是因為這件事，羅潔梅茵才必須浸入尤列汾藥水中。儘管如此，她卻從未責怪過害得自己沉睡兩年的夏綠蒂，反而處處為她著想。現在有機會報恩，夏綠蒂想好好把握。

「我會努力幫上姊姊大人的忙。」

夏綠蒂擠出燦爛的笑容回道，轉移前往貴族院。

「夏綠蒂大人，歡迎回來。這是您第一次參加交流會，一切還順利嗎？……出發前您看來還很緊張呢。」

交流會結束後，夏綠蒂回到宿舍裡自己的房間，瓦妮莎便有些擔憂地這麼問道。

「幸好有姊姊大人，我後來沒那麼緊張了。」夏綠蒂輕笑著搖搖頭說。聽到羅潔梅茵希望自己能多依賴她，「自己得振作起來才行」的念頭反倒蓋過了緊張。

「那真是太好了。那麼，來為今天的交流會寫報告書吧。」

在瓦妮莎的催促下，夏綠蒂與見習文官瑪麗安妮一起走向辦公桌。瑪麗安妮拿好筆後，手貼在寫報告書用的木板上。

「夏綠蒂大人，今天的交流會上，您有什麼新發現或印象深刻的事情嗎？」

「我想想……我很驚訝艾倫菲斯特的餐點竟然比中央還美味呢。」

交流會上的餐點由中央準備，所以應該是王族平常就在吃的食物。然而吃完以後，夏綠蒂卻覺得艾倫菲斯特的料理更加美味。

「當然中央的餐點也很美味唷。可是，因為從小父親大人與母親大人從領主會議回來後，就一直稱讚中央的餐點，結果卻沒有我期待的那麼美味呢。」

儘管夏綠蒂已經努力不表現出來，但似乎還是被眾人發現她有些失望。瑪麗安妮與其他近侍都輕笑出聲。

「艾倫菲斯特的餐點是在採用了羅潔梅茵大人的食譜以後，才一口氣產生變化。從前真的是中央的餐點更美味喔。」

「宿舍這裡的餐點口味也和城堡一樣，所以夏綠蒂大人多半沒有發現，但即便在貴族區，每天能吃到新式料理的人並不多。好比騎士宿舍的伙食就還沒有改善呢。」

聽完近侍們說的，夏綠蒂才明白自己有多麼幸運。羅潔梅茵是在她五歲那年夏天受洗，她早就不記得當時吃的餐點是什麼味道。

「夏綠蒂大人，您在觀察過他領的領主候補生後，有注意到什麼事情嗎？」

見習侍從凱薩琳停止閒聊，重新把話題拉回到交流會上。夏綠蒂回想了向各領地問候時的情景。

「他領的目光果不其然都放在姊姊大人身上呢。尤其是看著絲髮精與髮飾的時候，眼神非常銳利。我想主要也是因為姊姊大人在獲選為最優秀者後，被王族記住了名字。感覺他領的人比起哥哥大人，都比較在意姊姊大人的一舉一動。」

儘管大家都在恭喜兩人訂下婚約，夏綠蒂卻不由自主心想，真正打從心底祝福的人不知有多少呢？

「……不過，備受注目也是正常的吧。因為姊姊大人竟然為所有女學生都準備了髮飾。我看到時真的大吃一驚呢。」

羅潔梅茵不但只用自己的預算，還搭配髮色為所有人準備了髮飾，這麼做的她實在很了不起。如果只是負責挑選，夏綠蒂也辦得到，但若要用撥給自己的預算來為每個人購買一個髮飾，恐怕就沒辦法了。雖然不是沒有這筆錢，但總金額會讓人非常遲疑。

「真希望羅潔梅茵大人能和先前的印刷業務一樣，也找夏綠蒂大人一起幫忙呢。若能兩人一起準備，不僅負擔可以減半，還能在大家心裡留下夏綠蒂大人也在幫忙推廣新流行的印象啊……」

瑪麗安妮語帶不滿地咕噥。夏綠蒂立刻凌厲地瞇起藍色雙眼，往她瞪去。

「瑪麗安妮，為了推廣流行，這是姊姊大人自己想出來的辦法，她也只是付諸實行而已。當初奧斯華德要我們把實績讓給哥哥大人的時候，我們也覺得很不愉快吧？妳想要求姊姊大人也做一樣的事情嗎？」

「實在非常抱歉。因為在新流行的推廣上，奧伯似乎還給了韋菲利特大人建言，我可能是因此有些不平衡吧。」

夏綠蒂接受了瑪麗安妮的道歉，同時心情也有些苦澀。沒錯，韋菲利特似乎還得到了齊爾維斯特的建言與援助。

「……我的心情也和妳一樣。既然哥哥大人已訂下婚約，確定會成為下任領主，我就應該全力輔佐他吧。可是，總覺得父親大人把我當成了將來不會留在艾倫菲斯特的人，讓人有些寂寞呢。」

夏綠蒂垮下肩膀說，瓦妮莎輕撫她的肩膀表達安慰。

「因為自從宣布兩人訂婚，半年都已經過去了，希望羅潔梅茵大人能成為下任領主的聲浪還是不小吧。奧伯想必正竭盡所能在壓制萊瑟岡古的貴族們，並讓韋菲利特大人留下更多實績……倘若您真的嚥不下這口氣，不如就把怨言寫進報告書裡吧？奧伯肯定會大驚失色地向您賠罪呢。」

瓦妮莎刻意促狹地笑說，夏綠蒂也明白她的用意。此刻齊爾維斯特的腦海中，肯定都在煩惱著該如何讓韋菲利特留下不亞於羅潔梅茵的實績，從沒想過夏綠蒂會對此心生不滿吧。

……因為父親大人從以前開始，就不太能敏銳地察覺到別人的想法嘛。

加上齊爾維斯特生性樂觀，總認為自己覺得好的事情，別人也一定覺得好。

「夏綠蒂大人，那要寫什麼好呢？要不要用抱怨填滿整面木板？還是講有關餐點的事情？還是他領對於絲髮精和髮飾的反應？」

「哎呀，瑪麗安妮真是的。」

夏綠蒂咯咯笑了起來後，發現自己的心情也好了一些。

「父親大人他們會出席領主會議，肯定早就知道領內與中央的餐點口味現在有了差異吧。至於他領對於絲髮精和髮飾的反應，就和母親大人從領主會議回來後告訴過我的情況一樣。我的不滿也不必特意寫成報告。所以，還是報告第三王子的事情吧。」

「但是，我想韋菲利特大人他們也會報告同樣的事情喔。」

「是呀。可是，像是他領領主候補生給人的印象，應該還是哥哥大人與姊姊大人比較清楚，父親大人似乎也想要我們每個人提供自己的意見……」

遺憾的是，目前還沒有只有夏綠蒂才曉得的情報可以提供。不過，自己的所屬年級與兄姊不同，她必須利用這一點，今後開始蒐集情報。

「除了給父親大人，我還想寫信給母親大人，詢問有關社交應對的事情。」

「您要問什麼問題呢？單靠我們提供的情報還不足夠嗎？」

夏綠蒂已經記下了近侍們事前提供的情報，在交流會上與各領代表寒暄，還與同為一年級的領主候補生眼神交流、互相微笑致意，以便日後在課堂上攀談。再加上從兄姊那裡獲得的情報，她在貴族院的生活可說是有了良好的開始。

「不是的，瑪麗安妮妳們蒐集來的情報很詳盡喔。我也不覺得自己在交流會上有表現不佳的地方……只是，那個，說來慚愧，面對與祖母大人神似的蒂緹琳朵大人，我總是有些不知如何應對。」

夏綠蒂第一次見到蒂緹琳朵，是在與亞倫斯伯罕相接的境界門那裡參加結婚儀式時。蒂緹琳朵面對韋菲利特雖然親切，對其他人卻只是簡單寒暄幾句，那副模樣令夏綠蒂想起了祖母薇羅妮卡。大概是因為這個緣故，交流會上即便蒂緹琳朵對自己投來親切的笑容，夏綠蒂仍不由自主繃緊全身。

「姊姊大人即便是舊薇羅妮卡派的貴族也一視同仁，我知道自己應該向她看齊，單純只看蒂緹琳朵大人個人的行為，況且她也不是祖母大人。可是，我實在是……」

「請找芙蘿洛翠亞大人商量吧。畢竟她與薇羅妮卡大人相處了那麼多年，想必十分清楚該如何應對。」

瓦妮莎溫柔地這麼鼓勵夏綠蒂。因為當年薇羅妮卡是怎麼對待芙蘿洛翠亞與夏綠蒂，她知道得非常清楚。

夏綠蒂對瓦妮莎點點頭，開始寫起報告書後，不久奧多南茲飛進房間。

「看，伊格納茲大人送來奧多南茲催促了。」

白鳥停在瑪麗安妮的手臂上後，正如她的猜測，開始以韋菲利特的見習文官伊格納茲的聲音說話。內容在討論要由誰收集報告書，一同送回領地。聽起來，伊格納茲與羅潔梅茵的見習文官哈特姆特似乎都寫完了。

「由我收集後負責送回去，我現在就過去拿。」

瑪麗安妮用奧多南茲送出回覆後，暫時離開房間，前往樓梯平臺收取兩人的報告書。這已經成了瑪麗安妮最近的例行公事。由於還不習慣寫報告書，每次都是夏綠蒂她們最慢完成。

「夏綠蒂大人，讓您久等了。」

瑪麗安妮抱著好幾片木板回來。今天的數量看來不少。

「哥哥大人與姊姊大人報告了什麼事情呢？」

「果然都與第三王子有關喔。」

瑪麗安妮向夏綠蒂出示伊格納茲與哈特姆特撰寫的報告書。

『秋天才剛受洗、還未在領主會議上正式亮相的第三王子，已確定要鎮守在貴族院。（伊格納茲）』

『第三王子是戴肯弗爾格出身的第三夫人的孩子。由於所受教育是日後要成為臣子，又剛舉行洗禮儀式，聽說還十分缺乏社交經驗。（哈特姆特）』

同樣是關於第三王子，哈特姆特的報告中卻有比較詳細的資訊。至於夏綠蒂與瑪麗安妮寫的報告，則是與伊格納茲差不多。不只瑪麗安妮，連夏綠蒂的近侍們看了哈特姆特的報告書後，皆有些驚訝瞠目。

「哈特姆特大人究竟是從哪裡得來這些情報的呢？」

「雖說羅潔梅茵大人的社交表現十分令人擔憂，但與上位領地有了交流後，果然也能獲得比預期還多的情報吧。」

「可是，韋菲利特大人的近侍一樣與上位領地有往來喔。韋菲利特大人很常與多雷凡赫的奧爾特溫大人交流呢。看來若想從他領獲取情報，見習文官的能力會變得非常重要吧？」

也難怪近侍們如此驚訝。因為單看見習文官的報告書，就能看出每個領主候補生的立場與能力有怎樣的差異。羅潔梅茵先是推廣了自己創造的流行，還與至今全無交流的王族以及上位領地有了往來，更成功地讓好幾個領地直接在領主會議上表明想與艾倫菲斯特進行貿易。切身感受到了自己與羅潔梅茵的差異，夏綠蒂不寒而慄。

「姊姊大人當初只是一年級生，卻有辦法與這麼多人往來呢。明明她剛從尤列汾藥水中醒來，還因為要舉行奉獻儀式，在原本該出席社交活動的時候返回領地……」

夏綠蒂低聲說完，近侍們也猛然驚覺地轉頭看她。儘管齊爾維斯特與芙蘿洛翠亞都說羅潔梅茵的社交表現不佳，要自己多輔佐她，又因為羅潔梅茵與人交流的方式不同以往，所以不被理解。但只看成果的話，羅潔梅茵的社交根本不算失敗。

「因為有哥哥大人與姊姊大人幫忙開路，我應該能夠順利地與人展開社交吧。但是，請大家一定要小心，不要誤會了，這並不是我們自己的實力。要我拿出與王族加深交流的這種成果，是不可能的事情……但當然，在姊姊大人介紹我是她的妹妹時，我也會努力不失了她的臉面。」

「我們一定小心，絕不因此驕矜自大。不過，夏綠蒂大人，您若突然要與王族展開交流，我們也會很傷腦筋。請務必先向我們報告，並妥善做好準備。」

夏綠蒂對近侍們點點頭，同時也忍不住在心裡讚美起羅潔梅茵的近侍。因為要與貴族往來，光靠一個人是辦不到的，必須有近侍在旁邊傾力相助。

「身為大家的主人，我也必須好好努力，別被哥哥大人與姊姊大人比下去呢。首先，就是一年級的考試要在當天合格……」

看向羅潔梅茵送來的，堆疊在桌面上的大量參考書，夏綠蒂發出嘆息。一開始就接到這樣的作業，難度未免太高了。在羅潔梅茵放下一本本參考書的時候，夏綠蒂彷彿在她身上看見了斐迪南的影子，是她的錯覺嗎？當初斐迪南也是一邊說著：「這點程度妳應該沒問題吧。」然後把木板越疊越高。這對相像的師徒在出作業時，總是依本人的程度再往上調難一點。

「等寫完報告書，我得趕緊來讀書呢。」

夏綠蒂打起精神說完，瑪麗安妮輕輕伸出手，按在她的肩膀上。

「……夏綠蒂大人，您盡力就可以了。因為去年在羅潔梅茵大人的緊迫盯人下，不得不埋頭苦讀的一年級生們實在太可憐了。請您在不會對其他人造成壓力的前提下，盡己所能努力就好。」

開始上課

交流會結束後，隔天就開始上課了。此刻艾倫菲斯特舍裡，所有學生在吃完早餐後便做好外出準備，努力讀書到最後一秒鐘。因為成績向上委員會今年訂下的獲勝條件和去年一樣，都是「最快全員合格的組別，以及有最多優秀者的組別」。看到高年級生們從上課的第一天起就卯足全力，新生們瞪大眼睛，也急忙打開參考書。儘管夏綠蒂率領著一年級生們極力對抗，但他們畢竟沒經歷過去年的貴族院，速度總是慢半拍。看著交誼廳裡的這副景象，我把一封信交給黎希達。

「黎希達，我上午上課的時候，請幫我向索蘭芝老師提出會面請求。因為一年級生們得去圖書館辦理登記。」

「遵命，大小姐。」

把會面邀請函交給黎希達後，我看起自己整理的重點複習筆記，上面全是我容易忘記的內容。這時，夏綠蒂微微鼓起了臉頰看向我。

「……姊姊大人真是游刃有餘呢。」

「因為我有一整年的準備時間呀……夏綠蒂，雖然你們老是感嘆準備時間太短，但你們不僅去年和今年都在兒童室上了地理與歷史課，我也提供了參考書給你們吧？其實你們應該比去年的一年級生還要輕鬆喔。因為我們去年是來到貴族院宿舍後才成立成績向上委員會，大家得在所剩不多的時間裡惡補地理和歷史。」

我描述了去年的情形後，二年級生中，因為地理和歷史而吃盡苦頭的中級與下級貴族頻頻點頭。去年他們還憔悴得不成人樣，但今年因為做好了事前準備，氣色都還不錯。順便說，今年二年級生的目標，是「全員一舉高分過關」。

「時間快到了，大家往玄關大廳移動吧。」

二鐘半開始上課，大家得在那之前移動至教室。黎希達出聲提醒後，大家收好文具，一臉自信但又帶有緊張地在玄關大廳集合。確認所有人的披風與胸針都穿戴好了，也向一年級生告知完注意事項，所有人一起步出宿舍。

然後，一年級與二年級生往中央樓，三年級以上的學生往專業樓移動。今年的一年級生上午是術科，下午是學科。我們二年級生則和去年一樣，上午是學科，下午是術科。這天上午的學科是歷史課與法律課。

「夏綠蒂，你們一年級生是第一次上術科課，好好學習怎麼操縱魔力吧。」

「是的。姊姊大人、哥哥大人，兩位的目標一樣是在學科的第一堂課就合格吧？我會期待聽到全員合格的好消息。」

夏綠蒂也鼓勵二年級生說道。我們用力點了點頭，走向大禮堂。

「在我們來接您之前，絕對不能離開大禮堂喔。」

聽完近侍們的叮囑，我走進大禮堂，開始尋找分配給艾倫菲斯特的十號座位。由於桌子與座位都是依領地劃分開來，所以絕不可能搞錯。

「羅潔梅茵大人、韋菲利特大人，早安。」

各領學生陸陸續續地走進大禮堂，這時我聽見一道熟悉的話聲。還帶著稚氣的柔嫩嗓音，一聽就知道是漢娜蘿蕾。回頭一看，眼前便是一群披著藍色披風的戴肯弗爾格學生，領主候補生漢娜蘿蕾站在最前頭。但看起來比起帶領，更像是身邊的人正牢牢地守在她四周。

「漢娜蘿蕾大人，早安。」

「艾倫菲斯特今年的目標也是全員在第一堂課合格嗎？」

看到大家手上都拿著筆記，在考試前做最後衝刺，漢娜蘿蕾彷彿看見了令人莞爾的畫面般露出溫柔微笑。「去年艾倫菲斯特竟然所有人在第一堂課就合格，真是教人吃驚呢。」聽她這麼說，韋菲利特回道：「我們很希望今年能再次辦到。」我也微微一笑，又補充說：

「慚愧的是，去年在表揚儀式上，我們得到的評價卻是學生雖然很快合格，成績卻不夠理想。所以我們今年得更竭盡全力……目標是全員在第一堂課就高分過關。」

不只漢娜蘿蕾，戴肯弗爾格的學生們都瞪大眼睛。漢娜蘿蕾一臉驚訝地慢慢看向艾倫菲斯特的每個學生，再看向我露出微笑。

「……如果是羅潔梅茵大人，感覺您一定能辦到呢。我很期待艾倫菲斯特今年的出色表現。」

……漢娜蘿蕾大人竟然在期待我的表現?!以後我們就要一起當圖書委員了，那得留下不讓漢娜蘿蕾大人丟臉的成績才行！

一想到成績必須符合圖書委員這個身分，我的幹勁增加到了前所未見的地步。

「我會好好努力，絕不辜負漢娜蘿蕾大人的期待。我也期待看到戴肯弗爾格精采的表現。」

「謝謝羅潔梅茵大人。」

披著藍色披風的一行人隨即往自己的座位移動。目送他們離開後，我集中精神，重新看起整理了自己弱點的筆記。第一堂課是歷史，課程內容比去年要深入且詳細。雖然該背的不少，但都是根據去年再做補充，所以不會太難。聽說一、二年級是學習大概的歷史演變，等三年級以上開始修習專業課程，則是配合課程需要，去學習歷史上有哪些知名的人及其功績。

「好緊張喔。因為去年的歷史課，就只有我一個人勉強合格呢。」

菲里妮一邊說一邊準備文具。似乎是想起了去年的歷史課上，只有她一個人被老師叫去，並得知自己的分數勉強在及格邊緣。

「今年菲里妮也很用功讀書，一定沒問題的。對吧，韋菲利特哥哥大人？」

「羅潔梅茵，妳別跟我說話。歷任國王的名字快從我腦海裡溜走了。」

「因為每任國王的名字都又長又類似嘛。」

尤根施密特的歷史以國王的名字來做劃分，例如某某王時期。感覺跟年號有點像呢……背的時候我忍不住這麼心想。這裡沒有複雜的年號，統一稱作某某王時期。跟麗乃那時候的年號比起來，雖然國王的名字又長又難記，但因為除此之外沒有複雜的年號，倒是很輕鬆。只要掌握好歷史的演變就好了。

「那麼，請各領派一名學生來領取考試用紙。」

菲里妮負責當代表去拿，然後發給每一個人。拿到試卷的這一瞬間最好玩、也最讓人心跳加速了。好，儘管放馬過來吧！我現在的心情就好比迎戰敵人的勇士。

……只不過沒有信心的時候，就會想大喊「你別過來！」就是了。

由於今天的考試不只準備萬全，我也信心十足，所以一下子就寫完了。艾倫菲斯特的其他人似乎也寫得很輕鬆。菲里妮與羅德里希的臉色都比去年要好很多。

「我寫完了。」

菲里妮眼神認真地檢查完考卷後這麼宣布，艾倫菲斯特的學生就全部寫完了。接著只要提交所有試卷，便能看書準備下堂考試，所以我們決定交出去讓老師改分數。

正複習法律的考試內容時，大禮堂內響起這道話聲：「艾倫菲斯特，全員合格。」大家從參考書與筆記之間抬起頭來，對視後紛紛說：「好耶。」「太好了！」希望這股氣勢能保持，下堂課也全員合格。也有其他領地全員合格，但艾倫菲斯特是最快的。

……接下來是法律課的考試！

歷史雖然不難，法律卻讓我感到非常吃力。難的不是背，而是理解內容。

這裡的法律包括王族在內，對尤根施密特的所有貴族皆有約束力，法規條文均記載在「法典」裡頭。聽說我們學習的內容全是抄寫來的，真正的「法典」是存放於中央的魔導具。「法典」的法律，只針對領地之間以及全領地共通的事項進行規範。大部分的內容，則是因結婚而移動至他領時、與決定後繼者時該遵守的規定。尤其是領主在還未決定繼承人的情況下就過世時，關於這部分的規定特別詳細。

但坦白說，尤根施密特的法律其實相當簡略又模稜兩可。例如很多條文都寫著要由國王定奪、要在領主會議上決定，每次都讓我忍不住想要吶喊：「結果根本什麼也沒規定嘛！那幹嘛要有法律？我不懂法律存在的意義！」

當時指導我的斐迪南說，因為一旦編入「法典」，即便是已經不符合時代潮流的法條也極難刪除，所以才有那麼多條文刻意寫得不清不楚。

從前從前，曾有位國王十分不滿每件事都要請求他的判斷。為了減少大量等著他裁奪的問題，他接連增訂了細項的條文。在那個時期，這麼做並無問題。

然而，隨著時代變遷，有些法條逐漸變得不合時宜。但又因為是法律，非得遵守不可。之後的國王儘管極想刪除那些法規，卻也有貴族主張這已成慣例，應該保留。漸漸地，眾人為此起了爭執。後來長達數十年的時間，即便一開始只是在討論領地間的一些小事，到最後也會演變成是否要刪除法條的口水戰，導致每年的領主會議簡直是場災難。

最終，眾人決定法律還是訂得籠統一點，有疑慮時大家再一起商討，這樣才能省點力氣，然後刪除了過於瑣碎的條文。自此之後，聽說只要有人試圖增訂詳細一點的條文，旁人便會制止他說：「你被混沌女神迷惑了嗎？」

既然災難般的爭論持續了好幾十年，那乾脆立個新法比較快吧——儘管我這麼心想，但似乎是因為事關條文的保留與刪減，大多需要等候國王裁奪，所以不僅曠日廢時，也會導致國王的工作量暴增。總之該考量的事情太多，因此並不容易。

……結果那般耗時耗力，最終完成的就是這麼模稜兩可的法律。

「但把條文訂得這麼籠統，感覺反而更耗時間呢。」我忍不住嘀咕說出了自己對於尤根施密特法律的感想，斐迪南也喃喃回道：「雖然說了那麼多，但是歸根究柢，不過是明文的規定越少，對掌權者越有利。」原來如此。

雖然我不懂這樣的法律有什麼存在意義，但也因為簡略，所以很好記。只要把條文分成幾大類去背就好了，分別是絕不可能更動的基本規定、因交由國王定奪而有彈性空間的規定、需由領主們共同決定的規定，以及領主可以自行做主的規定。

……想想麗乃那時候，我還通過了圖書館法與專利法的考試，這簡直輕輕鬆鬆。

我們提交了試卷後，邊為明天的學科考試做準備，邊等著老師改好分數。這時，我發現老師們在大禮堂前方起了爭執。負責改考卷的老師之一是傅萊芮默，她正吹毛求疵地說：「怎麼可能所有人這麼快就寫完試卷，還全員都得高分！」其他老師則在旁邊勸阻地說：「我們並不認為有可疑之處。」

明明艾倫菲斯特是最快提交試卷的，但第二、第三提交的領地都已經得到了合格通知，我們的結果卻遲遲沒有下文。大概是漸漸感到不安，菲里妮小聲喚道：

「羅潔梅茵大人、韋菲利特大人……」

「菲里妮，妳不用露出那麼不安的表情。我們並沒有作弊，抬頭挺胸就好了。」

「這一年來，菲里妮與大家都很努力用功，能拿到好成績也是正常的嘛。」

就在我這麼說時，「艾倫菲斯特，全員合格」的話聲也在大禮堂內迴盪。

雖然老師們花了點時間才宣布結果，但想當然所有人都合格了。再加上傅萊芮默剛才嚷嚷時提到「高分」，可想而知大家今年的分數頗高。因為原本並不會公布分數，所以曉得大家取得了高分，我相當開心。

既然全員通過考試了，我們便收好東西，起身準備返回宿舍。這時，披著翡翠綠色披風的多雷凡赫一行人停下腳步。

「韋菲利特，你們今年的表現也很出色嘛。」

「奧爾特溫，多謝你的稱讚，但多雷凡赫一樣也是全員通過了考試吧？」

我站在一步外的距離，看著韋菲利特與奧爾特溫互相稱讚彼此。大概是因為先前聽說多雷凡赫有許多優秀的文官，總覺得每個人看來都很聰明。

「將近二十年來，我們從沒把學科榜首的位置讓給任何人。雖然艾倫菲斯特的學科成績現在正急起直追，但我們多雷凡赫可不會輕易任人趕上。」

……噢噢，原來不只是看起來，而是真的很聰明。

二十年來能守住榜首的位置，代表整個領地必須團結一心、勤勉向學。有過往的輝煌成績加持，奧爾特溫露出自信十足的笑容，開始說起自領的事情。

「奧爾特溫大人，我們該走了……」

「嗯，我知道了。韋菲利特，以後我們也一起加油吧。」

在身後待命的學生輕聲提醒後，奧爾特溫猛然回神似的住了口，然後搖動著翡翠綠色的披風，帶著多雷凡赫的學生們離開大禮堂。

「有個可以互相切磋的對手真是不錯。」

韋菲利特神采奕奕地看著多雷凡赫一行人離開，自己也甩開明亮土黃色的披風，邁步移動。

回到宿舍要用午餐時，我發現部分高年級的見習騎士與見習文官已經回來了。看來

上午是學科課的學生們都通過考試了。

「今年大家很輕鬆地通過了學科考試呢。」

「是呀，我們可不會輸給騎士組。」

成立了成績向上委員會的我自然非常高興，但組別間的較勁還真是火花四射。

「大小姐，我向索蘭芝老師送去會面邀請函了。她很驚訝地表示，頭一次有學生在開始上課的同時就預約會面呢。她說後天的午休時間能為一年級生辦理登記。」

「那時我可以順便為休華茲與懷斯更換新衣嗎？」

我想早點為兩人換上新衣，但黎希達思索了一會兒。

「……更換新衣一事還得通知赫思爾老師，而且到時候索蘭芝老師得忙著為一年級生們辦理登記吧？只有午休的話，我想時間也不足夠。後天還是先讓一年級生們辦理登記，您也只為休華茲兩人提供魔力就好了。更換新衣這件事，我想等大小姐有了空閒時間以後再處理比較好。」

黎希達說的沒錯，沒必要現在就急著為休華茲與懷斯換上新衣。還是先只為兩人提供魔力吧。

大家一起討論上午的成果，結束了熱鬧的午餐後，下午輪到我們鼓勵夏綠蒂等一年級新生，目送他們前往參加考試。隨後，我們二年級生也分頭去上術科課。由於術科課是依階級在不同的教室上課，學生人數一下子少了許多。

「好久不見了。」

再次見到他領的領主候補生與上級貴族們，韋菲利特高興地上前寒暄：「今年也請多指教。」見狀，我深刻地感覺到自己真的太少與人往來。畢竟每堂課我只來上過一次，又以最快速度合格，根本記不住大家的長相和名字。大家多半也不記得我長什麼模樣吧。

……看來還是應該多做交流比較好呢。與圖書館交流嗎？

今年的我一樣是在修完課之前，被禁止長時間待在圖書館。如果要我在圖書館與其他學生之間做選擇，我當然是毫不猶豫地選擇與圖書館進行交流。

……我負責在圖書館看書，韋菲利特哥哥大人負責參加社交活動，結交許多朋友。嗯，真是完美的分工。這就是所謂的適材適用。

更何況，我也不是完全不與人交流，我已經有漢娜蘿蕾這個最棒的朋友了。與漢娜蘿蕾加深交流，並結交到更多愛書的朋友，就是我重要的使命。

……既然一年級時交到了一個愛書的朋友，希望升上二年級後能增加到兩個呢。

我正思考著今年的交友計畫時，赫思爾、傅萊芮默、普琳蓓兒與洛飛這四位老師走進小會廳。

「今天要複習一年級學過的內容，像是騎獸的操作、思達普的變形與路德等等。如果去年教過的內容還沒徹底學會，再教新的也會無法吸收。」

「那麼，請大家變出騎獸吧。」

傅萊芮默一聲令下，大家同時變出騎獸。瞬間，小會廳感覺變得非常擁擠。每個人變出騎獸的時間會有差異，我想是因為熟練程度的不同吧。有人很快就變出來了，也有人在變形上花了點時間。

我的小熊貓巴士雖然比較與眾不同，但也有幾名女學生變出同為騎乘型的騎獸，並且坐了進去。她們的騎獸大半是蘇彌魯造型，大概是因為去年赫思爾在示範的時候，變的就是蘇彌魯外形的騎獸。而且同樣是以韁繩在操控，不是方向盤。

「完成了。」

漢娜蘿蕾輕輕吐了口氣，騎獸也一樣是乘坐型的蘇彌魯。因為是單人用的，十分迷你，蘇彌魯的五官還可愛得不得了。她肯定非常喜歡蘇彌魯吧。

……感覺漢娜蘿蕾大人與莉瑟蕾塔會很聊得來。

她們兩人都喜歡蘇彌魯，也很適合拿著可愛的東西。我想漢娜蘿蕾的刺繡與裁縫能力一定也很出色。

確認所有人變出了騎獸後，接著是讓思達普變形。洛飛往前一站，其他老師則散開來，好觀察每個學生的情況。

「好了，變出思達普吧！」

洛飛的大吼在小會廳裡迴盪。與此同時，大家動作一致地變出思達普。

……加了徽章圖案的思達普好多！

我本來還以為就只有韋菲利特會加上徽章圖案，做出奇怪的思達普，並為此自得其樂，想不到這在男孩子之間似乎十分流行。有人像圖畫一般讓徽章浮現在魔杖狀的思達普上，也有人和韋菲利特一樣做成立體造型。

「羅潔梅茵，看妳一臉吃驚的樣子，怎麼了嗎？」

「我現在才發現原來有徽章圖案的思達普這麼流行，嚇了一跳呢。」

「因為妳很快就修完課了，所以不知道吧？這可是我引發的流行喔。」

韋菲利特得意洋洋地揮了揮有著獅子圖案的思達普。我雖然知道韋菲利特把思達普做成了立體造型，也隱隱聽說過是他讓有徽章圖案的思達普流行起來，卻沒想到影響了這麼多人。

「但跟隨這個新流行的女性並不多呢。」

「是啊。雖然也有女性試圖挑戰，但因為漢娜蘿蕾大人說她以後有可能嫁往他領，並不打算加上老家的徽章，所以其他女性似乎也是考慮到將來，就沒再嘗試了。在這裡的全是領主候補生與上級貴族，大多會嫁往他領吧？」

哦……既然如此，那加上類似日本和服的母系紋就好了啊。

在麗乃那個世界，有所謂「由母親傳給女兒，女兒再傳給孫女」的母系紋，縱使結了婚改過姓，也能代代傳承下去。只要在一開始聲稱就是有這種習俗，那麼我想即便是女性也能加上圖案。

……但反正我是不打算加，所以無所謂啦。

不過，或許可以把母系紋這件事告訴夏綠蒂，這樣一年級生在變出思達普時，如果有女性表現出了也想加上徽章圖案的樣子，她就可以給她們建議。

「變出思達普後，我們來複習變形。無法變形，就無法調合。密撒！」

配合著洛飛中氣十足的吶喊，大家也唸著「密撒」將思達普變作小刀。再唸著「咯空」解除變形，然後唸「司提洛」變出筆，唸「佰姆恩」變出攪拌棒。雖然每個人在變形上花的時間不太一樣，但都順利完成了要求。

「最後是求援信號。路德！」

聽著洛飛的指令，大家從思達普尖端釋出紅光。

因為調合課有需要，我能理解為何一開始就要學習如何讓思達普變形。但是，為什麼求援用的路德紅光也在第一年就教給我們呢？我一直對此感到不解。

……因為一般而言，求援信號並不會很常用到吧？

我覺得只要身上帶個魔導具，可以在遇到危險時送出求救信號就夠了。先前聽到我提出的疑惑後，斐迪南非常乾脆地回答：「因為大家若不懂得如何釋出路德紅光，奪寶迪塔的危險程度只怕會加倍吧。」

由於是近幾年才更改成一年級生就能擁有思達普，也不再舉辦奪寶迪塔，所以似乎只是我無法想像而已。但聽說以前得等到三年級，選擇專業課程以後才能取得思達普，而且不只見習騎士，見習文官也要製作並發動魔導具，所以在還會參加奪寶迪塔的那時候，路德是必備技能。

……所以這也代表奪寶迪塔有那麼危險吧。

「嗯，看來大家都認真練習過了。應該可以順利地進入下個階段。」

洛飛說完，臉上帶著心滿意足的笑容環顧學生。接著赫思爾緩慢上前，開始說明接下來的實作內容。

「下一堂術科課會教大家調合的基礎。二年級生在課堂上，要學會製作回復藥水、奧多南茲，還有求婚用的魔石。因為這些東西所有人都用得到。」

尤其是升上三年級，開始修習專業課程以後，聽說每次上術科課，都會消耗大量到需要喝回復藥水的魔力。若無法自行準備回復藥水，屆時傷腦筋的也會是自己。而奧多南茲是貴族間聯絡用的必需品。倘若手邊只有一顆，一旦送出後對方沒有回覆，到時就無法與任何人聯絡，因此通常會做好幾顆備用。最後，是求婚用的魔石。聽說男女會用來互贈給對方，要是做不出求婚魔石，甚至沒辦法結婚。

「我們只會教做法而已，所以雖說是求婚用的魔石，用的也是魔石碎片。真正要求婚的時候，請以自己能取得的最高級魔石進行製作。」

赫思爾說著，臉上的笑意加深。

「雖然對二年級生來說還有些太早了，但課堂上做的魔石就算不能用來求婚，若要用來請對方與自己交往，或是在畢業儀式上護送對方，倒是不成問題。還有人因為這是自己做的第一顆魔石，送給遭父母反對的戀人呢。」

這麼說來，母親大人寫的貴族院戀愛故事裡，好像就有這樣的場景……

我回想書本上的內容時，四周的女孩子們聽到貴族院裡有這麼動人的愛情故事，全雙眼發亮地說：「好浪漫喔。」然而男孩子們的反應卻很冷淡，一臉彷彿在說：「所以呢？」截然不同的反應讓我覺得有些好笑。

……母親大人寫的戀愛故事，感覺會在女孩子間大受歡迎呢。

發現了潛在客群，我的嘴角不由自主上揚。

赫思爾接著列出所需原料，要我們各自前往宿舍旁邊的採集地點做好準備。

「下一次的調合課要製作回復藥水，請大家不要忘了。」

圖書委員GET！

隔天的學科課是算術、神學與魔法。每一門課的上課內容，都是以去年為基礎再更深入。由於徹底預習過了，所以完全沒問題。艾倫菲斯特的二年級生們成排坐在大禮堂內，臉色都很明亮。

算術的考試是使用計算機進行多位數的計算，所以我也為這門課學了怎麼使用計算機。只不過我使用計算機的成效顯然不太好，斐迪南還說：「除了考試，其他時候妳繼續用石板吧，檢查時也要用筆算。」

除了計算，也會稍微學習領地的預算有哪些必要項目及其比例，還有如何計算稅收，這些並不難。只要接受過小學中高年級的義務教育，便絲毫不用擔心。至於更難的算術，是修習文官課程的人才需要學習。

「我因為會去神殿幫忙，磨練了好一段時間，所以對算術有信心。」

大禮堂內，準備好要迎接考試的菲里妮這麼說著，一雙嫩綠色的眼睛閃閃發亮。韋菲利特不知道是想起什麼，微微皺眉露出了厭煩的表情。

「妳說的在神殿幫忙，是指幫叔父大人的忙吧？」

「是的，韋菲利特大人。這一年來我學習到了很多呢。」

「……咦？菲里妮會去神殿嗎？」

羅德里希驚訝地張大深棕色雙眼，看向菲里妮。眼神中有著困惑與厭惡。對於這種貴族普遍會有的、對神殿深感厭惡的反應，我輕笑起來。

「因為我是神殿長呀。菲里妮既是我的近侍，當然得跟著出入神殿。現在哈特姆特與見習護衛騎士也會出入神殿了喔。羅德里希若想獻名，也要考慮到這件事情。」

儘管馬提亞斯說他暫時還不考慮獻名，但羅德里希似乎已經下定決心了。如今不只菲里妮，他也很努力與我的其他近侍加深交流；在大禮堂上課時，也常常坐在我附近。大概是因為他曾當著近侍們的面表明過想向我獻名，現在羅德里希接近我的時候，近侍們也不再表現出露骨的戒心並要求他退開，但眼神變得非常銳利，就好像在打量、觀察他。

算術如同我一開始的預想，輕輕鬆鬆就結束了。由於我已提醒過大家，一定要重複檢查，確認沒有算錯，所以我想大家應該錯得不多。

「跟幫忙斐迪南大人的公務比起來，這真是簡單多了。因為即便算錯也不會被罵，也不會要求我再算一遍。」

菲里妮輕笑著說。剛開始在神殿幫忙的時候，菲里妮因為緊張，也還不太會計算，再加上斐迪南三不五時以冷冰冰的語氣說：「錯了，重來。」讓她意志非常消沉。不過，最近她不僅算錯的次數變少了，好像也終於明白斐迪南的面無表情並不是在生氣，所以計算的速度漸漸加快。

「接下來就是神學了。」

神學課的考試，除了要熟記自己出生季節的神祇與其眷屬，還要再選擇一位神祇與其眷屬，寫下神的名字及其司掌職務。從沒背過的人可能會考得很辛苦，但艾倫菲斯特的孩子們因為會看聖典繪本與玩歌牌，二年級生早已經認得所有神祇。這場考試太輕鬆了。

「羅潔梅茵，妳另外選了哪位神祇要寫考卷？」

只有一個屬性的人，其他要選哪位神祇及其眷屬都沒關係，但擁有複數屬性的人，必須從自己的屬性中進行挑選。因為升上三年級後，為了在課堂上取得神的加護，需要預先了解自己容易取得加護的神祇有哪些。例如夏季出生的我，已經確定一定要寫火神萊登薛夫特及其眷屬，然後要再挑選一個屬性來寫。而我因為是全屬性，要選哪位神祇都可以。

……不過，我老早就決定好要向哪位神祇請求加護了。

「我打算寫跟書本以及圖書館最有關係的風屬性與其眷屬。因為我覺得自己最常獻上祈禱的，就是睿智女神梅斯緹歐若拉了。」

「真是不意外。除了出生季節的水屬性，為了往後的成長，我打算再寫火屬性。」

春天出生的韋菲利特除了水之女神與其眷屬，似乎想要強化與火神及其眷屬的關係。他說他想長大、變得更強。

「菲里妮，那妳呢？」

「我因為只有土屬性，另一個打算和羅潔梅茵大人一樣也選風屬性。因為我想得到睿智女神梅斯緹歐若拉的加護。」

「真希望文官都能取得睿智女神的加護呢。那羅德里希呢？」

我也問了羅德里希。羅德里希先是羨慕地看向大家，然後緩緩搖頭，偏橘的褐色髮絲跟著晃動。

「我因為出生季節是風屬性，另一個屬性是土，沒辦法再做選擇。」

「但只要還有其他屬性，就算無法再做挑選，至少也比較容易取得加護，我倒是很羨慕羅德里希呢。」

菲里妮懊惱地嘆氣。羅德里希聽了，小聲喃喃說：「原來還可以這樣想啊。」看來眼看大家都在討論要選哪個屬性，兩人十分羨慕。

「艾倫菲斯特，全員合格。」

神學的考試也順利過關了。想起剛進神殿當青衣見習巫女時，看到神的名字都那麼長，我只能苦著臉，欲哭無淚地一一背下來，如今這段往事甚至讓人感到懷念。

魔法課考的是魔法陣的基礎，由於斐迪南已經教過我了，所以沒什麼問題。只要記住畫魔法陣用的符號與注意事項就好。所謂注意事項，就是哪些屬性混在一起會有危險，哪些會有加乘效果。

……只要記住命屬性除了土屬性外，其他全部相斥就沒問題了。

二年級在實際畫魔法陣的術科課上，基本上只會練習單一屬性的魔法陣，就算要畫用了複數屬性的魔法陣，也會挑選具有加乘效果的屬性。比較難的魔法陣，要修習文官課程以後才會學到。

這天我們再次毫不費力地通過了學科考試，上午的課結束後，下午是音樂課。我環顧當作教室使用的小會廳，發現與學科課不同，現在的人數少到可以清楚看見每個人的臉龐。不過呢，我能把長相與名字連起來的人還是很少。

「今年的指定曲是這一首。」

一張小小的樂譜放在偌大的板子上。隨後，樂譜變得越來越大，即便坐在一段距離外也能清楚看見。

「除了指定曲，請大家再表演一首自己擅長的曲子。」

一年級時不只學科，術科課也是同領的人坐在一起。但是，其他學生顯然在我合格以後彼此有所交流，今年不再是同領的人自己形成小圈圈。老師公布了指定曲目後，韋菲利特立刻抱起飛蘇平琴，走向奧爾特溫與其他男孩子。我再看向四周，發現大家似乎都是與好朋友一起練習，連漢娜蘿蕾也被一群女性朋友包圍。

……怎麼辦呢？

要抱著飛蘇平琴，去找感覺就會讓我加入團體裡的漢娜蘿蕾是很簡單。可是，一旦被女孩子們的閒聊，還有那種「大家要一起練習&合格喔」的同伴意識困住，我就無法一次性通過考試，不再來上課了。因為我今年也為了去圖書館，打算以最快速度合格，所以與其和大家一起練習，更想一個人迅速通過考試。

……雖然會被旁人以為我是個沒有朋友的孩子，感覺有點哀傷，但也沒辦法。

指定曲是半年前左右斐迪南就要求我練會的曲子，所以只要稍加練習，回想手指的動作，應該就能過關。自選曲也只要挑選斐迪南在同一時期指定的曲目，相信不論難易度還是知名度，皆能達到老師的要求吧。

我在大家一邊練習一邊愉快閒聊的時候，獨自埋頭狂練指定曲與自選曲，然後走向老師。我要趕快過關，修完音樂課。這種孤伶伶一個人的時光若要我再經歷第二、第三次，實在太寂寞了。

「鮑琳老師，我可以開始考試嗎？」

我出聲叫喚公布了指定曲後，自己也彈起飛蘇平琴的鮑琳。她就是去年邀請我參加茶會的音樂老師。鮑琳停下彈琴的手，眨了眨眼睛。

「哎呀，羅潔梅茵大人已經準備好了嗎？」

「是的。因為今年的指定曲，我不久前曾練習過。」

往老師指著的位置坐下，我拿好飛蘇平琴。想必因為我是第一個要考試的人，感覺得出大家的目光忽然往這邊集中。原本小會廳裡充斥著練琴與談天所帶來的各種聲響，此刻卻變得非常安靜。

眼看眾人的目光突然都放在自己身上，我心頭一驚，但也只能慢慢呼吸，讓心情平靜下來，然後以指尖撥弄琴弦。彈奏著主旋律的右手發出了澄亮高音，左手則發出低沉的音色，交織而成的樂聲在小會廳裡飄揚。

「非常好。經過一年的時間，羅潔梅茵大人進步了不少呢。」

由於不管在城堡還是神殿，我每天都被逼著練琴，因此十分順利地通過了測驗。不過，鮑琳嘴上雖然說著稱讚，雙眼卻有些不滿地瞅著我。

「但是，自選曲未免太普通了。我還期待著羅潔梅茵大人說不定會彈奏新曲呢……妳沒有再寫些新曲子嗎？」

有是有。在羅吉娜的央求下，我提供了幾首原曲給她。我只是不想在課堂上說著

「這是我自己作的曲子」，然後引來所有人的矚目。其實去年若不是韋菲利特說出來，恐怕也不會被人知道我有自創曲吧。

我如果又在這時候表演自創曲，都已經孤伶伶的沒半個朋友了，大家肯定會心想我這人到底有多愛現。要是被大家注意到我是孤單一人，絕不會有好事。我想趕快修完音樂課，靜靜消失。順便悄悄地從大家的記憶裡抹除掉「艾倫菲斯特的領主候補生都自己一個人」這個事實，這就是我的目標。

「實在很抱歉，因為成果還不足以在課堂上表演。」

「那麼，今年我們再一起舉辦茶會吧。我很想聽聽羅潔梅茵大人的新曲呢。請再帶那名樂師過來。」

「多謝鮑琳老師的賞識，我的樂師一定也深感光榮吧。」

……啊嗚，又有茶會的行程了。希望今年千萬別有王族冒出來。

火速通過了考試固然值得高興，但在下課之前，這段時間該怎麼打發才好呢？我觀察起其他人，發現似乎本來就對音樂沒什麼興趣的韋菲利特，此刻正癟著嘴瞪著琴譜瞧。至於女孩子們呢，看得出來嘴巴比手指還要忙碌。

只要有書，就算一個人落單我也完全不介意。偏偏現在手上只有飛蘇平琴……

除了練琴以外也無事可做，所以我再次坐下，重新抱好飛蘇平琴。這時，漢娜蘿蕾一臉怯生生地朝我走來。見我歪頭，漢娜蘿蕾微微一笑。說不定是看我一個人，漢娜蘿蕾便前來關心我吧。只是這麼心想而已，我的眼前就彷彿一片光明。

……不愧是漢娜蘿蕾大人！真是我的知心好友！

「羅潔梅茵大人居然這麼快就合格，想來也很擅長彈琴吧。」

「其實並不是我擅長，而是因為我有嚴厲的老師。儘管我比起練琴更想看書，卻常常無法如願呢。」

要不是羅吉娜會跑來對我說：「請讓我做專屬樂師該做的工作。」斐迪南也會指定曲子要我練習，並且檢查進度，我老早就把練琴一事拋在旁邊，優先跑去看書了。

「而且若不快點合格，我就無法趕在奉獻儀式之前去圖書館了。休華茲與懷斯都在等我呢……」

「您口中的休華茲與懷斯，是指在圖書館裡協助索蘭芝老師的那兩隻大型蘇彌魯嗎？」

漢娜蘿蕾微微側過臉龐，向我確認詢問，我點點頭說：「沒錯。」看來大家好像不太曉得他們叫作休華茲與懷斯。我正想著這件事情時，漢娜蘿蕾以手托腮，紅色雙眼晶燦發亮，長長呼了口氣。

「休華茲與懷斯真的非常可愛呢。去年看著他們在圖書館工作的模樣，我的心靈也得到了撫慰呢。」

但就在下一秒，漢娜蘿蕾像是想到了什麼似的睜大眼睛，突然露出傷腦筋的表情張望四周，綁成雙馬尾的淺色頭髮隨之左搖右晃。我看著她晃動的髮絲，急忙也回想自己的發言。自己曾說了什麼若被人聽到，會令漢娜蘿蕾十分為難的話嗎？雖然我一直虎視眈眈，想找機會邀請漢娜蘿蕾一起當圖書委員，但我一個字都還沒說出口。

……在這裡，也應該不會像麗乃那時候有標價牌沒剪或拉鍊沒拉這種糗事。

而且侍從都會幫我穿戴整齊，所以服裝儀容應該沒有不得體的地方，會讓對方這麼猶豫是否該出言提醒。我還偷偷伸手摸了摸，髮飾也沒有快掉下來的樣子。只見漢娜蘿蕾一邊留意著周遭旁人，一邊稍微與我拉近距離，壓低音量。我吞了吞口水，等著她開口。

「那、那個，羅潔梅茵大人，我有件事情一直想向您道歉。」

「……先前在茶會上突然暈倒的人是我，我不記得漢娜蘿蕾大人有什麼事情需要向我道歉呢。」

意想不到的話語讓我猛眨眼睛，漢娜蘿蕾便輕聲說：「不是我，是與戴肯弗爾格有關。」漢娜蘿蕾的話聲幾乎要被嘈雜的練琴聲蓋過，然後她告訴了我，藍斯特勞德去年之所以要我讓出主人位置的背後原因。

「都是因為我看到休華茲與懷斯那麼可愛，便喃喃自語說真想成為他們的主人，才給羅潔梅茵大人也給艾倫菲斯特造成了困擾。在我得知消息的時候，這件事早就已經傳進王子殿下的耳裡，所以我真的嚇了好一大跳。」

簡而言之，就是因為聽到可愛的妹妹自言自語說：「那兩隻蘇彌魯好可愛，要是能當他們的主人就好了。」所以藍斯特勞德為了讓漢娜蘿蕾成為休華茲與懷斯的主人，便挺身為她奮力爭取，只可惜白忙一場就是了。

……真是有夠給人添麻煩的傻哥哥！

「除此之外，我也聽說洛飛老師三番兩次向您提出了比迪塔的請求。雖然我也會盡力阻止，但往後可能仍會給您造成麻煩吧。我、我真的很擔心因此被羅潔梅茵大人討厭……」
漢娜蘿蕾一臉泫然欲泣，向我致歉說：「我一直在想必須向您道歉才行，卻遲遲找不到機會，結果就拖到了現在。」
……怎麼辦？漢娜蘿蕾大人簡直是教人大吃一驚的可愛！而且還會想成為休華茲與懷斯的主人，果真是愛書的好朋友！
若要邀請漢娜蘿蕾一起當圖書委員，就只有現在這個機會了。我仰頭看向她。
「我怎麼可能討厭漢娜蘿蕾大人呢。而且，您也想成為休華茲與懷斯的主人吧？既然如此，和我一起當圖書委員吧。」
漢娜蘿蕾愣愣地歪過腦袋瓜。
「請問，您說的『圖書委員』是什麼呢？」
「就是擔任索蘭芝老師的助手，並為休華茲與懷斯提供魔力。漢娜蘿蕾大人也喜歡書吧？要不要一起加入圖書委員的行列呢？」
似乎被我的熱情模樣嚇到，漢娜蘿蕾微微瞠大雙眼後，優雅地手托著腮思考，然後微笑回道：「可以在圖書館裡與休華茲他們相處，感覺很有趣呢。」
……好耶！圖書委員ＧＥＴ！
我還一直在想，究竟要什麼時候、怎麼開口邀請漢娜蘿蕾一起當圖書委員，想不到事情發展得這麼順利。萬歲！我強壓下想跳起來歡呼，還有向神獻上祈禱的衝動，只是握緊拳頭。
「對了，羅潔梅茵大人。那個，我有個不情之請……」

「什麼事呢？」

既然都是圖書委員，其實不管什麼請求我都會答應就是了——我這麼心想著催促她往下說。漢娜蘿蕾忸忸怩怩地開了口：

「那個，我想讓自己的樂師彈奏羅潔梅茵大人作的曲子，能得到您的首肯嗎？」

聽說是鮑琳在去年的音樂課上，彈奏了我所創作的新曲。「我想讓樂師學會那些曲子。」漢娜蘿蕾聲音輕輕地說。就和去年參加音樂老師們舉辦的茶會時一樣，漢娜蘿蕾也想讓自己的樂師記下羅吉娜彈奏的曲子吧。若能讓漢娜蘿蕾的樂師彈奏我所作的曲子，這可是友好的象徵。我笑容滿面地點頭。

「那我們一起舉辦茶會，順便借還書籍吧？屆時請帶樂師一同前來。」

「羅潔梅茵大人，謝謝您。我會準備好下一本要借您的書籍，期待茶會的到來。」

……我要和漢娜蘿蕾大人一起當圖書委員、和她一起辦茶會、和她互借書籍，我再也不是孤單一個人了！

上完了音樂課，與朋友訂下約定的我高高興興地走出小會廳，只見黎希達與近侍們已經在等我了。柯尼留斯看向我後，輕笑道：「看您的表情是合格了吧？」

「是的，我音樂課也合格了。」

「羅潔梅茵大人，我也是喔。音樂老師還稱讚我，說我跟去年比起來進步了非常多呢。都是因為與羅潔梅茵大人一起練琴的關係。」

我挺胸向大家報告結果後，菲里妮的雙頰也泛起紅暈，面帶開心的笑容走來對我說道。現在菲里妮會在神殿裡與我一起練琴，並接受羅吉娜的指導，聽說老師還稱讚她說，她進步的程度在下級貴族中相當少見。

「即使換了老師，若不認真練習，也沒辦法真正吸收。所以琴藝能有進步，全是菲里妮自己的努力喔。」

我誇獎了菲里妮後，再向近侍們報告自己努力的成果。

「今天我不只通過了音樂課的考試，鮑琳老師還邀請我參加茶會，我也與戴肯弗爾格的漢娜蘿蕾大人約定了許多事情。我也很努力與人社交吧？」

聽完我的報告，近侍們不約而同雙眼瞪大，吃驚反問：「您竟然比起圖書館，優先選擇社交活動嗎？」這怎麼可能呢。因為與圖書委員交流，本來就是圖書委員活動的一環啊。但這件事沒必要特地告訴大家吧。我沒有吭聲，默默微笑。

隔天的學科考試，我們一樣輕鬆過關。畢竟本來要花一個季節學習的內容，我們所有人花了一年的時間去預習，這可說是理所當然的結果。然而看在旁人眼裡，特定領地的學生不斷全員在第一堂課就合格，並不是可以理解的現象。多雷凡赫的奧爾特溫揮開翡翠綠披風，眼中帶有打量意味地朝我們走來。

「韋菲利特，艾倫菲斯特還要繼續全員一舉合格嗎？」

「嗯，學科的考試應該都能全員過關吧。因為我們有絕對不能退讓的東西。」

「……絕對不能退讓的東西？」

奧爾特溫眨了眨眼睛，饒富興味地注視韋菲利特。瞬間，韋菲利特一臉像在說「糟了」地閉上嘴巴，但他的深綠色雙眼馬上盈滿笑意，很有貴族風範地避重就輕回道：

「是啊，至於那是什麼，則是只有艾倫菲斯特才知道的秘密。」

……因為我們還沒打算讓塔類點心在貴族院亮相啊。

其實只是因為還沒打算推廣為新流行，韋菲利特才說得含糊其辭，但聽在多雷凡赫的學生耳裡，大概以為有什麼天大的秘密吧。他們的雙眼都亮起駭人精光。

「艾倫菲斯特提升成績的秘密嗎……韋菲利特，我一定會打聽出來。」

「我們可沒那麼容易露出馬腳。」

……哦，嗯。兩個人加油喔。

圖書館登記與魔力供給

今天的午休時間要前往睽違已久的圖書館，帶領一年級新生辦理登記。我看向在多功能交誼廳裡成排站開的一年級生們，盈盈微笑。

「在貴族院的圖書館辦理登記時，每人需要繳交一枚小金幣的費用。沒有這筆錢只能放棄登記的人，我會先借給他，以後還請努力抄寫書籍。」

多功能交誼廳的書架上，擺有艾倫菲斯特的藏書目錄複本，以及記錄了高年級生們去年已抄寫過哪些書籍的清單。我希望大家在抄寫前要先查看紀錄，才不會與他人重複。聽完我的說明，一年級生們帶著稚嫩的表情用力點頭。

加快速度吃完午餐，我做好出發準備。因為去完圖書館後，就要直接上下午的術科課，東西得先準備好才行。

「果然羅潔梅茵大人也要一起去圖書館嗎？」

柯尼留斯一臉早就料到但真不想去的表情，低頭看著準備萬全的我。

「既然艾倫菲斯特的學生要去圖書館辦理登記，我若留在宿舍，那不是很奇怪嗎？」

「請您再仔細想一下，今天是一年級生要辦理登記。羅潔梅茵大人是早就辦完登記的二年級生，這與您毫無關係，況且領主候補生夏綠蒂大人也在。反倒是您帶著一大群近侍跑去索蘭芝老師的辦公室打攪，不會給人造成困擾嗎？」

「可是，我得為休華茲還有懷斯提供魔力啊。」

我噘起嘴唇反駁後，柯尼留斯更是聳聳肩說：「索蘭芝老師可從沒捎來通知說過，現在兩人的魔力不足。」

柯尼留斯說的這些話當然有理。而且之前已經把儲有魔力的魔石提供給索蘭芝了，今天我確實沒有必要一起去圖書館吧。可是，難得在修完課之前就有寶貴的機會可以去圖書館，那我怎麼能錯過。

「柯尼留斯，你明知道我有多麼想去圖書館，為什麼講話還這麼壞心眼呢？……難不成是被意中人拒絕了？」

所以是在遷怒吧？我瞪向柯尼留斯，他倏地瞪大眼，立即否認：「才不是！」

「那麼，你已經決定好畢業儀式上要護送的女伴了嗎？柯尼留斯與哈特姆特都已經是最高年級了吧……」

兩人皆曾獲選為優秀者，不可能不受女孩子歡迎吧？我輪流看向自己的兩名近侍。只見柯尼留斯與哈特姆特互相對看後，雙眼猛然迸出利光。他們好像自己心領神會了什麼，還與對方用力握手。接著哈特姆特面帶燦爛的假笑，低頭看向我說：

「我們不會告訴羅潔梅茵大人。」

沒想到哈特姆特居然會拒絕回答我的問題，我震驚得瞠目大喊：「為什麼?!」柯尼留斯轉頭看向書架。

「因為一定會從您這裡傳進母親大人耳中，被寫進書裡面。」

書架上擺有艾薇拉與她朋友所寫的貴族院戀愛故事。柯尼留斯的預想也完全正確，一旦被發現，肯定會被當成是戀愛故事第二、第三集的題材吧。事實上，艾薇拉現在就正樂呵呵地寫著蘭普雷特與奧蕾麗亞的愛情故事。雖然登場人物用了假名，還會在中途插入稱頌神祇的詩歌，很難推敲出原型人物是誰，但看得出來的人就是看得出來。柯尼留斯的戀愛事蹟絕對也會被當成靈感來源吧。

補充說明一下，至於蘭普雷特的愛情故事呢，內容則被改寫成了一對戀人儘管相愛，卻因為社會情勢而一度遭到拆散，但藉由不斷向神獻上祈禱，最終也順利地結為連理。一半以上皆為虛構。艾薇拉的妄想能力簡直教人嘆為觀止。

「我能明白柯尼留斯不想被寫進書裡的心情。可是，不管你要護送哪位女士，都得打聲招呼才行吧？」

倘若對象是他領的人，更需要在領地對抗戰之前告訴父母。遲早還是會被艾薇拉當成寫作題材，只是時間早晚的問題而已。

「我會在羅潔梅茵大人回去舉行奉獻儀式時處理好此事，不勞您費心。」

看柯尼留斯說得一派悠然自若，感覺他已經擄獲對方的芳心了。我看向曾說她喜歡柯尼留斯的萊歐諾蕾。由於她微微低頭，葡萄色的劉海垂落下來，看不見她的表情。

「唉……話說，為什麼話題會扯到這邊來啊？為了今後能夠陪同羅潔梅茵大人前往圖書館，我只是希望能優先把課修完……」

「那柯尼留斯可以留下來喔。護衛騎士還有萊歐諾蕾與優蒂特，而且夏綠蒂的近侍們也會同行呀。」

然而，明明我都准許柯尼留斯留下來，趁著午休時間看書，他卻深深嘆氣搖了搖頭，漆黑的雙眼緊盯著我瞧。

「不，我要同行。因為我已奉命，要盡可能看著羅潔梅茵大人。」

奉誰的命？儘管我很好奇，但還是閉上了嘴巴。

想也知道是神官長、養父大人、養母大人、父親大人、母親大人之類的……吧。

感覺會被提及的監護人們在我腦中一閃而過。這時，哈特姆特那明亮的橙色眼睛也稍稍看向遠方。

「是啊，也有好多人叮囑過我呢。不只是神殿的侍從，還有達穆爾、安潔莉卡、艾克哈特大人與尤修塔斯大人，回到城堡後連母親大人與波尼法狄斯大人也……」

……看來對於我要去圖書館這件事，有這麼多人都覺得必須多加小心。

「我明白大家的意思了。」

「羅潔梅茵大人，那……」

「但不管身邊的人們有什麼想法，我心裡都沒有放棄圖書館這個選項。那我們快點出發吧。」

……好久沒去圖書館了。萬歲！

「這次斐迪南小少爺還提供了空魔石給我，應該是不用擔心吧。」

黎希達死了心似地打開玄關大門。

已經辦理過登記的我們現在可以直接進入圖書館，但還未辦理登記的一年級生們，需要有圖書館員索蘭芝的許可才能入內。
「夏綠蒂，請把索蘭芝老師送來的木板投進門上面的開口吧。」
「是的，姊姊大人。」
夏綠蒂的小臉帶著一絲緊張，拿起木板「哐」一聲投進門上面很像送報口的開口。數秒後大門發出嘰嘰聲響，緩緩敞開。我們領著吃驚得張大雙眼的一年級新生，走進明亮的迴廊，再打開盡頭的大門。開門後，便見索蘭芝面帶和煦的笑容，已經和去年一樣在等著我們了。不同的地方在於，今年有休華茲與懷斯站在索蘭芝旁邊。
「索蘭芝老師，別來無恙了。」
我開口寒暄後，索蘭芝的藍色雙眼也湧起了感到懷念的柔和笑意，彷彿見到許久未見的孫女。
「真高興看到羅潔梅茵大人這麼有精神。而且一年過去，您也稍微長高了呢。」
「咦？我長高的程度有明顯到一眼就能看出來嗎？」
聽到有人說我長高，我高興得不得了，休華茲與懷斯也圍在我兩邊小步打轉。
「公主殿下，來了。」
「公主殿下，好久不見。」
「……好大的蘇彌魯喔。」
「會說話耶？」
一年級生們首次見到休華茲與懷斯，一臉難以置信地悄聲交頭接耳著。夏綠蒂代表一年級新生開口說了。

「姊姊大人，這兩位就是休華茲與懷斯嗎？雖然先前便已聽說過，但比我想像中的還要可愛呢。」

夏綠蒂說話時一雙藍眼熠熠發亮，目光緊盯著休華茲與懷斯不放，莉瑟蕾塔也在旁邊不住點頭。眼角餘光中，只見莉瑟蕾塔正用無比陶醉的眼神注視著休華茲與懷斯，我忍不住輕笑起來。

「是啊，他們很可愛吧？不過，夏綠蒂和大家都不可以摸他們喔。為了防止被人帶走，休華茲與懷斯都有層層的魔法陣保護著。只是稍微碰到的話，只會覺得麻麻的而已，但聽說要是一而再地試圖觸摸他們，會有非常可怕的下場。」

為了協助圖書館員，休華茲與懷斯會在圖書館內來回走動，所以難免不小心產生碰撞。聽說如果只是輕輕碰到，會有種像被靜電電到的刺痛感，算是一種警告。但倘若一再嘗試，或對他們施以可能造成損壞的衝擊，或者觸碰持續太長時間的話，就不再只是釋出靜電般的輕微警告，反擊力道會越來越大，能造成燙傷與皮膚潰爛。

「我知道，因為我先前也一起繡了魔法陣嘛。而且不管再怎麼可愛，休華茲與懷斯可是王族的遺物，我絕不會隨意觸碰他們。這點分寸我還懂得。」

夏綠蒂昂首挺胸說完，這時才知道休華茲與懷斯是王族遺物的一年級生們，有些驚訝地重新看向兩人。此刻他們的臉上，都多了明顯的戒慎恐懼。

「看來羅潔梅茵大人已經提醒過艾倫菲斯特的學生了，我也不需要再針對休華茲與懷斯多做說明了吧。」

索蘭芝用手掩著嘴角，十分優雅地笑著說完，交互看向我與休華茲他們。

「羅潔梅茵大人，那我來為一年級生辦理登記，這段期間能請您為休華茲與懷斯補充魔力嗎？看到羅潔梅茵大人來圖書館，他們非常高興呢。」

「當然沒問題。為免妨礙到索蘭芝老師，那我去閱覽室吧。」

「……現在的話二樓不會有任何人，若不想被人看見，可以去二樓。」

大概是我想去閱覽室的渴望都表現在臉上了吧。索蘭芝微微苦笑，建議我去二樓。她多半是想起了戴肯弗爾格曾找我麻煩這件事。為免節外生枝，我看還是低調一點比較好。所以我決定聽從索蘭芝的建議，前往閱覽室的二樓。

「結果您與一年級生的登記毫無關係嘛。」

「因為提供魔力才是我該做的工作呀。」

柯尼留斯傻眼的話聲從背後傳來，我則帶著休華茲與懷斯，火速前往閱覽室。開門後，從左手邊的階梯走上二樓，確認四下是否真的無人。

「柯尼留斯，請你留在樓梯口，注意有沒有其他人過來。萊歐諾蕾與優蒂特應該也想看看休華茲與懷斯，所以你一個人沒問題吧？」

其實最好留兩個人負責戒備。但是，女孩子基本上都喜歡休華茲與懷斯，再加上她們之前也幫忙繡了服裝上的刺繡，若要讓其中一個人留在樓梯口太可憐了。聽完我的主張，萊歐諾蕾吃吃笑了起來。

「您不必有這種顧慮，我也留在樓梯口一起戒備吧。」

「萊歐諾蕾，妳真的沒關係嗎？」

「是的。今天由我負責戒備，下次請讓我跟在您身邊吧。」

那雙藍眼閃過俏皮的光芒，我笑著點點頭後，在樓梯口留下柯尼留斯與萊歐諾蕾，稍微往內側移動。

「到了這裡就算有人上二樓來，也不會馬上看見我們吧。」

黎希達說完，我點一點頭，往休華茲與懷斯額上的金色魔石伸出手，緩緩撫摸注入魔力。似乎是索蘭芝會用我提供的魔石定期供給魔力，感覺並沒有減少多少。不過，在我撫摸魔石的時候，休華茲與懷斯都很舒服似地閉起金色眼眸，所以我決定先好好表揚他們。

「休華茲、懷斯，從春天一直到現在，你們非常努力工作呢。」

「努力工作。」

「索蘭芝，很開心。」

「冬天會有很多學生過來，一定會更忙碌吧。還有，我也結交到了和我一起當圖書委員的朋友，下次再介紹給你們吧。」

我移開手停止注入魔力。休華茲與懷斯睜開金色眼眸，眨了幾下眼睛後，邁步往更深處走去。

「公主殿下、公主殿下。」

「這裡也摸摸。」

「……這裡？」

我一頭霧水地跟著兩人，來到設置在書架間的石像前。就是胸前抱著古得里斯海得的睿智女神像。就和神殿裡的神像都抱著真正的神具一樣，雪白的梅斯緹歐若拉石像也抱著一本大書，封面以黃色皮革製成，裝幀華美氣派。從封面上顏色不盡相同的數顆魔石，就能知道這也是魔導具。

對了，我記得去年索蘭芝曾說，就是因為有睿智女神梅斯緹歐若拉的庇佑，學生們抄寫的書籍才會不斷匯集到圖書館來。

「公主殿下，摸這裡。」

「祈禱，公主殿下的工作。」

休華茲與懷斯指著的，正是梅斯緹歐若拉抱在懷裡的古得里斯海得。我照著他們說的觸碰古得里斯海得，獻上祈禱。

……希望圖書館裡的書可以越來越多。

我一邊祈求，一邊撫摸鑲在古得里斯海得上的魔石。瞬間，魔力被大量吸出。魔力往外流去的量，與為休華茲及懷斯灌注魔力時根本不能相比，我急忙縮回了手。

「羅潔梅茵大小姐，怎麼了嗎？」

大概是看我突然把手縮回來，黎希達狐疑地蹙起眉。我看向自己的手，再看向古得里斯海得，然後察看四周，留意著是否有任何異常現象。像這樣單方面被吸走魔力的時候，通常都會發生某些事情，再怎麼說我也學到教訓了。

然而，學到的教訓並未派上用場，什麼也沒發生。我本來還有點期待會不會發生什麼事情，好比梅斯緹歐若拉的石像突然動起來，或是出現一道可以通往王族秘密書庫的門扉之類的，結果卻是毫無變化。真奇怪。

「……什麼也沒發生呢。」

「羅潔梅茵大人，您做了什麼嗎？」

近侍們紛紛問道，休華茲與懷斯代替我回答。

「公主殿下的工作。」

「爺爺大人，會很開心。」

「……休華茲、懷斯，你們說的爺爺大人是誰呢？」

記得只要是主人，他們一律稱呼圖書館員為「公主殿下」，從沒聽說過有什麼「爺爺大人」。我納悶地歪過頭後，他們的答覆讓我更是偏頭不解。

「爺爺大人就是爺爺大人。」

「很古老，很偉大。」

「……所以爺爺大人是一位年紀很大、非常偉大的人囉？」

「對。」

……嗯，雖然休華茲與懷斯還是很可愛，但我完全聽不懂呢。

由於怎麼想也想不出答案，我決定不再思考。還是之後再問索蘭芝吧。這麼做比較快。

我正這麼心想時，「哇啊！」的驚呼連同吵鬧的說話聲響傳了上來。大概是索蘭芝帶著已經辦理完登記的一年級生們，走進了閱覽室吧。

「休華茲、懷斯，我們下去一樓吧。請你們為一年級新生介紹圖書館，我有事情要和索蘭芝老師討論。」

「是，公主殿下。」

「介紹。」

來到一樓後，我交由休華茲與懷斯為一年級生們介紹圖書館。儘管兩人的說明很簡短，但夏綠蒂的近侍中也有高年級生在，相信不會有問題。

「索蘭芝老師，請借一步說話……」

我表示自己仍和去年一樣，在修完課之前不能出入圖書館，所以提議在那之前，先把斐迪南提供的魔石給她保管。

「還請您不要太過勉強自己。」

「不會的。因為我也想趕快修完課，今年一定要做到圖書委員的工作。去年尾聲能與休華茲還有懷斯一起處理還書作業，我非常開心呢。」

「那時真的多虧了羅潔梅茵大人來幫忙。」

想起學生們臉色大變，一個個抱著書本衝進圖書館來，我們兩人笑了起來。

「去年的書籍歸還率實在教人感動，我今年甚至很想再請斐迪南大人幫忙送去催促還書的奧多南茲呢。」

「……那得準備請他幫忙的回禮才行呢。再不然，要是有魔導具可以錄下斐迪南大人的聲音就能解決了。」

既然有播放影像用的，也有像奧多南茲那樣可以傳送聲音的魔導具，那應該也有錄音用的魔導具吧。儘管我這麼心想，但顯然並不常見。因為索蘭芝一臉不明所以地眨眨眼，溫柔地側過臉龐。

「您是指把聲音保存下來嗎？」

「是的，您沒聽說過這種魔導具嗎？」

「有的話會很方便吧。但是，因為在圖書館不能大聲說話或製造聲響，所以除了用來催促學生還書，我想不出其他用途呢。」

回想起來，斐迪南借我的魔導具雖然拍下了劍舞與奉獻舞，卻也沒有聲音。

……要不要找神官長或赫思爾老師商量，試著做出錄音魔導具呢？

「先別說這些，羅潔梅茵大人真的不要緊嗎？往後的術科課會消耗許多魔力吧？還要為休華茲與懷斯提供魔力，不會造成您的負擔嗎？」

比起還不曉得能否成功做出來的魔導具，索蘭芝說她更擔心魔力供給為我造成負擔，臉色沉了下來。

「請您放心，因為漢娜蘿蕾大人也要與我一起當圖書委員了。」

「漢娜蘿蕾大人……不正是戴肯弗爾格的領主候補生嗎？但您先前曾與戴肯弗爾格爭奪主人之位吧？」

於是我向一臉摸不著頭緒的索蘭芝說明，去年休華茲與懷斯的爭奪戰背後，其實源自藍斯特勞德的誤會。

「漢娜蘿蕾大人不僅愛書，也很喜歡蘇彌魯，是位優雅端莊又溫柔的人。只要屬性沒有問題，我打算請她一起當圖書委員，成為兩人的主人。」

「哎呀。若是如此，那我希望在圖書館的人潮變多之前，今年也舉辦一場茶會呢。我有太多事情想問了。可以的話，請您也邀請漢娜蘿蕾大人。」

聞言，眼前的世界彷彿大放光明。要在圖書館與索蘭芝還有漢娜蘿蕾一起舉辦茶會！只是想像而已，我就高興得想要跳舞。

「所以是集結了愛書同好的茶會呢，我一定會邀請漢娜蘿蕾大人。」

「好的，我也非常期待。」

就在這時，圖書館內灑下了彷彿穿透過彩繪玻璃的七彩光芒。用意在於催促學生趕快離開，才來得及上下午的課。閱覽室深處傳來一年級生們「哇?!」的驚叫聲，還有休華茲與懷斯的說話聲：「下午的課。」

「公主殿下也要上課。」

「遲到了。快點。」

……啊。我還沒問「爺爺大人」是誰！

但依我的走路速度，我必須馬上離開圖書館才行。只好等下次舉辦茶會，或者之後能來圖書館時再問了。

「我下次再來，休華茲與懷斯要好好幫忙喔。」

在休華茲與懷斯的催促下，我們匆忙離開圖書館。見習侍從與見習文官分別走向要上課的專業樓，我與一年級生還有見習騎士們則趕回中央樓。

「姊姊大人，我們一年級生要在大禮堂上課，先就此失陪了。」

一年級生都要在大禮堂上學科課，二年級生則是術科，依階級在不同的教室上課。

「羅潔梅茵大人，我也就此告退。」菲里妮說完也彎過轉角。

「萊歐諾蕾、優蒂特，把羅潔梅茵大人送到小會廳後，我們也要加快腳步。」

見習護衛騎士們在護送我抵達教室後，也要立即趕往比中央樓更北邊的專業樓。在我優雅地以最快速度前進時，柯尼留斯他們一邊配合著我，一邊提醒彼此。

我往身體強化用的魔導具注入魔力，加快速度。雖然我現在不戴魔導具也能夠走動了，但就是為了防範這種時候，大家要我在貴族院時還是繼續穿戴。

……要盡可能以最快速度，但也不能忘了保持優雅！

「好了，大小姐。下午的術科課是思達普的變形。為了保護自己，請您好好學習如何變出武器與盾牌。」

思達普的變形

一走進小會廳，便見往常總是一片潔白的地板上，此刻正鋪著繪有魔法陣的布。看起來很像是徵稅官與斐迪南用來轉移物品的魔法陣。這要用來做什麼呢？我看了看轉移陣，然後目光與扠腰站在魔法陣前方的洛飛對上。

「噢噢，羅潔梅茵大人。我真是太期待今天的術科課了。」

洛飛朝我投來那口白牙彷彿都在發光的陽光燦笑，但我完全不懂他在期待什麼。我露出禮貌性的笑容敷衍他後，開始尋找漢娜蘿蕾的蹤影，要告訴她有關愛書同好茶會的事情。

我興沖沖地來回張望，發現漢娜蘿蕾正與韋菲利特在說話。如果是和其他人，那我就不好意思打擾，但對象是韋菲利特的話就不用顧慮了吧。

「午安，韋菲利特哥哥大人、漢娜蘿蕾大人。」

「羅潔梅茵，妳動作真慢。」

「我已經是從圖書館直接趕過來，沒辦法再更快了。」

我這麼回應韋菲利特後，漢娜蘿蕾笑道：「羅潔梅茵大人剛才去了圖書館嗎？」

「是的。因為一年級生要辦理登記，我也要為休華茲與懷斯補充魔力。」

「想必休華茲與懷斯都很有精神吧，我也想去圖書館了呢。」

果然漢娜蘿蕾也對圖書館十分感興趣。高興之餘，我馬上告訴她茶會這件事。必須先在談話間提及，之後再請侍從們送去正式的邀請函。

「剛才我正好與索蘭芝老師聊到，漢娜蘿蕾大人也願意一起當圖書委員吧？那麼若邀請您參加愛書同好的茶會，會給您造成困擾嗎？」

「愛書同好的茶會嗎？」

「對。因為圖書館員只有索蘭芝老師一人，她不便離開，所以我們會趁著學生還不多的時候，在圖書館的辦公室裡舉辦茶會。不知漢娜蘿蕾大人何時方便呢？」

「我想想喔……」漢娜蘿蕾輕聲說著，微微歪過頭思考。「我想我學科會比較快修完，所以若是十天後的上午，應該能空出時間。」

「那麼就由我準備茶會，再邀請索蘭芝老師與漢娜蘿蕾大人吧。雖然地點是在圖書館。」

「好期待呢。」

漢娜蘿蕾高興地漾開甜笑時，四鐘半響了。大家停止閒聊，看向並排而立的老師。儘管普琳蓓兒也在，但興奮得雙眼發亮的洛飛格外醒目。

鐘聲結束的同時，洛飛也環顧在場學生們，抬高音量說道：

「好，所有人都到了吧？今天要學習思達普的變形，今年的作業則是變出武器與盾牌。」

……嗚哇，洛飛老師簡直活力四射。

「貴族為了保護自己、保護領地，都該具有戰鬥能力，絕不只局限於騎士！」

洛飛接著說起一直以來戴肯弗爾格在尤根施密特境內有著怎樣的作用，並極力主張戰鬥能力有多麼重要。

「領主一族為了守護自己的領地，必須要有能力上場戰鬥。因為能夠守住基礎魔法的，最終只有領主而已。不僅如此，隨侍在領主一族身側的上級騎士，當然也該特別加強自己的戰鬥能力。但是，其實就連打理生活起居的侍從也必須要能保護主人，文官也一樣。因為沒人曉得危險會在何時何地發生。如果無法至少為領主爭取到逃跑的時間，就沒有資格自稱是近侍。實力！堅強的實力才是一切！」

洛飛握起拳頭激動主張，男孩子們聽得雙眼燦亮生輝，女孩子們卻是興致缺缺的樣子，反應截然不同。很快地掃過一遍後，我發現也有幾個女孩子聽得很專注。她們肯定是見習騎士。

……雖然洛飛老師太熱血了，讓人忍不住退避三舍，但其實他說的沒有錯。戰鬥與防禦能力確實不可或缺，因為緊急狀況真的總在突然間發生。

我至今也曾多次遇到危險，好比他領貴族跑來神殿恣意妄為，還曾有歹徒闖進城堡。運用魔力保護自己與周遭的人，是擁有大量魔力的貴族的職責。但是，見習文官與見習侍從卻全是一臉無法理解的表情。也許是因為政變結束後，他們不太有機會感受到生命危險吧。

這時，普琳蓓兒面帶端莊典雅的微笑，走到洛飛面前。她先慢慢環顧在場的女學生們，然後柔聲開導：

「我想也許有人覺得，戰鬥這種事情交給騎士與男士就好了吧。但是，這樣想就錯了。女性更該擁有能夠保護自己的力量，才能讓蠻橫無禮的男士遠離自己喔。」

女孩子們倏地正色抬頭，眼神變得非常認真。見狀，普琳蓓兒點了點頭，再次稍微退到洛飛身後，由他繼續發言。

「很好，看來大家都有幹勁了吧。那麼首先練習變出盾牌！」

由於每個人擅長的武器不一樣，見習騎士、見習文官與見習侍從需要的武器也不盡相同，但就只有盾牌是一樣的。洛飛說明，為了訓練大家做出一模一樣的東西，才讓大家從盾牌開始變起。然後，他與普琳蓓兒從魔法陣中拿出好幾塊盾牌。全是以金屬製成的方盾，上頭還刻有簡單的風屬性魔法陣。

「這是我們讓人用金屬做成的盾牌，好讓大家能統一外形。請一邊在腦海中描繪盾牌的形狀，一邊唸著『哥替特』讓思達普變形。就像這樣，哥替特！」

洛飛用思達普變出了方盾。這麼說來，去年比奪寶迪塔時，戴肯弗爾格與艾倫菲斯特的見習騎士們好像都拿著一樣的盾牌。原來全是在課堂上學到的嗎？我恍然大悟，看向洛飛握著的盾牌。

「大家一起舉起盾牌時，大小與寬度越一致，越能有效擋下猛烈的攻擊。哥替特因為是以魔力變成的方盾，所以並不重，女性應該也能順利完成。」

因為考慮到騎士會使用盾牌，外形才有所規定，但似乎沒有多少重量。這對沒什麼力氣的我來說真是好消息。我正想馬上試試看時，洛飛又高舉起方盾，指著像是刻在上頭的簡易魔法陣。

「這裡刻有魔法陣。像這樣加上風之女神舒翠莉婭的守護後，便能提升盾牌的防禦能力。只要在腦海中分毫不差地描繪出魔法陣，就能變為舒翠莉婭之盾。」

……嗯？所以意思是，比起這種簡易的魔法陣，我如果直接想像成神殿裡舒翠莉婭的神具，防禦能力就能加倍吧？

神具盾牌上的魔法陣更複雜，還鑲有大量魔石。而且葳瑪將其畫在了歌牌與繪本上，所以我在變出風盾的時候，一向是想像神具的樣子。

……可是，要把舒翠莉婭之盾改成長方形的，感覺很難呢。

對我來說，風之女神舒翠莉婭的盾牌就是圓形的。不如說在我想保護自己與身邊人們的時候，通常就是變成半球狀來使用。突然要我改成方盾，我也很難馬上推翻既有印象。而且要是隨意更改腦中的印象，可能也會影響到以後要變出風盾。漢娜蘿蕾與韋菲利特正在練習變出盾牌時，只有我一個人不知如何是好。

「羅潔梅茵大人，您的表情看來很煩惱呢。」

「這項作業並不難吧？」

發現我甚至沒變出思達普，只是沉吟苦思，漢娜蘿蕾與韋菲利特往我看來。

「很難喔。因為在我心目中，舒翠莉婭之盾就是圓形的。突然要我想像成長方形的樣子，我沒辦法馬上改變。」

「舒翠莉婭之盾是圓形的嗎？羅潔梅茵大人曾親眼見過？」

平常從不出入神殿的貴族，似乎連神具長什麼樣子也不曉得。漢娜蘿蕾怔怔地歪過腦袋瓜。

「裝飾在祭壇上的神具盾牌是圓形的喔，我已經很習慣變出圓盾了。」

「那妳去問問洛飛老師，可不可以變出圓盾就好了啊。」

「說得也是呢。再這樣下去，我無法今天之內就合格。我去問問老師。」

我走向正在觀看大家練習的洛飛，問道：

「請問變成圓形的盾牌不行嗎？因為我在神殿長大，比較習慣神具的圓盾。」

「但是，羅潔梅茵大人，見習騎士若不變出方盾，無法與其他人一起訓練。」

洛飛面露難色地說，我卻偏頭不解。見習騎士因為要與他人一起訓練，確實需要統一形狀吧。可是，我是領主候補生，完全沒有預計要與人一起上場戰鬥。

「洛飛老師，我是領主候補生，並不打算與人一起上場戰鬥。所以即使變的是圓盾，我想也沒有任何問題吧……」

洛飛像是無法理解我在說什麼，皺眉盤起手臂。

「妳是斐迪南大人的愛徒，卻不修習騎士課程嗎？為何？」

「也沒有為什麼……因為我不感興趣。」

這次我話一說完，洛飛的下巴只差沒掉下來，不斷地連連搖頭嘀咕：「不，這怎麼可能……」然後他的雙眼倏地瞪得老大，把臉往我湊過來。

「羅潔梅茵大人，那迪塔呢?!妳若不修習騎士課程，也無法參加迪塔喔?!」

「我不明白洛飛老師為什麼這麼驚訝。我個人並不喜歡迪塔啊……」

「妳說什麼?!」

……給我等一下。他到底誤以為我有多愛迪塔啊？

洛飛就這麼打開話匣子，向我傾訴迪塔的迷人之處。感覺到話題越來越與盾牌作業無關，我看向四周試圖求救。

……誰、誰來救救我啊！

接收到我的求救視線後，普琳蓓兒以流水般的優雅步伐走來。她以手托腮，先是微笑著輕聲說：「真傷腦筋呢。」然後說道：「洛飛，與迪塔有關的事情不應該在課堂上說吧。」

「可是，普琳蓓兒，羅潔梅茵大人她……」

普琳蓓兒輕輕抬手，打斷洛飛，溫柔微笑道：「羅潔梅茵大人，讓我看看妳變的盾牌吧。」儘管姿態極其柔美，普琳蓓兒卻讓人感到非常可靠。我對她點點頭，往思達普注入魔力，然後輕輕閉上眼睛，在腦海中清晰地想像出舒翠莉婭之盾。今天並不是要保護什麼人，所以變成大鍋子的鍋蓋大小就好了吧。

「哥替特！」

瞬間，曾在祈禱後出現過好幾次的舒翠莉婭之盾已經在我手中。盾牌呈半透明，顏色為貴色黃色，表面有著複雜精細的魔法陣。就和我想像的一模一樣。

「……是神具。」

洛飛大吃一驚，目不轉睛地端詳我的盾牌。周遭的學生們也傳來陣陣議論聲。畢竟大家都在練習變出方盾，只有我一個人變圓盾，也難怪引人注目吧。

……反正重點在於拿到合格成績嘛。

我拿著盾牌，向老師投去詢問的目光，想知道這樣是否合格了。普琳蓓兒打量了舒翠莉婭之盾後，微笑著點一點頭，說：「那來測試看看吧。」

「好，舉好盾牌！」

洛飛立刻幹勁十足，從皮袋裡拿出與大拇指第一指節差不多大的魔石。他先把魔石夾在大拇指與食指之間，向我展示大小，接著振臂一揮，朝著我的圓盾用力丟來魔石。

「呀啊！」

儘管知道要用盾牌進行防禦，但看到有魔石這麼迅猛地朝著自己飛來，還是好恐怖！我下意識地往盾牌灌注魔力。

「啪！」的巨響，魔石在撞上盾牌後碎成碎片，從盾牌吹出的強風更把洛飛吹得往後退。與此同時，我穿戴在身上的某個護身符發動了。八成是把丟過來的魔石判定成了攻擊。我看向握著盾牌的手，發現手腕上的其中一個手環開始發光。

「洛飛老師，請防禦！小心反擊！」

「哥替特！」

大概十分習慣戰鬥了，一看到我手腕上的護身符發出亮光，洛飛立即臉色大變地跳開，並在我揚聲警告的同時變出盾牌。護身符釋出魔力，宛如箭矢一般朝著洛飛筆直飛去。看到洛飛確實架好盾牌，擋下了護身符的反擊，我這才安心地大口吐氣。

「羅潔梅茵大人，剛才那是怎麼一回事？」

「是斐迪南大人給我的護身符，讓我在遇到危險的時候能保護我。幸好老師只是投來魔石而已，所以反擊也沒有太強烈。」

「剛才那樣的反擊還不算強烈嗎?!」

洛飛愕然得瞪大雙眼，但剛才發動反擊的，已經是斐迪南提供的冷血護身符中威力最弱的了。據說就算沒舉盾牌，直接被擊中也不至於喪命；只是會超級痛而已，但不用太擔心。順帶一提，斐迪南還曾經勾起嘴角說，最殘忍的是讓人死不了的反擊。

「詳情則是秘密，恕我無法告知……但不說這個了，請問我是否合格了呢？」

「羅潔梅茵大人甚至能夠完整重現神具，妳做的盾牌當然是合格了。」

我笑容滿面地向宣布合格的普琳蓓兒道謝後，唸著「咯空」解除變形，接著一骨碌轉身，要走回去找韋菲利特他們。

才轉過身來，便見大家忽然往後退開，為我空出了一條路。眾人臉上還流露出了些許畏懼，肯定是因為斐迪南給我的那些護身符吧。難得大家好心讓路給我，我便順暢無阻地直直走向韋菲利特。

「韋菲利特哥哥大人，我的盾牌合格了。聽說見習騎士的盾牌一定要統一形狀才行，但我因為是領主候補生，就算變圓盾也沒關係。」

「羅潔梅茵，在這種情況下，妳該說的話只有這些嗎？」

韋菲利特扶額這麼問我，我只好再想了想。

「其他的話……啊，對了對了。神具的盾牌因為有複雜的魔法陣，防禦能力好像也更強喔。哥哥大人既然也沒有要修習騎士課程，可以考慮變成神具。」

「不對，是妳那些護身符也太恐怖了吧。至少上術科課的時候應該拿下來，不然對旁人來說太危險了。」

韋菲利特眉頭深鎖，面色凝重地緩緩搖頭。對大家來說確實是很危險沒錯，但只要不攻擊我，護身符就不會發動。最主要這是斐迪南認為有必要，要求我戴在身上的東西，我不能擅自摘除。

「我當然也不想為身邊的人們帶來危險。倘若韋菲利特哥哥大人能取得斐迪南大人的同意，我就可以摘下來了。您願意代替我去拜託他嗎？」

我詢問後，韋菲利特立刻露出貴族特有的客套笑容，堅定搖頭。

「盾牌的練習時間到此結束。你們回去後要再自己練習。」

洛飛這麼宣布後，漢娜蘿蕾長長地呼了口氣。她說她雖然能在唸出咒語的同時馬上變出盾牌，但還沒辦法加上魔法陣。至於韋菲利特，則是非常苦惱究竟要和大家一樣都變方盾，還是重現防禦功能更強大的神具圓盾。由於要有明確的想像才能讓思達普變形，所以他似乎很急著做出決定。正因為他看過歌牌與聖典，知道舒翠莉婭之盾是什麼樣子，兩邊都能選擇，反而成了他的煩惱來源。

「唔！結果今天除了煩惱，我什麼也沒做嘛。」

「哥哥大人，反正您不像我一樣想去圖書館，慢慢考慮就好了呀。您去年也是在深思熟慮之後，就想出了加入徽章圖案的思達普吧？」

為了做思達普，他好像花了不少時間，說不定這次也能做出很威風的盾牌來。

就在我們閒聊的時候，洛飛與普琳蓓兒又從轉移陣裡拿出各種武器。有劍、長槍、鐮刀、斧頭等一字排開，全是近身戰武器。

「……沒看見弓箭呢。可是斐迪南大人曾使用過啊。」

聽見我的自言自語，漢娜蘿蕾為我解惑。

「聽說是因為弓箭比較難，需要訓練才能提升命中率，所以在這種基礎課程還不會接觸到，得等到修習騎士課程才有機會。」

「漢娜蘿蕾大人，您知道得真清楚。」

「因為戴肯弗爾格的騎士比例比他領要高，所以大家在宿舍聊天的時候，經常是見習騎士在主導對話。」

漢娜蘿蕾難為情地說完，低下頭去。看來在戴肯弗爾格的宿舍，平常就熱鬧得像在舉辦運動會。漢娜蘿蕾喜愛閱讀又文靜，說不定在戴肯弗爾格裡面很格格不入。

「接下來要練習變出武器。有些見習文官與侍從，說不定還沒近距離看過武器。大家要挑選適合自己的武器，試著讓思達普變形。至於見習騎士除了劍以外，還要再學會另一種武器。明白了嗎？」

洛飛的話聲一落，大家開始往成排的武器移動。韋菲利特大概也很感興趣，興沖沖地湊了過去。

「劍的咒語是索腓魯特，槍是嵐恩翠，鐮刀是里左荷爾，斧頭是牙克斯托……」

我一邊聽著洛飛說明的變形咒語，一邊思考。如果只是要把思達普變成武器，長槍是最簡單的。因為我不僅實際握過，生活中也經常看到，所以馬上可以想像出萊登薛夫特之槍。

……但揮不揮得動就另當別論了呢。

「羅潔梅茵大人，您不上前去看武器嗎？」

「是啊，因為我應該能馬上變出來……」

「能馬上變出來嗎？難不成您要變的武器也是神具？」

漢娜蘿蕾眨了眨紅色雙眼，目不轉睛地望著我，眼中明顯充滿期待。朋友都用這麼期待的眼神看我了，自然不能不回應。

「漢娜蘿蕾大人，您不嫌棄的話，要看看萊登薛夫特之槍嗎？」

「可以嗎？」

我變出思達普，輕輕閉上眼睛，在腦海中回想萊登薛夫特之槍。討伐司涅圖姆時我曾握在手中，所以不論大小還是魔石的數量，都還鮮明地烙印在腦海裡。厚重的灰色雲層底下，司涅圖姆颳起了白茫茫的暴風雪。土黃色的披風在飛雪中穿梭，努力與之奮戰。最後，是我握在手裡的，因魔力達到極限而綻放出了燦亮藍光的萊登薛夫特之槍。還有上頭的魔法陣。

「嵐恩翠。」

下一秒，我手中出現了完全如同自己所想的長槍。大概是因為明確地想像了討伐司涅圖姆時的場景，長槍一出現便蘊含大量魔力，大放藍光，看來非常危險。

「……這就是萊登薛夫特之槍嗎？好漂亮喔。」

聽見漢娜蘿蕾滿是讚嘆的輕喃，我不禁得意非凡。這時，見到綻放著藍光的長槍，洛飛臉色不變地一個箭步衝過來。

「羅潔梅茵大人，這是什麼?!」

「這是萊登薛夫特之槍，也是我最熟悉的武器喔。因為我是在神殿長大的。」

我把自己之所以對神具這麼熟悉，全推給「因為在神殿長大」，然後握著槍歪過頭。

「洛飛老師，請問武器也得通過檢測嗎？」

「……要接下這麼大量的魔力，我們恐怕應付不來。羅潔梅茵大人，妳合格了，快解除變形吧。」

如果現在是在騎士樓，就可以親眼確認威力有多強大了──洛飛在宣布我合格後，一臉極其懊惱地這麼低語。我唸著「咯空」解除變形。

「羅潔梅茵大人，感謝您讓我欣賞到這麼美麗的武器。」

如果要把萊登薛夫特之槍當成武器，對我來說並不實用，但既然老師已經判定合格了，漢娜蘿蕾也很高興，暫時就先這樣吧。

「漢娜蘿蕾大人，那您不去看看武器嗎？」

「因為我平常已經看習慣了，只是還無法決定要變成哪一種。我並沒有特別擅長的武器，如果又要用來防身，更是有些難以抉擇呢。」

「……的確，像我也不擅長使槍呢。是該好好考慮要選擇怎樣的武器來防身。」

我也跟著漢娜蘿蕾一起煩惱起來。感覺我沒辦法揮劍，長槍也不適合我。我需要更輕巧又容易操作的武器。

……如果要選弓箭，最好是十字弓那樣的造型，就算我沒什麼力氣也能順利操作呢。或者也能考慮神官長變過的弓箭，射出後箭矢會大量分裂，形成箭雨飛向敵人，那麼就算命中率不高，多少也能起到掩護的作用吧。

我「唔……」地沉吟思索。再怎麼想我也不覺得自己適合近身戰，若能從遠處進行攻擊是最理想的。既能保護自己，還能攻擊敵人。就算說我卑鄙也無所謂，安全第一。對我來說，我的人身安全最重要。

……最好是我可以輕鬆操作，還能坐在小熊貓巴士裡頭發動攻擊。

可是，即便再回溯到麗乃那時候，我也不記得自己拿過什麼武器。

……菜刀、小刀、雕刻刀、美工刀、剪刀，這些或許都能拿來當作武器，但我不太想這麼做，況且遇上魔獸的時候感覺也派不上用場。我又是和平主義者，從來不曾攻擊過別人。啊，被攻擊的記憶倒是有。

記得小時候，小修曾拿著嗶嗶吹笛，還有會一邊發光一邊發出電子音效的玩具槍攻擊我，還硬是要求我倒下來，我只好躺著看書。也記得每到夏天，他老在我看書的時候從背後偷襲……

「……『水槍』？」

就在我這麼嘀咕的時候，還握在手裡的思達普變成了廉價的半透明水槍，而且是小孩子能一手掌握的大小。

……哇噢！看起來就好弱！

武器的強化

太離譜了，水槍要怎麼拿來當武器！只會咻咻噴水的玩具根本不算是武器吧。

……我需要的武器要可以保護自己才行啊！

「羅潔梅茵大人，您手上的東西是什麼呢？是武器嗎？」

漢娜蘿蕾才剛說完，洛飛第一個做出反應。他的反應快到讓人懷疑他是不是一直在豎耳偷聽，迅雷不及掩耳地衝過來，注視我手上的水槍。

「那是羅潔梅茵大人的新武器嗎?!」

「不是的！這不是什麼了不起的東西，只是小孩子的玩具而已。」

「不不不，雖然妳聲稱那是小孩子的玩具，但其實是種強大的新武器吧……？希望妳能測試一下武器的威力。」

都怪洛飛的大嗓門，四周的學生們開始往我看來。拜託饒了我吧。那種彷彿在說「她這次又想做什麼了？」的視線好刺眼。

……有好多人臉上都寫著：除了護身符以外，她身上還有其他危險物品嗎？但這根本不危險，只是玩具而已啊！

眼看大家都在悄聲交頭接耳，肯定不是在說什麼好話。既然思達普的變形作業已經合格了，我真想逃離這裡，躲進圖書館去。

「好了，羅潔梅茵大人，攻擊那邊的敵人吧！」

不知何時準備好的，洛飛指著的方向立有好幾道捆著布做成的假人。把思達普變成武器以後，原本得藉由攻擊那些假人來測試武器的功用吧。只見一名看似是見習騎士的男孩子正在奮力揮劍。

……偏偏要站在那麼威風凜凜、看來就很強的男孩子旁邊，然後要我舉起水槍噴水嗎？我到時候看起來一定很遜！

一想到自己屆時的樣子有多愚蠢，我忍不住如撥浪鼓般地瘋狂搖頭。

「我說了，這只是玩具，不能拿來當武器。」

「嗯，是不想輕易向人展示自己的新武器嗎？不愧是斐迪南大人的愛徒。」

「只是沒有必要而已，我並不是刻意不想展示。」

「那我務必要見識見識。」

洛飛的雙眼燦亮，用力握起拳頭。看他那彷彿在說「好耶！」的表情，就知道他對水槍抱有過多的期待。既然如此，也只能讓他親眼見識一下，水槍是種多麼不適合拿來當武器的玩具了。

……就讓你滿臉的期待變成失望吧！

其他學生都遠遠圍觀，我則站到捆著布的假人面前。在彷彿連吞口水聲都能聽見的一片靜默中，讓人渾身不自在的目光全落在我與水槍上。

「那我攻擊了。」

我朝著假人舉起水槍。只有姿勢非常完美。然後我把手指搭在小小的扳機上，用力一按。

噗咻噗咻！

一道水流飛快地噴射而出，卻只差一點就命中假人，然後嘩啦啦地潑灑在地板上，並在微微發光後迅速消失。雖然這是水槍，但裝在裡頭的似乎是我的魔力，而不是水。魔力噴出以後居然還會自動消失，完全不用清理，這點太棒了。

我對自己的水槍感到佩服不已，周遭人們卻是一個個目瞪口呆。洛飛更是一臉茫然，無法理解似的甩甩頭。

「羅潔梅茵大人，請問這究竟是……？看起來並不像是武器……」

「所以我不是早就說了，這只是小孩子的玩具而已。」

「……冒昧請教一下，這玩具的用途是什麼呢？」

「這個嘛……就是用來稍微嚇唬人的吧。」

「原來如此，我確實嚇了很大一跳。」

洛飛大失所望地垮下肩膀。看著失望得無以復加的洛飛，我心想著要是他因此不再提出比迪塔的請求就好了，然後唸著「咯空」解除思達普的變形。

手上的水槍消失後，注視著這邊的眾人也像是失去了興趣，重新開始各自練習。大家終於別開目光後，我安心地吁了口氣，走回漢娜蘿蕾所在的地方，卻發現她的臉色有些蒼白，一臉不知所措。

「羅潔梅茵大人，真是非常抱歉。都怪我誤以為那是新武器，洛飛老師才……明明羅潔梅茵大人從一開始就說那是玩具了，結果還……」

「這不是漢娜蘿蕾大人的責任喔。」韋菲利特這麼安撫慌亂無措的漢娜蘿蕾。我也一起安慰她說：

「還請您別放在心上。只是洛飛老師自己急著下判斷而已，這完全不能怪漢娜蘿蕾大人喔。」

「可是……」

「只是洛飛老師剛好聽見了漢娜蘿蕾大人說的話，時機有些不湊巧罷了。」

「說、說得也是呢……」

我拚命表示這不是漢娜蘿蕾的錯，她聽了也點點頭淡淡微笑，但不知為何看起來好像更沮喪了。

很快地第六鐘響起，思達普的變形課結束了。

晚餐過後，韋菲利特召集了我與我的近侍，向大家報告我今天在思達普的變形課上做了哪些事情。比如我變出了舒翠莉婭之盾與萊登薛夫特之槍，把眾人嚇一大跳；在洛飛測試盾牌功用的時候，斐迪南的護身符竟發動了反擊；還有我做了水槍等等。韋菲利特一件事也沒漏地說了出來。

「您變出了舒翠莉婭之盾與萊登薛夫特之槍嗎?!」

「反擊竟在測試的時候發動……考官是洛飛老師還真是萬幸。萬一是傅萊芮默老師，後果可不堪設想。」

大家全驚愕地瞠大雙眼，紛紛發表自己的感想。斐迪南的護身符會發動，確實也令我感到吃驚。我也在此刻後知後覺地深深慶幸，幸好這堂課的老師不是凡事都把我視為眼中釘的傅萊芮默。

「……不只是妳的近侍，我也得寫報告書寄回艾倫菲斯特，妳也該站在我的立場上想想吧。」

韋菲利特大嘆口氣，沒好氣地瞪我一眼。經他這麼一說，我想起了去年韋菲利特的報告書還寫得不太好，讓監護人們頭疼不已。不曉得韋菲利特與他的見習文官們，現在寫起報告書有沒有進步了呢？

「那麼，不如由我代替韋菲利特哥哥大人來寫報告書吧？」

「對自己不利的事情妳就不會報告了吧？」

「怎麼會呢。我一向只寫事實，而且確切又簡潔。」

真是失禮──我瞪向韋菲利特，柯尼留斯卻深深嘆了口氣。

「您要是確切又簡潔地報告事實，內容肯定只有『我今天的術科課也合格了』而已吧。我真是打從心底慶幸韋菲利特大人與羅潔梅茵大人同年級。因為羅潔梅茵大人的報告每次都太簡潔了。」

柯尼留斯說完，朝我瞥來一眼。但怎能用那種眼神看我呢。畢竟我只是在思達普的變形課上，照著老師的要求變出盾牌和武器而已。除了「我今天的術科課也合格了」，還有需要報告的事情嗎？監護人們也知道，在神殿長大的我只變得出舒翠莉婭之盾；而水槍不過是派不上用場的玩具，連洛飛都大失所望。頂多為了提供研究成果，得報告斐迪南的護身符在課堂上做出了什麼反應，除此之外不值一提吧。

「如果對我的報告內容感到不滿，想寫的人就自己寫一份吧。我並沒有做出任何怕被人往上呈報的事情。」

「不對，羅潔梅茵。我的意思是妳別再做出我們得寫報告的事情。」

韋菲利特反駁說完，黎希達重重點頭。不過，哈特姆特反倒高興得雙眼發亮，往前傾身想要了解得更清楚。

「羅潔梅茵大人，您的表現果然不凡。竟然變出了舒翠莉婭之盾與萊登薛夫特之槍，名副其實是艾倫菲斯特的聖女。」

「哈特姆特，不好意思破壞你的感動，但我因為無法靈活地揮舞長槍，所以不會拿來當武器喔。更何況我也沒力氣朝著目標擲出長槍。」

討伐司涅圖姆時，我是因為有斐迪南的協助才投得出去。如果要我一個人完成那種壯舉，我可以挺起胸膛信心十足地說不可能。

「羅潔梅茵大人，這正是您強化身體的目的啊。」

「……哈特姆特，我會強化身體，是為了讓自己可以如常生活。」

倘若沒有輔助用的魔導具，我現在是可以自己慢慢走，但我本來就個子不高，做任何事情也總是比別人慢。如果想在行動時保持著和大家一樣的速度，我非得強化身體不可。

「但是，為防萬一您仍然需要武器。如果您不擅長使槍，那就更需要其他武器了。對此您打算怎麼辦呢？」

「我確實也覺得該準備一樣武器。所以我想要的武器，最好能讓我繼續坐在騎獸裡頭，而且可以單手拿著，然後伸到窗外進行遠距離的攻擊。」

我為自己理想中的武器列出條件後，見習騎士們一臉複雜地互相對望。

「羅潔梅茵大人可以單手拿著的武器？她即便用雙手，也只拿得動短劍吧？」

「斐迪南大人給的護身符，不就是他為羅潔梅茵大人準備的武器嗎？」

見習護衛騎士們說的完全沒錯。就是因為對我的戰鬥能力不抱期待，斐迪南才判定需要為我準備護身符。

「唉，別想這件事了。既然已經通過這門課了，羅潔梅茵的武器有叔父大人給的護身符就夠了吧。會議到此結束，報告書就由我來寫。」

這場報告會就由韋菲利特如此作結。

回到房間後，在床上躺了下來，我忍不住開始思考大家都說不用再想的武器。斐迪南提供的護身符固然強大，但自己完全沒有戰鬥能力好像也不好。也要考慮到萬一敵人數量太多，結果護身符消耗完了的情況吧。我還是需要萊登薛夫特之槍與玩具以外的武器。

「如果不是玩具『水槍』，一般的『槍』也許就能派上用場呢……」

我一邊沉思一邊嘀嘀咕咕，這時忽然想到一件事。

……嗯？我當時只說了「水槍」而已吧？那並不是咒語吧？

變出劍與長槍的時候，應該都需要唸咒語。如果只是要變出類似的形狀，我早在變出思達普的時候就成功辦到了。但是，如果想讓變出來的武器真正具有劍與長槍的功能，就需要唸咒語。我內心感到很不可思議，變出思達普後，再一次輕聲唸道：「『水槍』。」然而，思達普沒有變形。

「為什麼？啊，因為我沒有想像外形嗎？」
我輕輕閉上雙眼，在腦海中明確地勾勒出水槍的模樣後重新唸咒。這次成功變出了和稍早一樣的水槍。也就是說只要明確地想像出形體，即便用日語唸「劍」，也能變出劍囉？我馬上試著證實自己的假設，握著思達普想像劍的模樣，然後以日語發音唸「劍」。但是，思達普一點變化也沒有。
「咦？這樣不行嗎？」
劍、長槍與盾牌都只要想像神具的模樣，再唸出咒語就能順利變出，但唸成日語就變不出來。我真是搞不懂其中的規則。總之，我又試著唸了「印刷機」、「影印機」、「剪刀」等日文單字來做測試，結果我能以日文咒語變出的，就只有這個廉價的玩具水槍。或許還有其他的能變出來，但目前無法一一查證。
最終我拿著變出來的半透明水槍，躺在床上滾來滾去不斷試射。只不過出來的都不是真正的水，所以在碰到東西的瞬間就消失了。就算在床上射擊，棉被也不會變濕。更讓我好奇的是，不管我怎麼射擊，水槍裡的液體也不見減少。看來只要我的魔力沒有耗盡，就可以一直使用。
「……能不能想辦法強化這把『水槍』呢？」
因為不僅可以用單手輕鬆拿取，也只要按下扳機就能進行攻擊，即便另一隻手還握著小熊貓巴士的方向盤也不成問題。裡頭填裝的也不是單純的水，而是魔力，所以不需要另外補充。只要能再改善射程與威力，說不定能讓我拿來當武器。
「說到用水當武器的，就是水刀了吧？可是，水力要強到什麼程度才具有殺傷力呢？真難明確想像出來。乾脆像消防車的水帶那樣，用大量的水流進行攻擊？慢著慢著，那樣根本不必改造水槍，直接施展洗淨魔法就可以了吧？」

我一邊吐槽自己想到的主意，一邊甩著手上的水槍。半透明水槍中看來只像是水的魔力跟著搖來晃去。

「既然裡面裝的不是水而是魔力，也許可以像神官長射過的箭矢一樣？比如討伐陀龍布那時候，『咻』地射擊以後變成箭矢……」

咻！叭叭叭叭叭！

要是射出以後變成箭矢，那一定很酷吧──我這麼心想著按下扳機後，射出的魔力真的變成了箭矢。再加上我想像的是斐迪南討伐陀龍布時的畫面，因此箭矢立刻分裂成無數支箭，飛向圍著床舖的布幔。只不過箭矢在射中布幔後立即消失不見，留在上頭的坑坑洞洞卻沒消失。

……還真的、變成箭矢了。

我大吃一驚地仰望著布幔時，黎希達臉色大變地掀開布幔衝進來。

「大小姐，發生什麼事了?!」

「咦？呃……」

看到我手上還拿著水槍，再看向箭矢雖然消失了卻還處處破洞的布幔，黎希達似乎馬上明白了這是怎麼一回事。她的眉尾直勾勾地往上豎起，雙眼瞪得老大，目光變得無比銳利。下一秒，雷聲般的怒吼貫穿耳膜。

「大小姐！您怎能在床上使用思達普?!居然把布幔變成這副德行，還不快點解除那種危險的武器，閉上眼睛歇息！」

「對不起！我現在馬上睡覺！咯空！」

解除變形後，我火速鑽進棉被裡頭。

……對不起、對不起！因為我沒想到真的會變成箭矢嘛！

隔天，前往餐廳要用早餐的半路上，一等近侍全員到齊，黎希達馬上嘆著氣開口說了：

「昨晚大小姐竟然在床上把思達普變成名為『水槍』的武器，還在布幔留下了大大小小的洞。哈特姆特，請把這件事也寫進寄回城堡的報告書裡。」

「……羅潔梅茵大人，在床上使用武器是很危險的喔？」

菲里妮一臉不敢置信，眨了眨眼睛說，我默默別開視線。昨天的術科課倒還沒什麼，但在床上使用了武器這件事，肯定會被狠狠訓一頓。

「您昨天不是才說『水槍』只是玩具，沒辦法當武器嗎？」

柯尼留斯毫不掩飾錯愕地看向我說。

「原本真的只是玩具而已喔。可是，因為裡面裝的是魔力，我就在想說不定能像斐迪南大人的弓箭那樣，讓射出的魔力變成箭矢；還心想如果箭矢能分裂的話，就能變成強大的武器了……」一邊想著這些事情一邊射擊後，那個，布幔就壯烈犧牲了。

「羅潔梅茵大人，請務必讓我見識一下那個名為『水槍』的武器。」

「我也想看看。不僅可以單手操作，魔力還會形成箭矢飛出去吧？不知道我能不能也拿來當武器呢？」

哈特姆特整個人往我傾身，優蒂特的堇紫色雙眼也亮起光彩，語帶興奮地說，結果其餘近侍也表示想看一眼。看來即使對我的行徑感到無言，大家還是對新武器感到好奇。

「那要不要上午上課之前去一下採集區域呢？因為在宿舍裡面太危險了。」

萊歐諾蕾又補充說，倘若要展示新武器的人不是我，那直接在雪地上進行也沒關係，但對象是我的話就得顧及我的健康。大家一致同意後，便決定等等要前往艾倫菲斯特的採集區域，向近侍們展示我的改良版水槍。

吃完早餐，我們立即前往採集區域。在多功能交誼廳裡讀書的其他人，紛紛詢問我們要去哪裡，哈特姆特一概避重就輕帶過。

坐上騎獸升空後，很快便能看見綻放著黃光的區塊。就只有那裡始終不會積雪，每次看都令我感到驚奇。不過，也因為採集區域會引來大量魔獸，所以一旦飛進去，騎士們就會非常忙碌。

「飛進採集區域以後，不管有沒有魔獸，我都會發動攻擊。請護衛騎士一定要待在我的左右兩側，絕對不能跑到前面去。那麼走吧。『水槍』！」

我集中精神，將思達普變成水槍後，只以左手操控方向盤，盡可能往窗外伸出握著水槍的右手，然後衝進採集區域。

「哇！」

彷彿穿過了鑲有單向玻璃的結界般，下一秒景色變得截然不同。緊接著，我看見前方有好幾頭魔獸。我鎖定魔獸，邊回想斐迪南討伐陀龍布時的畫面，邊用力扣下扳機。「咻」地噴出的液體變作了發光箭矢，並分裂成無數支箭破空飛去。其中幾支箭射中了魔獸。

「成功了！」

「噢噢！」

但儘管成功射中了，也只是造成傷害而已，似乎很難一擊就倒。對於從天而降的箭雨，魔獸一瞬間畏懼瑟縮，但馬上朝我們齜牙咧嘴。

「我來！」

騎著騎獸的柯尼留斯加速衝向魔獸，手裡早已握著劍，不過一眨眼的工夫就將其消滅。

「已經確認過羅潔梅茵大人武器的威力了，我們馬上離開！」

萊歐諾蕾揚聲大喊，於是我們幾乎是一到採集區域，就掉頭返回宿舍。因為萬一不慎引來更多魔獸，只有三名見習護衛騎士會應付不來。

「……就算用了武器，我還是打倒不了魔獸呢。」

本以為自己可以帥氣地一擊就殲滅數隻魔獸，果然現實沒有那麼容易。

「不，那樣已經十分足夠了。魔獸被削弱的程度出乎預料，我還嚇了一跳。」

柯尼留斯安慰我說：「因為魔獸的力量變弱了，我才能打倒喔。」似乎是今天出現的魔獸其實有些難應付。

「這個新武器真是厲害，但不是我有辦法操作的呢。因為我沒有足夠的魔力可以射出那麼多箭矢。」

優蒂特一臉遺憾地看著水槍。雖然又小又輕便，還能單手操作，但她說攻擊力與魔力量有正相關。水槍簡直可說是專為我設計的武器。

……雖然自從改為射出箭矢以後，這就不能叫作水槍了呢。

由於水槍的威力出乎意料的高，用起來也很方便，所以我決定以後就把水槍當作自己的武器，再慢慢加以改良。

……既然決定要用了，那乾脆別再變水槍，改成酷一點的黑色手槍吧。沒錯，改成冷硬派的風格！

回到宿舍的多功能交誼廳，當大家在用功讀書的時候，我則一個人獨自奮戰，設法改變水槍的外觀。比起看來廉價又粗糙的水槍，我更想要帥氣的黑色手槍。

「唔唔，又失敗了……」

然而遺憾的是，我以前連帥氣的黑色玩具手槍也沒摸過，所以根本無法明確地想像出外形。再怎麼嘗試，腦海裡也只有模糊的影像，更別說變出來了。現階段我成功改變的外觀，就只是讓水槍變成黑色的而已。還稍微有點半透明，看來十足詭異。

……不————！再這樣下去，我就當不了硬邦邦的水煮蛋，要變成軟綿綿的溫泉蛋了！

「好了，大小姐。請您別再苦著一張臉，快去大禮堂吧。今天可是全員能否在第一堂課就合格的重要日子。別管思達普了，把心思放在學科課上吧。」

在黎希達的催促下，我解除了思達普的變形。今天我預計修完二年級的學科，之後就能專心慢慢改良水槍。首先，目標是學科全員合格。

……以後我一定要拿著超級帥氣的手槍，為自己增添冷硬氣質！

首日全員合格

今天就可以修完所有學科了，而且是一定要修完。如此一來，上午多出來的時間就能用來預習明年的課程、改造水槍，我將變得強大又帥氣。

「哥哥大人、姊姊大人，希望二年級生們考試順利……不過，你們去年也是所有人在第一堂課就合格，多半不需要我擔心吧。」

夏綠蒂手托著腮，一邊說一邊輕聲嘆氣。因為夏綠蒂率領的一年級新生，有三名下級貴族在昨天下午的歷史與地理課上沒有通過考試，所以已經不可能達成全員第一堂課就合格的條件。昨天晚餐過後，我們在報告二年級的術科課上發生哪些事情時，聽說夏綠蒂與一年級生們也在開會討論對策。

「儘管我們已經預先上過一些課，也得到了參考書，但我還是沒能帶領下級貴族通過考試。姊姊大人去年竟然能在事前毫無準備的情況下，來到貴族院後還協助所有下級貴族通過考試，我真不明白您是怎麼辦到的呢……」

夏綠蒂用非常不可置信的表情看著我。她說她本來認為，自己已經在兒童室裡帶領了孩子們幾年時間，現在只是要帶領一年級新生，應該不會太難吧。然而實際嘗試以後，她發現只靠十天左右的死記硬背，無法讓大家達到合格門檻。

「夏綠蒂，羅潔梅茵做的那些事情，一般人是模仿不來的。她不只親自指導那些沒達到合格標準的人，還會找出那些人不擅長的地方，幫他們準備可以徹底補強弱點的複習題，甚至不惜犧牲自己的睡眠時間。不僅如此，她還一邊準備自己的考試，一邊督促下級貴族讀書，不斷給他們施加壓力……那時候他們真的很可憐。」

韋菲利特回憶起去年的這時候，一臉餘悸猶存地說，我聽了噘起嘴唇。被他這樣形容，我簡直和採取斯巴達教育的斐迪南沒兩樣嘛。

……嗯，不過我多少也是參考他的做法啦。

「歸根究柢，那也是韋菲利特哥哥大人造成的啊。如果不是您要求我，在所有一年級生都通過學科考試前不能去圖書館，我也不會逼著大家硬背下來。」

「對，妳說得沒錯。我當時太無知了。所以自那之後我也學到了教訓，如果要對妳提出與書有關的條件，絕對不能把其他人牽扯進來。夏綠蒂，妳想慫恿羅潔梅茵做事的時候，也一定要非常小心。因為她會以自己為基準，要求大家也做到一樣的事情，而且不能和平常一樣，得努力到極限為止。」

聽完韋菲利特的忠告，夏綠蒂神情肅穆地點頭，還用莫名心有戚戚焉的語氣低聲說：「若被要求做到與姊姊大人一樣的事情，那太痛苦了呢。」

「今年的新生沒能以最快速度合格是很遺憾，但與其連續多天都得面對領主候補生的施壓，每餐也吃得食不知味，還要勉強自己把考試內容背下來，我覺得讀書還是輕鬆一點比較好。」

韋菲利特感慨甚深地這麼說完，一年級生們全露出同情不已的表情，看向二年級的下級貴族們。臉上明顯寫著：「好險不是我們。」

「哥哥大人說得沒錯。我們一年級生昨晚也討論出了結果，決定今年先好好上課，以取得高分為目標。因為一年級的課程內容比高年級生要少，就算把目標改為取得高分，我們仍有勝算吧。我們已經說好，明年再設下全員第一堂課就合格的目標。反正之後有一整年的準備時間，我們也有獲勝的機會嘛。對吧？」

夏綠蒂說完，一年級生們用力點頭，臉上有著顯而易見的信賴。夏綠蒂受洗後，這三年來都負責在兒童室裡帶領眾人，現在看來也非常可靠地引領著一年級新生。她還會鼓勵今年沒能一舉合格的新生們，並為大家立下新的目標。

「一年級生要學的東西不多，這點確實對你們比較有利，但高年級生也都做好了萬全的準備，今年成績優秀的人說不定會比去年還多喔。千萬不可輕敵大意。」

「姊姊大人真是的，還請您別給我們施加壓力。」

夏綠蒂輕睨我一眼。我們正往中央樓移動，然後二年級生要去大禮堂，一年級生要前往各自上課的教室。

「一年級生今天要上騎獸製作課吧？大家加油喔。」

「好的，我打算製作和姊姊大人一樣的乘坐型騎獸。而且我一直在近距離下觀看姊姊大人的騎獸，這點應該十分有利吧。」

夏綠蒂笑著揮了揮手，往不同的方向走去，其他一年級生也跟在後頭。我們二年級生則要前往大禮堂，上最後的學科課。

「我們二年級生一起達成全員一舉合格的目標吧。」

「我們可是預習了一年的時間，絕對可以合格。重點更在於如何取得高分。」

韋菲利特咧嘴笑道，信心十足地環顧在場眾人。去年我們通過學科考試以後，便馬上比對二年級的參考書，一起編寫了最新版本的參考書。然後大家一同分享，各自抄寫了一份，花了一整年的時間認真預習。此刻，眾人臉上都洋溢著自信。

「今年我有信心。」

去年曾在歷史和地理考試上陷入苦戰的菲里妮與羅德里希都挺起胸膛說。我們一定能辦到——我也有足夠的信心敢如此斷言。

走進大禮堂後，我們成排坐在編號十號的位置上，拿出魔導具筆。究竟艾倫菲斯特的二年級生能否和去年一樣，全員在學科的第一堂課就合格，結果將在今天揭曉。感覺得出周遭的學生們也在看著我們。

「嗨，韋菲利特。你們如果也通過今天的考試，就真的所有人一次性過關吧。還真驚人。多雷凡赫已經有幾名下級貴族沒通過考試了。」

奧爾特溫在走向三號的座位時，中途停下腳步對我們說道。韋菲利特看向一大群的多雷凡赫學生，露出苦笑。

「艾倫菲斯特只要八個人都通過考試，就可以聲稱全員過關，但多雷凡赫的二年級生多達三十人左右，全員一舉合格的難度當然比我們高吧。」

「話雖如此，但艾倫菲斯特的學生人數儘管不多，成績正顯著上升也是不爭的事實。其實，我也很期待你們今天又全員合格。不過，一定是多雷凡赫的分數更高。」

奧爾特溫輕笑了聲，走向自己的座位。得到來自多雷凡赫的鼓勵，韋菲利特臉上露出開心的笑容，繼續看起我們自己製作的參考書。深綠色雙眼因為有了良性的競爭對手，正燃燒著熊熊火光。

「我們可不能輸給多雷凡赫呢。」

「嗯。但先不說領地的成績，我希望自己的分數能贏過奧爾特溫。」

……這種友情真不錯呢。

我有些羨慕韋菲利特去年在貴族院建立起的友誼，自己也在考前做最後衝刺。今天要考試的科目，分別是學習詩歌的文學，還有學習經濟與倫理的社會學。兩門課教的都是簡單的基礎，所以並不難。

鐘聲很快響起，老師們走進大禮堂來。往常總是馬上開始考試，但今天先宣布了一些聯絡事項。由於明天實之日一年級新生要去採集「神的意志」，上午將改為上學科課；二年級生也因為教室的關係，上午與下午的課會對調。

老師們說明完後，隨即開始文學課的考試。

「多雷凡赫、艾倫菲斯特，全員合格。」

文學考試我們也全員合格了。韋菲利特看向大家，點了點頭後，我們馬上開始準備接下來的社會學考試。

社會學因為政變過後換了老師，課程內容與過往有很大的出入。斐迪南提供的參考書與現在的上課內容完全不一樣，所以整理參考書時讓我們費了一番工夫。而且課程內容均是以往的更難，也對將來比較有幫助。

「那麼，開始社會學的考試。」

站在前方的社會學老師是傅萊芮默。確認所有學生都拿到了考試用卷後，她微微一笑，然後開始唸題目。

「咦？這是怎麼……」

「課程內容不包含這個吧？」

教室內立即充滿了嘈雜耳語。話聲大多來自多雷凡赫與周遭的上級貴族，尤其是認真預習了課程內容的領地。面對在大禮堂內蔓延的不安聲浪，傅萊芮默目光銳利地狠瞪向學生們。

「安靜！每個題目我只會唸三遍！有問題請在唸完題目以後提出，別妨礙到其他人考試！」

傅萊芮默高亢又尖銳的嗓音透過魔導具傳出，響遍整個大禮堂，讓人忍不住想摀住耳朵。她不顧還有學生在議論紛紛，開始唸第二遍題目。由於沒聽到就糟了，大家動作一致地拿起魔導具筆，趕緊把題目抄下來。大禮堂內頓時鴉雀無聲。

就在第一題唸完了三遍後，多雷凡赫有人喊道：「傅萊芮默老師！」大家全坐著寫字時，奧爾特溫往上站起。

「多雷凡赫，有什麼問題嗎？」

「我對考試內容有疑問，去年並沒有教到這些。」

奧爾特溫說的沒錯。傅萊芮默剛才唸的題目，是斐迪南那時候的上課內容。政變過後，正確說來是傅萊芮默成為任課老師以後，課程內容就不一樣了。任課老師若是換人，通常課程內容也會跟著改變，但在任課老師始終是同一位的情況下，一般幾乎不會更動。

其他學生也同樣對此表示抗議。傅萊芮默聽著大家抗議了好一會兒後，嘴角彎起笑意。

「你說內容與去年不一樣嗎？那是當然的呀。因為這是我今年接下來要教給大家的東西。課程內容本來就未必與前一年相同。我剛才的問題，是以前學生的上課內容。我只是檢視了從前的課程範圍，把我覺得該教給學生的部分納進來而已。」

單聽說明的話，會覺得這位老師對教育工作真是熱心。因為她不僅調查了以前的課程範圍，還把覺得應該教給學生的部分納進自己編排的課程裡。

……如果她在剛任教的前幾年就這麼做，我會非常佩服，再加上若沒有那麼得意的笑容，我也會覺得「老師真是認真備課呢」。

傅萊芮默說明完她為何更改課程內容後，呵呵笑了起來。但是，她的雙眼卻不是望著起身發問的奧爾特溫，而是艾倫菲斯特。再遲鈍的人看了那個笑容也知道，她這麼做是為了讓我們沒有辦法在第一堂課就全員通過考試。

「多雷凡赫，若沒有其他問題就坐下吧。」

「……是。」

多半也明白了傅萊芮默視線的含意，奧爾特溫一邊坐下一邊微微回過頭來，擔心地看了我們一眼。其他學生也朝我們投來同情的眼光。但是，既然最一開始出聲抗議的大領地多雷凡赫都不再反駁、重新坐下，其他人也無法多說什麼。

「我們就盡己所能吧。」

韋菲利特低聲說道，我點一點頭。羅德里希與菲里妮也看著傅萊芮默，慢慢地點了下頭。

「那麼，我繼續出題。」

傅萊芮默朗讀題目的話聲在靜默下來的大禮堂內迴盪，其間穿插著寫字的沙沙聲響。考試重新開始了。

「……大家都寫完了嗎？」

艾倫菲斯特終於寫完試卷時，幾乎所有領地都已經交卷了。因為這次的考題有一半皆是大家還沒學過、近十年來也沒在課堂上提及的內容，就算想寫也寫不出答案。多數領地早早就死心放棄，交出了約有一半全是空白的考卷。

儘管已經考完試了，但大多領地仍留在自己的位置上，一定是因為很好奇艾倫菲斯特的成績吧。

「羅德里希，那你去交卷吧。」

羅德里希對韋菲利特點點頭，收好大家寫完的試卷後走向傅萊芮默。傅萊芮默似乎一直在等著艾倫菲斯特交卷，臉上掛著不懷好意的笑容接過試卷。

「那馬上來為艾倫菲斯特改分數吧。」

傅萊芮默說完立刻改起考卷，但下一秒卻雙眼瞪大，改著考卷的手也猛然顫抖。

「哦……答案非常正確嘛。」

「這下子妳滿意了吧，傅萊芮默老師？艾倫菲斯特並沒有作弊。因為他們就連妳還沒教過的內容也回答得出來，而且全員合格。」

一起改考卷的老師們滿臉興味盎然，看了看考卷再看向傅萊芮默。

「唔……艾倫菲斯特，全員合格。」

傅萊芮默透著不甘的話聲在大禮堂內響起，他領學生全一臉驚愕。還在考試的人甚至驚訝得揚起頭來，看向艾倫菲斯特。

「全員合格嗎?!」

「為什麼?!」

韋菲利特露出了得意的笑容，環顧一臉吃驚的他領學生。菲里妮與羅德里希也在輕聲笑著。相信我自己臉上也露出了「不出我所料」的滿意微笑。

已經考完試的多雷凡赫學生們「唰」地起身，往我們走過來，翡翠綠色的披風在他們身後飄動。

「韋菲利特，恭喜你們全員合格。可是，能告訴我你們是怎麼辦到的嗎？這次的考題並不在原本的課程範圍裡吧。」

聽見奧爾特溫逼問，韋菲利特聳了聳肩。

「很簡單。剛才傅萊芮默老師也說了吧，這次的考題包含了以前的上課內容。我們只是預習的時候，也把過去的範圍涵蓋進來。」

現在的學習內容若與過往不同，一旦日後開始工作，本身具備的知識會與上司以及前輩有出入。而且以前的上課內容比較有難度，必要知識最好還是全部學起來。斐迪南也說：「別以為只有見習騎士的教育水平下降了。」如今在艾倫菲斯特，不僅正以從前的教學內容為基準，讓見習騎士與新進騎士們接受特訓、重新打好基礎，也在重新評估該如何教育新進文官，自然不可能讓貴族院的學生還維持現狀。

「艾倫菲斯特在評估新的學習方法時，曾比較過從前與現在的上課內容，並且製作了新的參考書。只是剛好在這次的考試派上用場而已，奧爾特溫。」

其實不只是二年級生。為了成年以後，不被人說我們的所受教育不足，現在所有課程的學生都找出了從前與現在的參考書進行比對，然後重新編寫新舊內容皆有的參考書。不論是哪個年級、哪個專業課程的學生，就算發生了與今天相同的情況也完全不用擔心。

「……真是教人吃驚。那也供多雷凡赫參考吧。」

奧爾特溫眨了眨淡褐色眼眸後，揚起嘴角笑道。看這樣子，多雷凡赫明年會變成不好應付的勁敵吧。感覺就算多達三十個人，也有可能全員合格。「彼此加油啊。」韋菲利特也笑著回道。韋菲利特應該是那種希望雙方都拿出全力來應戰的類型吧。不過我呢，是希望可以輕鬆獲勝的類型。

……看來關於聖典繪本，還是再保密一段時間吧。

「啊，對了。羅潔梅茵大人。」

忽然被奧爾特溫開口叫住，我忍不住眨眨眼睛。奧爾特溫竟然叫我而不是韋菲利特，這好像還是頭一次吧？我盡可能優雅又婉約地偏過頭後，奧爾特溫說了：「阿道芬妮姊姊大人要我傳話給您。」瞬間，腦海中閃過了阿道芬妮在交流會上用手指撫著酒紅色頭髮、刻意向我展示光澤的畫面，我不由得感到緊張。

「她說如果您在今天成功修完了所有學科，那麼在您返回艾倫菲斯特舉行奉獻儀式之前，上午應該會有時間，非常希望能與您舉辦茶會。聽說去年您也曾在社交週開始之前，便與庫拉森博克的艾格蘭緹娜大人舉辦了茶會，姊姊大人一直為此感到惋惜。」

……被、被被被、被邀請參加茶會了！嗚哇，我一點也不想去。因為不知道會被問什麼問題，太恐怖了。

這可是立刻就仿造出了絲髮精的多雷凡赫的邀請。儘管我在心裡「噫——！」地驚駭吶喊，但為了不表現出來，只好加深臉上的笑意。再怎麼害怕，我也不能拒絕多雷凡赫的邀請。艾倫菲斯特只能笑著接受。

「哇啊，阿道芬妮大人竟然邀請我嗎？真是我的光榮。請您替我告訴她，我也十分期待與她一起舉辦茶會。」

……啊啊，能去圖書館的時間要變少了。

「大小姐，明明所有二年級生都通過考試了，您的臉色卻不太好看哪。」

一回到宿舍，黎希達便滿臉擔憂地打量起我的臉色。我輕輕嘆口氣。

「因為多雷凡赫的阿道芬妮大人請人來問我願不願意參加茶會。我想不久後就會收到邀請函，再麻煩侍從妳們應對了。」

與心情沉重的我不同，見習侍從布倫希爾德聽了立即用力握拳，一雙蜜糖色眼眸亮起充滿幹勁的強烈光芒。

「羅潔梅茵大人的社交活動總是很早便開始，為了能夠跟上您的腳步，我已經磨練了一整年的時間，這次一定會應對得無可挑剔。」

「在您回去舉行奉獻儀式之前，就已經與人訂下了不少約定呢。不只跟音樂老師，還要在圖書館舉辦茶會，另外也與戴肯弗爾格的漢娜蘿蕾大人，還有多雷凡赫的阿道芬妮大人有約嗎？對象均如此高貴，羅潔梅茵大人的人際關係真是太教我驚訝了。」

莉瑟蕾塔把與我有約的對象全列出來，傷腦筋地淡淡微笑。她說我往來的，都不是艾倫菲斯特至今會有交流的對象，所以準備起來格外費心。

「哎呀，莉瑟蕾塔。這種時候，妳應該要說這正是我們大展身手的好機會吧。雖然距離社交週還很早，但我可是非常期待呢。因為一定會很有成就感。」

布倫希爾德躍躍欲試，但回想一下社交週原本開始的時間，我現在確實是在提早他人很多的情況下，就安排太多社交活動了。

「畢竟現在修完學科的只有二年級生，能夠以會給近侍造成負擔為理由，推掉多雷凡赫的茶會邀請嗎？」

「您若推掉了所有邀約那還好說，但只拒絕多雷凡赫的話，恐怕不可能呢。」

雖然早就料到會這樣，但果然不行啊。我輕輕嘆了口氣。就在這時，一年級生也回來準備吃午餐了。在走進來之前，夏綠蒂始終是笑容可掬，但她一與我四目相接後，立刻起腳朝我跑來。臉色不僅慘白，整個人還像是走投無路。

「夏綠蒂，怎麼了嗎？」

「姊姊大人，今天在術科課上，多雷凡赫邀請了我參加茶會。對方還說第一次要參加茶會，您想必會很緊張，可以和令姊一同出席……」

……哇噢，感覺就像是布下了天羅地網。

多雷凡赫可是一下子就查出了絲髮精的做法，甚至仿造重現。髮飾同樣不過是以絲線編織而成，他們遲早也能有樣學樣地做出來。母親當初還只是把最小的花飾拿在手上端詳，就看懂了怎麼編織。如果是技藝精湛的手工藝匠，只要能拿到髮飾，再複雜的織法也只要一年左右就能重現吧。而植物紙的做法雖然沒那麼容易查出來，但他們若有辦法調查到紙張裡的纖維，馬上就能知道原料來自植物。感覺不管被問什麼問題、不管怎麼回答，多雷凡赫都會放大檢視。想要逃跑的心情不斷在心裡擴散。我真想乾脆病倒，到時候讓自己臥床不起。此刻的我滿腦子都在想著如何逃避現實。

「居然要與多雷凡赫舉辦茶會，怎麼辦呀，姊姊大人……」

……啊！現在就連夏綠蒂也收到了邀請，我到時候要是臥病在床，這麼不安的夏綠蒂不就得一個人出席了嗎？那怎麼行！

連我要參加這場茶會都感到心情苦悶了，更不能讓夏綠蒂獨自赴約。眼看第一次要參加茶會的夏綠蒂如此不安，我必須在旁邊帶領她才行。沒錯，我可是姊姊。

「夏綠蒂，沒事的，有我陪著妳。讓我們用鋼鐵般的意志，一起去面對多雷凡赫吧。」

夏綠蒂那雙藍眼眨了好幾下，定定望著我瞧。為了給她打氣，我對她微微一笑。

……儘管依賴我吧。因為我是夏綠蒂的姊姊呀。

似乎感受到了我的心意，夏綠蒂雖然還是一臉不安，但也露出堅強的笑容。

「好的，我也會盡己所能。」

調合課與回復藥水

「大小姐，您下午要上調合課，趕快換上調合服吧。」

就好比騎乘騎獸時因為穿裙子不方便，必須換上騎獸服一樣，進行調合作業的時候也得換上袖子不會造成妨礙的調合服。由於先前在神殿進行調合時，我都是直接穿著平常的神官服，所以這還是我第一次穿調合服。調合服與文官的制服有些相似，袖子一樣不那麼飄逸，還規定不能有蕾絲以及裝飾性皺褶，以免妨礙到調合作業。最大的特色，在於穿調合服時不繫披風，而是用胸針固定住與披風同色的領巾。

黎希達幫我換上調合服，也確認過所有東西都帶了以後，我出聲叫喚同樣要上調合課的菲里妮。

「菲里妮，妳準備好了嗎？」

「好了，羅潔梅茵大人。」

菲里妮稍微捏起調合服的裙襬，輕聲笑著應道。菲里妮的調合服，是黎希達與奧黛麗不知從哪裡挖來的某人的舊衣。為了讓人看不出來是舊衣，已經縫補修飾過，還加上了刺繡。

「我好高興能有這麼漂亮的調合服。多虧了大家教我怎麼修補。自從在城堡生活以後，我裁縫的手藝好像也進步一點了呢。」

「因為菲里妮凡事都很努力啊。」

「大小姐，請您也學學菲里妮，認真點練習刺繡。」

「是。等到時之女神德蕾梵庫亞的命運絲線交織，我一定認真練習……」

有機會練習的話再說吧——我這麼敷衍黎希達，走下階梯。比起刺繡，抄書更重要，而看書又比抄書更重要啊。

「讓大家久等了。我們前往小會廳吧。」

雖然這是我第一次上調合課，但由於之前已經被逼著做過不少回復藥水，所以一點新鮮感也沒有。「這是我第一次上調合課，真期待。」看到韋菲利特這麼說，我還不覺莞爾。

在神殿製作回復藥水時，我就只是照著斐迪南的吩咐準備好材料，量好切好以後丟進鍋子裡，灌注魔力使其融合。由於斐迪南還不讓我做自己用的回復藥水，所以對我來說，目前做的回復藥水都只是練習而已，做好後全賣給了艾克哈特與安潔莉卡。完全變成一種作業，一點也不好玩。

「斐迪南大人已經在教我做回復藥水了，所以我一點也不期待呢。我比較想做回復藥水以外的東西。」

近侍們都知道斐迪南在教我製作回復藥水，因此只是附和道：「是啊。」羅德里希卻瞪圓了眼，發出驚訝大叫。

「羅潔梅茵大人，您也已經會調合了嗎?!」

「因為斐迪南大人說，我必須學會自己做自己要喝的回復藥水，所以教了我做法。」

目前我會做四種回復藥水。」

話聲剛落，這次換見習騎士們吃驚地扭頭看我。

「請等一下，羅潔梅茵大人。回復藥水有多達四種嗎?!」

原來貴族院只教兩種，一種是下級至中級使用的基本回復藥水，另一種是使用了高品質原料的上級用回復藥水。他們說除非是斐迪南那樣的研究狂，否則自己會做的回復藥水一般就只有兩種而已。怪不得每當要做難一點的回復藥水時，安潔莉卡與艾克哈特都希望能由自己擔任護衛，再當場把藥水買下來。

「我現在會做的四種回復藥水，第一種是能讓魔力與體力都有少許恢復；第二種是能讓魔力與體力都回復得多一點；第三種是體力不變，但魔力能大幅恢復；第四種是魔力不變，但體力能大幅恢復。」

……斐迪南大人則是除了這些，還會製作能讓魔力與體力都大幅恢復，但也犧牲了味道的超級難喝藥水。還有微幅改良版的好心藥水，以及加了哈爾登查爾的柏靈琉斯之實後，味道不僅大幅改善，效果依然不變的完美藥水。加起來總共能做七種呢。

但我不曉得這些事情能否隨口告訴別人，所以只是放在心裡嘀咕。

「有叔父大人在，感覺都不必來貴族院就讀了。」

「從教學層面來看的話或許可以這麼說，但因為要得到思達普才會被認可為貴族，所以還是得來貴族院喔。」

「而且也只有在貴族院才能與他領交流。雖然責任重大，讓人心情很沉重呢。」

準備去大禮堂上學科課的夏綠蒂說完，輕嘆了口氣。想到今後的社交活動，她似乎已經想回艾倫菲斯特了。那種覺得社交活動好麻煩的心情，我非常能明白。

「但與他領交流、結交朋友，其實很好玩喔，並不只有討厭的事情。」

韋菲利特強調社交活動也有開心的一面後，笑容又重新回到夏綠蒂臉上。身為姊姊，我可不能輸給韋菲利特。我也必須讓夏綠蒂高興起來。

「韋菲利特哥哥大人說得沒錯。如果沒來貴族院，就結交不到愛書的朋友，也看不到圖書館裡的書，這對人生來說可是莫大的損失呢。」

「羅潔梅茵，妳也該看看書與圖書館以外的事情。」

韋菲利特夾雜著嘆息說完，夏綠蒂也用力點頭同意，但這麼強人所難的要求只讓我感到困擾。除了書本與圖書館以外，還有什麼值得我看的事情嗎？

「養父大人吩咐，希望我今年在貴族院平靜安穩地度過。所以我如果太熱中於參加社交活動，他們反而會很傷腦筋吧。」

去年我因為與王族還有上位領地有過多交流，害大家忙得暈頭轉向。今年我想就先維持原有的人際關係，適度參與社交活動，再把心力放在圖書委員的工作上比較好。

「那麼，為了讓姊姊大人能盡情看書，我也會竭盡所能幫忙。」

「夏綠蒂，妳真是太堅強、太可愛了！不過，妳放心吧。我身為夏綠蒂的姊姊，當然也該努力參加社交活動。」

「咦？呃，姊姊大人……為什麼？您可以儘管去圖書館喔？」

夏綠蒂吃驚地張大雙眼。我輕拍她的手臂，連點好幾下頭。

「別擔心，夏綠蒂。我也是領主的孩子，還是妳的姊姊呢。該盡的義務我一定負起責任。」

怎麼能把麻煩的事情全推給這般堅強的妹妹，自己窩在圖書館裡呢。我決定了，自己也要盡可能出席社交活動！

走進小會廳後，我發現屋內不同以往，已經為調合課做好布置。最前面的牆壁上掛著一塊大白布，正前方有張工作桌，桌上目前還空空如也。屋內另外還有幾張桌子，但只有最靠前的那張桌子上放有六個小型調合鍋，隔著一定距離排列開來。似乎是因為老師要監督學生添加藥草的過程。鍋子顯然不是依人數做準備，所以切好材料以後，就是先搶到鍋子的人先進行調合吧。其餘的桌子上則依人數放有木板，桌面中央還擺有形似天秤的秤重器。

回復藥水的做法，就只是先量好要添入的數種藥草，然後在功能與砧板相當的木板上切好藥草，放進鍋子裡攪拌熬煮。可謂一點難度也沒有，大家應該很快能合格。

「那麼開始上調合課。」

赫思爾先是說明了器具的使用與洗淨方式，還有各種注意事項。這些事我都已經聽斐迪南不知說過多少遍了。我一邊聽一邊點頭，目光反而是被赫思爾帶來的魔導具吸引住。那是斐迪南修理過的魔導具。赫思爾伸手觸碰魔導具後，掛起的大塊白布上便浮現出了藥草分量與製作步驟。看到大家都「嗚哇！」地驚叫出聲，可想而知這種魔導具並不常見。

「這個魔導具我只會在第一堂課上使用，所以請大家一定要把藥草的名稱、所需分量與步驟等等，自行抄寫下來。寫完的人，請量好藥草的所需分量，然後把思達普變成小刀，把藥草切碎。」

赫思爾說完，大家動作非常一致地開始抄寫。但白布上的內容參考書裡都有了，所以我與韋菲利特完全沒有抄下來的必要。至於我呢，更是只要依據藥草的名稱與份量，確認自己做的是最簡單的回復藥水就好了。「韋菲利特哥哥大人，您先量吧。」我拿來天秤說。韋菲利特神色緊張地量好藥草後，把思達普變成小刀。接著我也量起自己的藥草，同時不經意地看向韋菲利特的方向，嚇得張大眼睛。

「韋菲利特哥哥大人，您那樣會切到手指的。」

看到韋菲利特那種不是要切藥草，根本是要剁手指的小刀拿法，我不由得倒抽口氣。他的動作比麗乃那時候第一次上烹飪課的男學生還要可怕。聽我出言提醒，韋菲利特眨了幾下眼睛，然後輕笑起來。

「嗯？羅潔梅茵，妳放心吧。因為小刀是思達普變成的啊。」

思達普是以自己的魔力變成。因此，以思達普變成的小刀只要沒有傷害自己的意圖，就算不小心劃到，也不會劃傷自己的手指。之前我還一直納悶，明明用不著把思達普變成小刀也能進行調合，況且比起變形後的小刀，直接使用能灌注魔力的刀型魔導具還比較能節省魔力，為什麼還要特地讓思達普變形呢？但現在聽到韋菲利特這麼說，我總算明白了。

仔細想想這好像也是理所當然。因為在集結了領主候補生與上級貴族的班級裡，學生全是從沒拿過小刀切東西的大小姐與小少爺，鐵定有很多人在切藥草這一關就會遭受挫折。

「就算知道不會割傷手指，但還是讓人看得冷汗直流呢。」

「既然妳這麼擔心，不然妳先示範給我看。妳不是很擅長調合回復藥水嗎？」

韋菲利特噘起嘴巴說完，學生們的目光都往我身上集中。雖然又引來了無謂的矚目，但這也沒辦法。還是教一下韋菲利特怎麼切藥草比較好吧。

「我並不擅長喔，只是習慣了而已。」

真正的擅長，是指斐迪南那樣的情況。我把測量藥草用的天秤推回桌面中央，變出思達普後唸著「密撒」變成小刀。

「韋菲利特哥哥大人，您應該像這樣拿著小刀，按著藥草的手要這麼擺，就不會切到手指頭了。」

我把手握成貓爪狀按著藥草，一邊向韋菲利特說明，一邊迅速地切起藥草。周遭響起了「噢噢」、「好快唷」的讚嘆聲，但這根本一點也不厲害。只要是平常有在煮飯的平民，任誰也辦得到。

「聽說藥草切得越平均，越容易用魔力將其融化。」

切完後，我唸著「咯空」解除變形，再消除了思達普，連同木板端起切好的藥草，走向放有調合鍋的桌子。不光韋菲利特，同桌的學生們似乎也很好奇要怎麼調合，全跟在後頭走過來。

「赫思爾老師，我可以使用調合鍋了嗎？」

「雖然妳的速度快到讓我有些吃驚，但沒問題喔。羅潔梅茵大人也知道該怎麼洗淨吧？」

「是的。」

「省了我一一指導的工夫哪……各位，羅潔梅茵大人要開始示範了！從未見過調合過程的人、光看步驟還是不太明白的人，請來前面觀看吧！」

赫思爾倏地抬高音量，呼喚學生前來。「身為老師，別捨不得花時間指導學生啦！」我強忍住了心裡這句吐槽，覺得自己真是善解人意的好學生。

被前來參觀的學生團團圍住，感覺真是讓人渾身不自在。但是，只能硬著頭皮上了。我先把木板放在桌上，變出思達普詠唱「瓦須恩」，洗淨調合鍋。現在我已經不會再讓水溢到四周了，魔力的調節十分完美。

「妳的洗淨很完美呢，那麼開始調合吧。」

我把木板上的藥草倒進鍋子裡後，再次取出思達普，這次詠唱「司提洛」變成筆，然後沿著調合鍋的邊緣畫了一個圓，並在圓圈中寫了幾個符號。

「羅潔梅茵，那個魔法陣是什麼？」

「是縮短時間用的。」

我一邊向韋菲利特說明，一邊再度解除變形，又唸著「佰姆恩」變成攪拌棒。現在我也已經學會怎麼根據鍋子的大小變出攪拌棒，所以長度恰到好處。接下來，只要持續攪拌到表面發出淡淡光芒，回復藥水就完成了。

「羅潔梅茵大人，課堂上應該沒有教你們要使用縮短時間的魔法陣吧？」

「啊，失禮了。我不小心依著平常的習慣……」

因為長時間的攪拌會讓手臂很痠，所以自從斐迪南教了我縮短時間的小技巧以後，我經常使用。這麼說來，今天列出的步驟裡頭並沒有畫魔法陣這一項。但雖然赫思爾指摘了我，這時也無法消除魔法陣了。

「羅潔梅茵大人所用的魔法陣，是藉由灌注加倍的魔力來縮短熬煮時間，但還不習慣調合的人若使用了一定會失敗，所以請大家還是慢慢地注入魔力吧。」

赫思爾這麼提醒學生們以後，低聲唸道：「真是的。」然後嘆了口氣。

「竟然還懂得畫上魔法陣，迅速完成回復藥水，羅潔梅茵大人根本是太習慣了吧？至少這不是第一次上調合課時該做的事情喔。」

「是斐迪南大人教我的，因為他說自己喝的藥水要學會自己做。雖然我現在的調合能力，還沒好到能做自己的藥水。」

「斐迪南大人還真是老樣子，讓人摸不透他究竟是嚴厲還是好心哪。」

一般不會為了把自己的藥水配方教給別人，還教導對方如何調合——赫思爾一邊說，一邊舀起我做的回復藥水，滴了幾滴在某樣魔導具上。是藥水調合好後，用來測試其品質的魔導具。因為斐迪南也有同樣的道具，所以我見過。

「藥水的品質與效果都合格了。」

……好耶！

後來，每當看到周遭的學生們一派戰戰兢兢地拿著小刀切藥草，我就跟著提心吊膽。與此同時，我也在下課前把調合的訣竅教給韋菲利特。

「羅潔梅茵，要平均地灌注魔力有什麼訣竅嗎？」

「就是灌注魔力的力道不能變弱。因為一旦累了，流出的魔力自然會在中途減少，所以必須從一開始就少量灌注，不然就是像我一樣，利用可以縮短時間的魔法陣。但如果用了縮短時間的魔法陣，在藥水完成之前得一口氣注入不少魔力，所以並不建議初學者採用。」

看得出來附近的學生們都豎起耳朵在聽，但他們又沒有發問，我若主動過去幫忙指導，會不會只是多管閒事呢？我正想著這件事時，下課鐘聲響了。除了我以外，今天沒有其他人合格。要一邊攪拌一邊平均地注入魔力，似乎相當有難度，沒有人成功做出品質達到合格標準的回復藥水。

用完晚餐，我們三個領主候補生與近侍們便聚集起來，開始討論要怎麼應付多雷凡赫，並寫信詢問與社交有關的問題。韋菲利特的信要寄給齊爾維斯特，我的要寄給斐迪南與艾薇拉，夏綠蒂的則要給芙蘿洛翠亞。雖然信上的內容幾乎差不多，但因為夏綠蒂說她想知道每個人的答覆，所以我們各自寫了一封。之後要把信交給轉移廳裡的騎士，請他送回艾倫菲斯特。把寫好問題的信函交給見習文官們後，我忍不住疲憊地重重吐口氣。

「姊姊大人，辛苦了。您身體還好嗎？」

「現在先別管我，夏綠蒂妳呢？明天是很重要的日子吧？要是沒有好好休息，說不定會在中途暈倒喔。」

明天一年級生就要去最奧之間，採集「神的意志」。因此，只有明天一年級生會改為上午上學科課，二年級生則是上術科課。想起那段不知在洞窟裡走了多久的回憶，我這麼提醒夏綠蒂，她卻發出咯咯笑聲。

「就算走到有些累了，我應該不至於在半路上失去意識吧。」

「雖然不至於失去意識，但領主候補生跟下級貴族比起來，得往裡面走上很長一段路。夏綠蒂，妳最好還是早點休息。」

明明不肯對我輕易示弱，夏綠蒂對韋菲利特卻乖巧地點了點頭。

……總覺得我越來越沒有身為姊姊的威嚴了。這可是很嚴重的事態！

該怎麼做才能重建我身為姊姊的威嚴呢？我「嗯……」地沉吟思考時，夏綠蒂突然端詳起我的臉龐。

「姊姊大人、姊姊大人，您果然身體不太舒服吧？」

「我身體還可以。而且現在更重要的是，我身為姊姊得為了夏綠蒂……」

「您如果真的為了我著想，請馬上去歇息吧。是馬上喔。」

夏綠蒂的藍色雙眼盈滿擔憂，說著：「我很擔心姊姊大人。」連黎希達也說：「大小姐，可不能讓妹妹為您擔心。」於是在兩人的合作無間下，回過神時我已經躺在床上了。對了，布幔上的洞似乎也在我出門上課的那段期間補好了，現在看去已經完好如初。

就在我想著可以做哪些事情來恢復姊姊的威嚴時，不自覺間好像就睡著了，睜眼醒來已是早上。

今天上午暫時改上術科課，要用魔石製作防具。聽說那種牢牢包覆住全身的鎧甲是騎士要穿的，但一般人也要懂得製作類似防彈背心的簡易鎧甲，否則在危險的時代與場所會無法保護自己。

「羅潔梅茵，妳想鎧甲是不是也該和思達普一樣，設計得帥氣一點啊？」

「……韋菲利特哥哥大人，今天要做的鎧甲平常也能穿在起居服底下，所以就算設計得非常帥氣，也沒辦法給別人看喔？」

「對、對喔……妳說得沒錯。」

結果韋菲利特聽了一臉超級失望。他垂頭喪氣的模樣，讓人覺得好像該安慰他一下。他那麼想做帥氣的鎧甲嗎？雖然我不太能理解韋菲利特的堅持，但他再這麼消沉下去，也讓人坐立難安。

「呃，不過，也有人說不因為沒人看得見就敷衍了事，這才是真正的時尚，所以哥哥大人若想做帥氣一點的鎧甲，我覺得也很好喔。」

「不因為沒人看得見就敷衍了事，才是真正的時尚嗎？嗯，這句話我喜歡。」

韋菲利特眨眼間就恢復了好心情，開始描述他想設計的帥氣鎧甲。原來他腦海裡已經有構想了。不過遺憾的是，韋菲利特設計的鎧甲沒辦法穿在起居服底下，結果他只能重新再想一個。

而這門術科課最先合格的人不是我，是漢娜蘿蕾。似乎是因為她在戴肯弗爾格的時候經常穿簡易鎧甲，所以早就習慣了。在漢娜蘿蕾之後，戴肯弗爾格的上級貴族們也一個個地合格。

鎧甲就和騎獸的製作一樣，要在想像中讓魔石沿著身體固定，所以並不難，再加上我對造型也沒什麼執著，很輕易便過關了。韋菲利特似乎很想做出帥氣的鎧甲，那就讓他努力到自己滿意為止吧。

羅德里希的請求

下午因為學科課已經上完了，所以有了空閒時間。目送一年級生們出發去最奧之間後，我與菲里妮還有羅德里希一起拿著三年級的參考書，在多功能交誼廳裡預習文官課程。今天由修完學科的優蒂特在旁護衛。其他二年級生也各自開始預習，不然就是與韋菲利特一起練習術科課的內容。

「等二年級的課修完，你們兩人要做什麼呢？」

認真讀了一會兒書後，我開口向兩人攀談。

「我和羅潔梅茵大人不一樣，術科課可能要花點時間才能合格，但等二年級的課全部修完，我打算找他領的學生蒐集故事。今年應該可以蒐集到更多吧。」

菲里妮的嫩綠色雙眼亮起燦爛光輝。現在她已與去年不同，懂得如何向他人問出資訊，加上在城堡和神殿與形形色色的人接觸以後，現在要與陌生人交談也不會感到畏縮了吧。

「菲里妮真是太可靠了，我會拭目以待喔。那羅德里希打算做什麼呢？」

我再把話題丟向羅德里希，只見偏橘的褐色髮絲隨著他緩緩抬頭的動作飄揚。羅德里希放下手中的筆，在桌上交握手指，還在指尖上使力。

「我有話想對羅潔梅茵大人說，什麼時候都可以。能請您給我一點時間嗎？」

那雙蘊含決心、透著緊張的深棕色眼睛直勾勾注視著我。現在他的表情，就和之前他說想獻名時的緊張神情幾乎一樣，連我也在不自覺間緊張起來。我曾想過把羅德里希納為自己的近侍，而我能否做好覺悟接受他的獻名，也會對我的未來產生重大影響。我不禁嚥了嚥喉嚨。

「大小姐，請您確實做好心理準備以後，再敲定時間吧。」

黎希達的平靜話聲忽然傳來。我回過頭後，便見她臉上帶著柔和笑意。

「獻名是非常重要的事情。無論是獻名還是接受獻名，對雙方來說都一樣。所以，大小姐也需要做好心理準備。」

看到羅德里希那下定決心般的表情，黎希達心裡也想著和我一樣的事情吧。我點點頭接受了年長者的意見後，羅德里希卻緩緩搖頭。

「我並不是想現在馬上獻名，而是有話想告訴羅潔梅茵大人。」

「你想告訴我什麼事情呢？」

如果不是獻名，還有什麼事情嗎？我一點頭緒也沒有。見我偏頭納悶，羅德里希略微陷入沉思，眼神在空中游移。

「……我想告訴您，我為何想向您獻名，以及自己至今的想法。因為羅潔梅茵大人的近侍對我說了，我如果不把這些事情告訴您，您也無法判斷是否該接受我的獻名吧。」

我下意識地轉頭看向優蒂特與菲里妮。優蒂特想了一會兒後咕噥：「是哈特姆特吧。」看來哈特姆特私底下相當活躍。但是，我確實需要機會聽聽羅德里希的想法。

「黎希達，請去準備一個房間。」

「遵命，大小姐。」

「其實本來應該兩人單獨面談比較好，但護衛騎士與侍從必須跟在我身邊。還請你見諒了。」

「我屬於不同派系，可以理解我是需要警戒的對象。」

黎希達去準備談話用房間的時候，我則微微垂著眼簾，收好剛才讀書時看的紙張。菲里妮似乎也跟著感到緊張，來回看向我與羅德里希，跟著收拾文具。

隨後，我帶著菲里妮與護衛騎士優蒂特，前往黎希達準備好的房間。進入小房間後，我也請羅德里希坐下，與他面對面。

「羅德里希，你想告訴我什麼事情呢？」

羅德里希先是垂下雙眼，接著抬頭看向菲里妮、優蒂特、黎希達，最後把目光停在我身上。

「雖然馬提亞斯大人之前要我好好考慮清楚，但我仍然想向羅潔梅茵大人獻名。但當然，前提是羅潔梅茵大人願意接受的話。因為有人告訴我，羅潔梅茵大人並不希望有人向她獻名，我若獻名也只會造成她的負擔。」

說這些話的人也是哈特姆特吧——我心裡這樣猜想，點了點頭。

「同時對方也告訴我，我應該盡可能說出自己的想法，讓羅潔梅茵大人能了解我。而且只有在貴族院的時候才有機會……所以，我才想稍微占用您的時間。」

羅德里希一邊斟酌用詞，一邊平靜說明，給人的感覺與第一次見到他時相比變了不少。

……記得第一次見到羅德里希的時候，他給人調皮搗蛋的感覺呢。

我一直記得羅德里希曾是韋菲利特的朋友，去兒童室的第一年，他成天與韋菲利特玩在一起、跑來跑去。當初他也是朝我丟雪球的其中一個孩子，當我決定要出借教材的時候，他想借的也是歌牌和撲克牌，而不是繪本。經過白塔一事後，羅德里希確實變了很多。

「第一年在兒童室，我真的過得很開心。」

羅德里希如此起頭後，開始娓娓道來。他說他第一次看到那麼多種玩具，而且不論身分，只要贏了比賽就能得到美味的點心。老師還會確認每個人的程度，可以發憤學習；甚至不必付錢，只要提供我不曾聽過的故事，就能借到教材。

「起先我只是想借歌牌而已。為了吃到美味的點心，就得在歌牌或撲克牌的比賽中獲勝。而我在歌牌的比賽中獲勝機率較高，因為想要多練習，便向羅潔梅茵大人說起故事。可是說到一半，我開始搞不清楚自己在講什麼，但為了把故事說完，也只好隨口胡謅，硬是把故事說完。」

「是啊，聽得出來是小孩子特有的天馬行空，非常有趣呢。」

想起羅德里希那時候為了歌牌，儘管心虛地眼神亂飄，但還是拚命把故事說完，我忍不住發出輕笑聲。

「看到羅潔梅茵大人聽得那麼高興，我也得意忘形起來，所以又編了一個故事，成功借到了撲克牌。為了隔年也能借到歌牌與撲克牌，春天的時候我還問了父母親，蒐集到了幾個故事，一直期待著冬天可以去兒童室。」

冬天去兒童室之前，秋天還有狩獵大賽，羅德里希說他也非常期待再見到貴族區裡的孩子們。然後到了狩獵大賽，一群孩子聚在一起，大玩各種遊戲，還在大人們的慫恿下，開始了尋找白塔的冒險之旅。

「父親大人告訴我，樹木上會有標記，所以我們不會迷路，但白塔只有領主一族可以進入。我完全不曉得一場小小的冒險會演變成那種結果，進入平常被禁止入內的森林探險時，還玩得非常開心。」

結果，韋菲利特因為擅闖白塔而被問罪，當時教唆他的貴族們也一樣。但由於給予韋菲利特的處罰相當輕微，對於貴族也就沒有嚴懲，只是自那之後，羅德里希說他的生活就徹底變了樣。

「我因為是第二夫人的孩子，本來就不受重視。但由於我與韋菲利特大人同年又是同性，所以有很多機會可以與他接觸。父親大人似乎也是單憑這一點，相當讚賞我的表現。在我還與韋菲利特大人玩在一起的時候，他對我十分溫柔，也經常面帶笑容，可是在我被疏遠以後，他臉上的笑容就消失了。他判若兩人地開始指責都是我不對，我根本不知道該怎麼辦。因為，當初慫恿我去探險的明明就是父親大人啊。」

聽說羅德里希的父親抱怨說，他本來還希望可以自由選擇要去哪個派系，如今卻因為羅德里希犯了錯，再也不能接近領主一族，因此對待羅德里希變得十分殘暴。在我開始把魔力壓縮法教給己方派系的人以後，更是變本加厲。

「我不僅在家裡待得十分痛苦，就算到了原本那麼期待的兒童室，也沒辦法再和大家一起玩耍，每天都過得鬱鬱寡歡。比起一邊比賽一邊還要在意旁人的眼光，用看書來打發時間還比較自在。」

關於在我沉睡時兒童室裡是怎樣的光景，我只聽過韋菲利特與夏綠蒂的描述。但是，對舊薇羅妮卡派的孩子們來說，他們似乎待得如坐針氈。

「就在這時候，羅潔梅茵大人的護衛騎士拿了一本書來，說是那一年為兒童室印製的新書。還說羅潔梅茵大人如果沒有在遇襲後陷入沉睡，應該會親自拿給我們看吧……那本書裡頭，出現了我曾講過的故事。」

羅德里希倏地看向遠方，眼眶濕潤，緊緊握起拳頭說：「那個當下我真的好高興。」就在羅德里希覺得兒童室裡沒有自己的容身之處時，他看到了那本書，覺得那裡是自己唯一可以容身的地方。

「那本書我反覆看了好幾遍，然後我漸漸發現，自己當初講得亂七八糟的故事，全被修改得可以印在書上供人閱讀，成了真正的故事。自那之後，我看書的時候都會留意書上的用字。現在我也會一邊創作，一邊思考該怎麼寫才好。雖然還有很多進步空間……」

後來在兒童室裡，羅德里希不再熱中於玩遊戲，而是熟讀聖典繪本與騎士故事，然後試著根據菲里妮蒐集來的故事重新改寫，或把自己蒐集來的故事修改成書面語。我想對於手邊幾乎沒半本書的羅德里希來說，這應該是非常耗時耗力的大工程。

「我認為你的努力完全沒有白費喔。因為羅德里希去年在貴族院提供的故事，都整理得通順易讀。」

「羅潔梅茵大人就像這樣，總是不分派系，一視同仁地給予評價。去年您也買下了我寫的故事。早在那時候，我就強烈地希望能夠服侍羅潔梅茵大人。但是，我卻是您必須警戒的對象。不僅隸屬於舊薇羅妮卡派，還對如今已是您未婚夫的韋菲利特大人犯下了無法挽回的失誤。即便成年以後，脫離現在的派系，也很難輕易得到您的信任，想要侍奉您更只是痴人說夢。」

羅德里希低頭看著自己交握的雙手，從我們身上別開視線，難以啟齒似地接著說：

「然而，明明我無法成為近侍，和我一樣一直在蒐集故事的下級貴族菲里妮卻被納為了近侍，可以服侍您。我真的非常羨慕她，也痛恨自己身處在不同的派系。」

聞言，菲里妮露出了過意不去的表情，靜靜俯下臉龐。

「我一直以為，自己永遠也沒有機會能成為羅潔梅茵大人的近侍。但是，奧伯・艾倫菲斯特創造了機會給我，他說只要獻名，就能得到您的信任。」

羅德里希用力揚起頭，定睛望著我。

「若是獻名就能得到您的信任，我願意獻上自己的名字。既然菲里妮發誓，她要蒐集來所有故事獻給羅潔梅茵大人，那我也願意發誓，我會為了羅潔梅茵大人創作故事，並悉數奉獻給您。」

羅德里希在交握的手上使力，用力到指尖都泛白了。那雙深棕色眼眸綻放著強烈光芒，目不轉睛地注視我。

「拜託了……倘若我能寫出羅潔梅茵大人願意招攬我為近侍的故事，到那時候，您願意接受我的獻名嗎？」

希望我接受他獻名的羅德里希，縱使我並未將他納為近侍，其實也早就算是效忠於我的人了。我在收下羅德里希帶來的故事後，看得非常開心；自己也曾表示想招攬他為近侍，卻被身邊的人反對。如果只要接受羅德里希的獻名，大家就不會有異議，那再招攬他為近侍也沒關係了吧？

……是養父大人說的，只要願意獻名，就可以相信對方吧？

「羅德里希，我願意接受你的獻名。」

「羅潔梅茵大人?!」

羅德里希不敢相信地瞪圓了眼，眨也不眨地看著我。

「因為羅德里希獻給我的，是我最想要的東西呀。我會連同故事接受你的獻名。」

「對大小姐來說，獻名反倒只是附贈呢。」

黎希達用傻眼的語氣這麼說，但確實就是附贈沒錯。因為即使不向我獻名，我也相信羅德里希。

「不過，我們也需要做些準備來接納羅德里希。首先，請你先與自己的家人好好談談吧。」

「沒有這個必要。因為對家人來說，我是可有可無的存在。」

羅德里希的表情顯得十分痛苦，但我直視他的臉龐。

「但若能與我攀上關係，家人說不定會願意主動接近你喔？你可以趁著這個機會與家人好好相處……」

我話還沒說完，羅德里希便用力閉上雙眼，表示拒絕。

「當初就是因為父親大人的指示，我才失去了韋菲利特大人的信任，也失去了我在兒童室的快樂時光，還使得我無望成為羅潔梅茵大人的近侍。我之所以獻名，是因為我想

得到羅潔梅茵大人的信任，並不是為了父親大人或家人。倘若父親大人今後又有不利於羅潔梅茵大人的言行，我會再也無法原諒他。所以，請您允許我在獻名的同時，離開家人身邊。」

看著想與家人分開的羅德里希，我想起了從前的路茲。當時，斐迪南曾說必須先了解過所有人的想法才行。畢竟也有可能是家人之間明明為彼此著想，但說出來的話語與心意卻沒能讓對方知道。羅德里希因為父親的言行而受到傷害、感到痛苦，這些都是事實，但單憑他的說法，我還無法做出判斷。

「目前我還沒有足夠的情報，能夠判定是否該讓你和菲里妮一樣與家人分開，還是該讓你與家人一起生活。等在冬季的社交界上獲得更多情報後，我再做判斷。」

羅德里希如釋重負地放鬆了緊繃的肩膀。他慢慢點一點頭後，堅毅的眼神像是已經訂下目標，嘴角揚起開心的弧度。

「在羅潔梅茵大人準備要招納我為近侍的這段期間，我也會做好獻名的準備。因為，首先我得學會怎麼做刻名字用的魔石。」

我們談完時，一年級生們也為免撞到彼此，各自間隔了一點時間，依序回到宿舍來。看得出來他們都慎重地抱著某個看不見的東西。

「要馬上進入自己的房間喔，小心別撞到任何人。」

黎希達如此提醒一年級生們。夏綠蒂帶著自豪的笑容點頭回應，走上樓去。接下來，直到「神的意志」與自己徹底融合為止，一年級生們都不會離開房間。想起去年的自己，我不禁感到懷念。

由於一年級生不在，在稍顯安靜的餐廳吃完晚餐後，我與近侍們討論起明天的休假要如何度過。因為端看我採取的行動，近侍們的行程也會改變。

「可以的話我想去圖書館。」

「羅潔梅茵大人，我與莉瑟蕾塔都希望可以外出，為茶會等等的社交活動預先與人商量討論呢。」

因為我很早就開始有社交活動，布倫希爾德與莉瑟蕾塔都想先做些事前準備；柯尼留斯與萊歐諾蕾則表示他們想去討伐魔獸。

「我們要與他領合作，為修習文官課程的高年級生準備上課材料。」

有些領地因為見習騎士的人數不多，很難單靠微薄人力採集到足夠的魔石，所以這些領地的見習騎士會互相集結，大家一起去討伐魔獸。

「我們會留下優蒂特，保護羅潔梅茵大人。」

近侍們紛紛表達意見，意思明顯在說，他們各自已有安排，希望我能老老實實地待在宿舍。眼看我還無法放棄圖書館，哈特姆特燦然一笑。

「羅潔梅茵大人，您要不要閱讀斐迪南大人的書呢？我覺得您可以留在房間，一邊看書一邊好好學習，也找菲里妮一起。」

……神官長提供的新書嗎?!

我忍不住扭過頭，便見哈特姆特的橙色雙眸漾滿笑意，說道：「那就這麼決定了。」雖然照著哈特姆特說的去做讓人有些不甘心，但我也抵擋不了新書的誘惑。明天的行程，就決定留在房裡看斐迪南的新書了。

隔天吃完早餐，我的近侍們馬上開始動作。莉瑟蕾塔與布倫希爾德做好準備後，出門去參加侍從們的聚會。

「羅潔梅茵大人，我與莉瑟蕾塔出門去為社交活動做準備了。」

「好的，麻煩妳們了。」

「我與萊歐諾蕾要去討伐魔獸，採集原料。優蒂特，接下來麻煩妳了。」

不只柯尼留斯與萊歐諾蕾，好幾名見習騎士也在做準備。看來韋菲利特與夏綠蒂的護衛騎士也只會在宿舍裡留下基本人力。

目送侍從與見習騎士們離開後，哈特姆特請我回房間。

「我會把書交給黎希達，請羅潔梅茵大人在房裡等著吧。」

我回到房間等待後，黎希達便透過哈特姆特拿來了斐迪南的書。把書放在桌上攤開後，我與菲里妮一起湊上前去。

「這本書真薄呢，我還以為會和戴肯弗爾格的書一樣厚。」

先前一直在抄寫書籍的菲里妮在看見斐迪南的書以後，發表了這樣的感想。跟戴肯弗爾格的書比起來確實薄多了，但也有著一天看不完的厚度。

「這個是魔法陣呢……會不會是魔導具的做法呢？」

斐迪南借我的書，是關於如何製作魔導具。書上詳細寫著製作魔導具時需要哪些原料及其品質，還畫有魔法陣。

「這是斐迪南大人的字跡，應該是他整理的研究成果吧？」

菲里妮會在神殿幫忙，也很常看到斐迪南的字跡。「是啊。」我簡單應和道，伸手翻頁。書上的記述提到了一些我曾在貴族院圖書館二樓看過的，老師們所寫的研究成果。看樣子，這確實是斐迪南為自己整理的研究成果集。

「……羅潔梅茵大人，書裡面好像夾著一張紙呢。」

我看向菲里妮指著的地方，發現書裡就像便條紙般夾了一張植物紙。由於顏色與羊皮紙不太一樣，一眼就能認出來。斐迪南在上面寫了備註。原來是我之前在描述自己理想中的圖書館時，因為也提到過想要哪些魔導具，他說如果想要動手製作，這一頁有我需要的資料。

「斐迪南大人說這頁上面的魔導具，使用了他為一位懶散老師設計的魔法陣。若有不想弄丟的東西，可以讓它們自動返回。如果能為這個魔法陣加上期限，也許就能讓書籍在過了歸還期限以後，自動回到圖書館。他要我好好學習，試著自己組成一個魔法陣……斐迪南大人太厲害了。」

明明斐迪南當時已經否決，說我理想中的圖書館不切實際，卻還是幫我找出了有可能實現的部分。而且他多半已經知道加上期限的魔法陣要怎麼做，卻不肯直接告訴我，這點也很符合他的行事作風。

「我們試試看吧。」

我與菲里妮熱烈討論起來，說著這樣不對、那樣也不對，一邊反覆翻看書本，試著自己設計魔法陣。

「因為想讓書本自行移動，應該要在這裡加上風屬性吧？」

「菲里妮，妳仔細看。如果加入風屬性，這裡有命屬性了，魔法陣會無法發動喔。可是如果在這裡加入土屬性，作用又會不太一樣吧？到底該怎麼辦好呢？」

想把兩個魔法陣的功能結合起來，組出新的魔法陣並不容易。我們又還是二年級生，這徹底超出了能力範圍。

「優蒂特，妳知道嗎？」

「三年級還不會學習高難度的魔法陣，所以我擁有的知識也和羅潔梅茵大人還有菲里妮差不多喔。」

優蒂特忙不迭搖頭，不想加入我們。看她這副模樣，沒來由地讓我想起安潔莉卡。要是她變成安潔莉卡那樣可就糟了。

「優蒂特，妳也應該多多動腦，我們一起來想吧。要是可以設計出讓物體自行移動的魔法陣，說不定能在迪塔中派上用場喔。」

「可是，我想這不是騎士的工作吧……」

所謂三個臭皮匠，勝過一個諸葛亮，所以我硬把不情不願的優蒂特拖下水，大家一起煩惱。但是，果然還是無法順利進行。

「真想也問問哈特姆特的意見呢。」

哈特姆特是上級見習文官，又曾獲選為優秀者，應該多少看得懂吧。我決定請黎希達去找間會議室，再把哈特姆特叫來。

「大小姐，哈特姆特並不在宿舍。」

「……可是，我記得哈特姆特沒有安排要外出吧？」

我嘀咕說完，菲里妮點了點頭，優蒂特的菫紫色雙眼立刻亮起愉快光彩。

「他說不定是出去與戀人見面喔。因為如果對象是他領的學生，這可是時隔一年的重逢呢……」

……什麼?!

「也就是說，哈特姆特拿斐迪南大人的書當誘餌，把我關在房裡，自己卻跑出去與戀人相見嗎？」

「不不，我只是突然想到這個可能性而已，不一定是真的。而且我也只是覺得如果真是這樣，那一定很有趣。」

優蒂特急忙在我面前搖手。

「不過，我記得之前詢問哈特姆特護送對象的時候，他沒有回答我呢。優蒂特知道他的對象是誰嗎？」

「很抱歉，我並不清楚。因為哈特姆特待人親切，也認識很多人，而且他為了蒐集情報，經常與他領學生交談，所以我曾想過也許他的對象是他領的人。」

……所以今天也是偷偷溜出去約會囉？

絕不能放過這個大好機會，我一定要問出來！於是我特地跑來玄關大廳堵人，採集回來的見習騎士們一看到我，都嚇得愣了一下。

「羅潔梅茵大人，發生什麼事了嗎？」

萊歐諾蕾關切問道，我目光緊盯著玄關大門回答：

「哈特姆特瞞著我偷偷跑出去了。我在想他說不定是出去與女伴幽會，所以為了問出對方是誰，正在這裡等他。」

「您就為了這種事情站在寒冷的玄關大廳裡乾等，只怕會病倒喔。至少去多功能交誼廳裡待著吧？」

柯尼留斯傻眼地低頭看我，示意多功能交誼廳的方向。

「我要順便嚇哈特姆特一跳，所以在這裡等就好。」

「……是嗎？那我先回房更衣了。」

柯尼留斯一臉無奈地連連嘆氣，走向階梯。萊歐諾蕾也一邊上樓，一邊擔心地頻頻回過頭來。

……我一定要問出來！

我不動如山地站在原地繼續等，不久哈特姆特回來了。他一看見我，先是刻意地眨眨眼睛，接著歪過頭。

「羅潔梅茵大人，您在這種地方做什麼呢？斐迪南大人的書已經看完了嗎？」

「你把書給我以後，就偷偷溜出去與人幽會了嗎？你去跟誰見面了？是不能介紹給我的人嗎？」

「……您這樣說話，簡直像是在大吃飛醋的戀人哪。」

哈特姆特發出了愉快的輕笑聲，同時掏出一疊紙來。被羊皮紙與墨水的氣味吸引，我的目光忍不住追逐起那疊紙張。哈特姆特往右，我就往右，他往左我也跟著往左，而且不只目光，連身體也跟著動。

「我是出去與他領的文官見面。因為對方說好了，要把抄好的資料拿給我。這些可是我為了敬愛的大人，請對方蒐集來的騎士故事，不知能否讓您恢復好心情呢？」

……為我蒐集的騎士故事嗎?!哈特姆特簡直是超級忠臣！

「我心情馬上變好了，請給我看吧！」

快點、快點——我急急催促，哈特姆特便把那疊紙張交給菲里妮。

「您若在這裡等了許久，身體想必都凍僵了。請回房再看吧。」

「我知道了。優蒂特、菲里妮，我們馬上回房間吧。」

我興沖沖地走回房間，半路上遇見了換好衣服下樓來的柯尼留斯。

「我現在要回房間看騎士故事了。」

「看書的時候記得保暖，知道了嗎？」

柯尼留斯下樓後，我聽見他朝哈特姆特喊了一聲。怎麼了嗎？我好奇地回頭往下看，依稀瞥見哈特姆特朝柯尼留斯丟去了某樣東西，但不知是魔石還是其他。

開始看起他領騎士故事的我，把自己本來要問哈特姆特的對象是誰這件事，徹底忘得一乾二淨。

奉獻舞與奧多南茲的調合

「羅潔梅茵大人，我們回來了。」

我正看著哈特姆特進貢的騎士故事時，布倫希爾德與莉瑟蕾塔從侍從的聚會回來了。聽說這場聚會非常重要，侍從們會聚在一起，互相分享春天到秋天這段期間發生了哪些事情，並且有意無意地透露主人們今年的計畫。

「羅潔梅茵大人，這給您。是音樂老師們的邀請函。」

音樂老師們的侍從顯然也參加了這場聚會，還將邀請函交給布倫希爾德。茶會的舉辦時間在三天後。對於這次居然沒有事先問過我們就訂好時間，我不由得疑惑偏頭，布倫希爾德於是露出了苦笑。

「聽說是艾倫菲斯特的二年級生已悉數通過學科考試這件事，已經在老師之間傳開了，所以音樂老師她們便認為，羅潔梅茵大人現在應該還沒有任何安排吧。她們似乎也掌握了我們的成績與學習進度。看來我得繼續精進自己，就算對象是老師，也要有辦法回絕才行呢。」

布倫希爾德說完，有些懊惱地噘起嘴唇。由於艾倫菲斯特是去年才開始接到老師的邀請，所以目前還很難婉拒。但既然布倫希爾德已燃起鬥志，力求自己以後可以處理得更好，我想只要交給她就沒問題了吧。

「羅潔梅茵大人，今年二年級的社會學除了艾倫菲斯特以外，他領沒有半名學生通過考試，聽說老師們與他領學生都在談論這件事呢。」

莉瑟蕾塔說完，淡淡微笑。

「如今艾倫菲斯特在各方面都備受矚目。而二年級生皆已通過考試、修完學科一事也為人所知，羅潔梅茵大人的社交活動有可能再增加呢。」

聽完莉瑟蕾塔的猜想，布倫希爾德以手托腮。

「我覺得社交活動會增加的，應該是夏綠蒂大人吧？因為羅潔梅茵大人回去舉行奉獻儀式時，正好社交週就開始了，茶會的邀請會變多吧。」

「……看來為了夏綠蒂，我得趁著還在貴族院的時候多參加點社交活動呢。畢竟我是姊姊嘛。」

畢竟我一進入社交週就得離開，在那之前必須努力分擔才行。見我湧起幹勁，莉瑟蕾塔咯咯笑了起來。

「羅潔梅茵大人，通常妹妹呢，若能接到來自姊姊的請託，便會覺得自己的成長得到認可，因而感到高興，所以我覺得您可以把一些社交活動交給夏綠蒂大人喔。」

這麼說來，記得我以前也曾積極表現，想讓多莉稱讚自己，或是讓她開口拜託我，要我介紹珂琳娜給她。

「所以稱讚妹妹，託付事情促使她成長，也是身為姊姊該做的事情囉？……要當完美的姊姊真難呢。雖然我比較想當可靠的姊姊。」

「哎呀，羅潔梅茵大人，您只要幫忙消化掉老師們專為您而舉辦的茶會，以及與戴肯弗爾格借還書籍的茶會，我想就是非常可靠的姊姊了唷。因為在此之前，艾倫菲斯特從未受邀參加過老師與上位領地舉辦的茶會呢。」

於是我下定決心，為了夏綠蒂，與老師還有上位領地的茶會都要傾盡全力準備。除了侍從以外，我也叫來專屬樂師羅吉娜，開始討論有關音樂茶會的事情。討論著要準備怎樣的見面禮與新曲時，第六鐘也響了。

用晚餐時，只有一名一年級的下級貴族露面，其他新生顯然還沒能離開房間。

「韋菲利特大人、羅潔梅茵大人，艾倫菲斯特送來了回覆。」

晚餐過後，韋菲利特的見習文官伊格納茲，拿來了轉移廳騎士交給他的信件。哈特姆特收下後快速檢視，把信件分成給我的與自己要看的份。

「這封信是給羅潔梅茵大人的，這封要給柯尼留斯。寄信人似乎是令堂。」

柯尼留斯露出了厭煩至極的表情接過信，看完內容後，馬上仰天抱住了頭。看樣子發生了讓他非常頭痛的事情。從他的表情來看，我猜要嘛是艾薇拉在催促他趕快說出畢業儀式的女伴是誰，要嘛就是柯尼留斯本想隱瞞，但已經被發現了。我用眼角餘光偷瞄柯尼留斯的反應後，看起自己的信。

手上的信是斐迪南的回覆。然而，斐迪南在看過韋菲利特與哈特姆特的報告後，竟然沒有半句斥責，僅是彷彿哀莫大於心死般地寫道：「看來我們得先好好討論平穩兩字的定義。」除此之外，就只是一些瑣碎的指示，比如：「『水槍』這項新武器在我確認過之前，別再讓任何人看見。」「除了妳非得親自出席不可的社交活動外，其他的全部交給夏綠蒂。」

……奇怪了？居然沒有半句罵我的話？

我反覆看了好幾遍，確認這次的回信是否就這樣沒了。換作之前，斐迪南光是訓話就能寫滿好幾面，現在竟然只有一行而已，反倒讓我毛骨悚然。

「哈特姆特，你真的向斐迪南大人報告了嗎？就是我在床上使用水槍，導致布幔破了一大堆小洞……」

「斐迪南大人為此責罵您了嗎？」

「一、一點點而已……」

我把信抱在懷裡，不讓哈特姆特拿過去看，漸漸地越來越感到不安。

……難不成，斐迪南開始覺得我是個連罵都不值得罵的孩子了？

對於徹底放棄的對象，只要不妨礙到自己，斐迪南就會看也不看一眼。但一旦妨礙到了自己，他便會二話不說加以排除。

……怎、怎怎怎、怎麼辦?!他沒罵我反而更讓人不安。啊啊啊啊……

「斐迪南大人的責罵那般嚴厲嗎？您的臉色看來很蒼白呢。」

「我沒事，我以後一定凡事遵照斐迪南大人的指示！」

……神官長，我會當個好孩子，該罵的時候請狠狠罵我吧！

當晚，斐迪南在夢裡嘮嘮叨叨地對我碎唸了很長一段時間，早晨睜眼醒來，我還感到有些安心。用早餐時，已與「神的意志」徹底融合的一年級生們，也一個個來到餐廳露面。由於上級貴族會比下級貴族要花時間，所以夏綠蒂還沒從房間裡出來。

「我去年也是只有土之日一天還不夠，直到水之日的將近中午才徹底融合，所以夏綠蒂應該也是午餐時會下來吧。」韋菲利特說。

我對他輕輕點頭，抬頭看向夏綠蒂房間所在的方向。

「但下午有奉獻舞課，夏綠蒂沒問題嗎？」

「一年級生最重要的，就是觀看高年級生練舞吧？妳不用太擔心，反正練舞的時間也不長。」

經他這麼一說，我才想起去年奉獻舞課上，自己一直在欣賞艾格蘭緹娜的舞姿。一年級生練舞的時間確實不長，因為會以高年級生為優先。不知道今年的畢業生裡頭，有沒有人的舞藝足以與艾格蘭緹娜媲美呢？我開始有點期待去上課了。

奉獻舞課會集結所有年級的領主候補生一起練舞。除此之外的學生或練劍舞，或彈奏樂器，各自練習自己被分配到的項目。

後來，夏綠蒂順利地讓「神的意志」與自己融合，我們三人吃過午餐後，便一起前往小會廳，發現有幾名領主候補生已經到了。眾人一派熟練的樣子依著年級分組，已經準備要開始了。

「那麼先由高年級生來示範吧，請一、二年級生要好好觀摩。」

老師說完，最高年級生與五年級生便開始練舞。但今年的最高年級生中，並沒有人的舞姿和艾格蘭緹娜一樣特別引人注目。而我一眼就能認出來的領主候補生，只有多雷凡赫的阿道芬妮與法雷培爾塔克的盧第格而已。

阿道芬妮站在風之女神的位置上跳舞，與多雷凡赫的領主候補生這個身分非常相襯。但是，我覺得今年的光之女神，跳得好像還比風之女神遜色。其實應該由阿道芬妮來跳光之女神比較好吧？

盧第格則在生命之神的位置上跳舞。與他平常給人的印象差太多了，感覺十分奇妙，但這也代表著他的實力並不足以推翻領地順位，負責跳黑暗之神或火神嗎？

與最高年級生們隔著一段距離，五年級生也在練舞。大概是負責的角色會在五年級時決定，所以每個人的表情都很認真。我在跳舞的人當中，發現了戴肯弗爾格的藍斯特勞德與亞倫斯伯罕的蒂緹琳朵。兩人畢竟是大領地的領主候補生，果然目標分別是黑暗之神與光之女神嗎？

……沒想到藍斯特勞德大人的舞藝還不錯嘛。身體的軸心很直，跳舞時不會有搖搖晃晃的感覺。是因為在戴肯弗爾格裡訓練過嗎？至於蒂緹琳朵大人……嗯，就普通。不能跟艾格蘭緹娜大人比呢。

在觀摩過高年級生們的舞姿後，三、四年級生也開始練舞。一、二年級生則和去年一樣，直到有多餘的空間騰出來為止，要一邊待命一邊觀看高年級生練舞。

「羅潔梅茵大人、夏綠蒂大人，妳們好呀。」

「阿道芬妮大人，午安。」

到了休息時間，阿道芬妮便笑容可掬地朝我們走來。由於是大領地多雷凡赫的最高年級生，目不斜視地直接走向第十順位艾倫菲斯特的低年級生，明顯感覺得出旁人的目光都聚集在我們身上。與驚駭得在心裡慘呼的我不同，只見夏綠蒂也堆起笑臉，往前站了一步。

「高年級生的舞姿果然曼妙絕倫呢，我還忍不住看得入迷。」

「哎呀。夏綠蒂大人，妳只要持續練習，到了最高年級的時候，也可以跳得和我一樣好唷。重點在於持之以恆。」

阿道芬妮笑吟吟地說道，琥珀色的雙眼定定望著夏綠蒂。想起了她曾在交流會上鎖定夏綠蒂，我連忙把夏綠蒂擋在身後。身為姊姊，我得保護妹妹才行！

「阿道芬妮大人負責跳風之女神吧。多雷凡赫的領主候補生非常適合這個角色呢……可是，以舞藝來看的話，我覺得阿道芬妮大人也能跳光之女神呢。」

「真高興聽到羅潔梅茵大人這麼說，但因為在我心目中，光之女神該由艾格蘭緹娜大人來跳才是。我認為自己不能跳這個角色。」

我完全可以理解她的想法。我也覺得最適合跳光之女神的，果然還是艾格蘭緹娜。我表示贊同後，阿道芬妮咯咯輕笑起來，開始提起茶會。

「羅潔梅茵大人，關於茶會不知妳有何安排呢？艾倫菲斯特的表現如此優秀，妳應該很快就能展開社交活動吧？」

「雖然學科可以很快修完，但術科還要一點時間，再加上夏綠蒂也受到了邀請，所以可能要再一段時間呢。」

一年級生們已經決定多花一點時間，來取得優秀的成績。而且夏綠蒂的目標似乎是一年級的最優秀者，所以很努力在減少失誤。

「術科確實很花時間呢。雖然我也想盡快修完，但還是沒辦法像低年級生那樣。」

課程內容通常是越高年級越難，作業也越多，必然會比較晚展開社交活動。

「但當然，我相信在羅潔梅茵大人返回艾倫菲斯特之前，一定有機會舉辦茶會吧。」阿道芬妮說。「我有好多話想跟妳說呢。真是期待茶會的到來。」

阿道芬妮笑容滿面地離開後，似乎是一直在旁邊等著，蒂緹琳朵也帶著韋菲利特與盧第格走來。

「兩位午安。今年我也打算堂表親一起舉辦茶會，不知妳們意下如何呢？也順便歡迎夏綠蒂大人進入貴族院就讀。」

蒂緹琳朵帶著溫柔無比的笑容這麼提議。夏綠蒂也露出甜笑回道：

「我至今還沒有機會在貴族院與親族好好相處呢，所以非常感謝您的邀約。」

蒂緹琳朵對夏綠蒂點點頭後，開始排定堂表親舉辦茶會的時間。由於她與去年一樣，把茶會安排在社交週開始以後，我今年似乎也無法參加。

「蒂緹琳朵大人，實在非常抱歉。那個時候我人並不在貴族院……」

希望可以稍微挪一下時間──我正想著要不要拜託蒂緹琳朵時，只見她難過地垂下眉尾，大感遺憾地嘆氣。

「哎呀，妳又不參加了嗎？雖然遺憾，但那畢竟是很重要的工作嘛。這也無可奈何，我也不能硬逼妳參加呀。夏綠蒂大人應該可以出席吧？」

「是、是的……」

夏綠蒂朝我投來擔憂的目光。我因為有神殿的公務，社交週不會在貴族院。這已經是眾所皆知的事實，所以蒂緹琳朵若無意更改日期，那我也無能為力。由於她偶爾會做出一些麻煩又討人厭的事情，這點讓我相當擔心，但她似乎與薇羅妮卡一樣，是那種對自己人很好的類型。看起來她好像把夏綠蒂當成了自己人，到時又有韋菲利特在，應該是不用擔心吧。

「那個，羅潔梅茵大人……」

「好了，休息時間結束！高年級生往這邊，低年級生往這邊集合。」

才剛聽見漢娜蘿蕾叫我，老師便揚聲催促。我接著聽見漢娜蘿蕾「啊」地低叫一聲，但休息時間已經結束了，所以也沒辦法。我們只是互相輕輕揮手、對彼此微笑，就此結束交流。

……與其跟蒂緹琳朵大人說話，我更想和漢娜蘿蕾大人討論有關圖書委員的事情呢。

休息時間結束後，換低年級生練舞。而我練舞時該留意的，就是絕對不能認真地向神獻上祈禱。由於待在神殿的時候也一直被迫練舞，所以這次我沒有釋放出奇怪的祝福，順利地拿到了合格成績。「妳跳得很好呢。」老師還這麼稱讚了我，但能有這樣的成果，其實得歸功於把練舞排進日常行程裡的斐迪南與羅吉娜。

隔天上午，我一邊預習明年的上課內容，一邊靠著哈特姆特提供的提示，努力思考要如何重組魔法陣。到了下午則是換上調合服，去上調合課。

「今天要教各位如何製作奧多南茲。無論哪個階級，最常使用的魔導具就是奧多南茲，所以大家最好多做幾個備用。」

赫思爾在說話的同時，把奧多南茲的調合步驟映照在掛起的白布上。由於教大家製作回復藥水時也用過這個魔導具，所以現在已經沒人會大吃一驚。大家都冷靜地把步驟抄寫下來。我雖然沒有調製過奧多南茲，但斐迪南提供的參考書裡早已寫有步驟，我在統整參考書時也抄寫過，所以沒必要再抄一次。我與韋菲利特都開始準備調合。

「羅潔梅茵大人，麻煩妳為大家示範了。」

「……赫思爾老師，我從沒調製過奧多南茲喔？」

「沒問題的，我相信羅潔梅茵大人。」

赫思爾逕自丟下超級不負責任的話，還拖走了我為調合課準備的材料，走向教室前方。沒有材料就無法調合。我只能死了心，走到前面去。

「那麼，請依步驟示範一遍吧。」

於是我在眾多學生的注視之下，照著白布上的步驟開始調合。首先把思達普變成筆，依著羊皮紙畫出跟上頭一樣的魔法陣，然後請赫思爾檢查自己畫的是否正確。接著，用洗淨魔法清洗鍋子，再把取自風屬性鳥類的魔石放進調合鍋裡，變出攪拌棒開始攪拌。

「啊，開始融化了。」

學生們探頭看向我在攪拌的調合鍋，紛紛訝叫出聲。只見魔石融化變形，變成了黃色的黏稠膠狀。

「等魔石徹底融化，就把這個魔法陣放進去。」

我配合赫思爾的說明把羊皮紙舉高，先讓大家看清楚以後，再放進調合鍋裡。羊皮紙轉瞬間融化，魔法陣烙印在了黃色膠體上。我接著繼續攪拌，就算手臂痠得要命，也不能忘了要持續注入魔力。

攪拌了一段時間後，接著會慢慢變硬。原本緊黏在鍋底的膠體逐漸凝固成形，最終變成了在鍋子裡喀啷喀啷滾動的固體狀。等到最後發出一陣亮光，奧多南茲就完成了。大家在旁邊發出「哇啊！」的歡呼聲。

「大家要看看嗎？」

我從鍋子裡拿出如今就只是顆黃色魔石的奧多南茲，放在桌上讓附近的學生們觀看。眼看學生們都一臉興味盎然地把頭湊過來，讓我覺得有些有趣。

「調合時要注意的幾件事情，就是不能畫錯魔法陣，還有魔法陣要等到魔石完全融化後再放進去，最後是完成之前，要不間斷地小心注入魔力。」

在我解除變形、洗淨鍋子，迅速整理著桌面時，赫思爾總算擺出老師該有的樣子，提醒大家調合時的注意事項。學生們認真傾聽完後，都走回座位準備進行調合，這時赫思爾要我變出思達普。

「來檢查一下做好的魔石能否使用吧。羅潔梅茵大人，請向我送來奧多南茲。」

我變出思達普輕敲奧多南茲，向赫思爾傳話說：「老師，我做好了。」然後讓奧多南茲起飛。結果似乎相當成功，只見黃色魔石變成了白鳥飛向赫思爾，重複說了三遍「老師，我做好了」以後，再度變回魔石。

「妳做得非常好呢。」

「赫思爾老師，我可不是您的助手喔。居然叫我為大家示範，要是我失敗了怎麼辦？」

幸好這次的示範成功了，但畢竟與回復藥水不同，這是我第一次製作奧多南茲。萬一赫思爾叫我示範，結果卻失敗了，那丟臉可就丟大了。「應該由老師示範才對吧。」我忍不住嘟囔抱怨，赫思爾卻一臉意外地輕輕挑眉。

「妳注入魔力的速度那麼穩定，如此初階的調合哪有可能失敗呢。再說了，羅潔梅茵大人可是斐迪南大人的弟子，那也算是我的弟子嘛。」

「咦？我覺得並不是喔。」

我可不想被赫思爾擅自認定為弟子。我和斐迪南不一樣，沒體力也沒興趣與人徹夜長談魔導具。

「況且我每次示範完，奧多南茲也會跟著增加，這讓我很頭疼呢。既然如此，由優秀的弟子來做示範不是最有效的解決辦法嗎？」

「所以我說了，我並不是老師的弟子……」

我的反駁還沒說完，赫思爾忽然露出微笑。

「我最近正打算把研究成果集結成書，捐贈給圖書館呢……」

……咦？有新書嗎?!

看到我反射性地閉起嘴巴，不再反駁，赫思爾的紅唇更是往上揚起。那邪惡的笑容真難想像她是位老師。

「但我有個規定，第一個看的人得是弟子。」

……這是惡魔的誘惑！不行不行！要想清楚！可以的話我當然想第一個看。但雖然想看，不一定非得第一個看不可。雖然想看，但沒問題的，我忍得住。要是多了赫思爾老師的弟子這個頭銜，以後一定會給自己帶來很多麻煩。我要忍耐、忍耐！

「唔……我、我並不是老師的弟子。」

我抱著壯士斷腕的決心，堅決抵擋了赫思爾的誘惑。

……我辦到了。我竟然成功拒絕了惡魔的誘惑，誰快來稱讚我吧！

然而，惡魔卻不肯輕易死心。聽到我拒絕，赫思爾十分訝異地低頭看我，隨即手托著腮微微側頭。

「……羅潔梅茵大人，剩下的時間妳若願意擔任助手幫忙檢查魔法陣，我可以特別第一個借給妳喔。」

如果妳這麼需要助手，從一開始就該自己帶過來吧！——明明我想這麼回答，不知為何說出口的話語卻是截然相反。

「只有這段時間的話，那我就當一下助手吧……不過，我不是老師的弟子喔。」

於是剩下的時間，我便站在赫思爾旁邊幫她檢查學生畫的魔法陣。真奇怪。我明明沒有這個打算，嘴巴卻擅自答應了要當助手。

「什麼啊，羅潔梅茵。妳變成赫思爾老師的助手了嗎？」

「只有今天而已。」

我噘起嘴唇，目光很快地掃過韋菲利特畫的魔法陣。

「……韋菲利特哥哥大人，這裡的符號畫反了喔。請重畫吧。」

音樂茶會與課程修畢

這天要與音樂老師們舉辦茶會。由於在這時期就修完課的學生極少，加上去年因為艾格蘭緹娜與亞納索塔瓊斯也跑來參加，發生了不少突發狀況。因此，今年受邀參加的學生只有我一人而已。其實這也是老師們的一番好意，她們表示：「我們只是想搶在其他茶會之前先聽新曲，也不希望給羅潔梅茵大人造成太大的負擔。」回想去年的情況，老師們的體貼令我十分感激。由於茶會上要表演羅吉娜改編的新曲，帶去款待老師的甜點和去年一樣是磅蛋糕。

夏綠蒂還教了我怎麼在茶會上開啟話題，甚至對我說：「除了姊姊大人，艾倫菲斯特裡沒有半個人能向老師們打聽消息。就拜託您了唷。」所以我一定要卯足全力加油。

……因為我是可靠的姊姊啊！

「羅潔梅茵大人，歡迎。」

鮑琳上前來迎接我，在我們互道寒暄的時候，侍從們忙著把見面禮擺上桌，羅吉娜也準備好飛蘇平琴。道完寒暄後，鮑琳領我入座，接著她喝了口茶，吃了口點心。我也吃了一口自己帶來的磅蛋糕，雙方都試完毒後，茶會就開始了。

我看向羅吉娜，示意她開始演奏，並且介紹新曲。

「這首是獻給水之女神的新曲子。」

「羅潔梅茵大人總是創作獻給神的曲子，那其他種類的曲子呢？」

鮑琳以優雅從容的語調問道，我微微一笑回答：

「因為我在神殿長大，日常生活中最常接觸到的事物便是諸神。」

說得更正確點，其實是因為負責作詞與改編的羅吉娜在神殿長大，改寫歌詞的時候也是根據神話比較不會出問題。

接收到我的視線，羅吉娜拿好飛蘇平琴，開始演奏。獻給水之女神的曲子是從古典音樂改編來的，曲調和緩悠揚，很有療癒人心的效果。

「羅潔梅茵大人，再過幾年，除了獻給神的曲子，妳會不會也開始創作情歌呢？妳不是在春天與韋菲利特大人訂下了婚約嗎？」

「我們確實訂下了婚約，但怎麼會說到情歌這裡來呢？對我來說，未來的事情還有些難以想像。」

老師們咯咯輕笑著促狹說道，我只能擠出笑臉搪塞帶過。羅吉娜如果談了戀愛，或許就能寫出情歌，但現在的她不僅滿腦子只有彈琴，又得陪著我在神殿與城堡之間往返，再這樣下去羅吉娜很有可能沒什麼邂逅，就過了適婚年齡。

……不過，我自己倒是絕對不能寫情歌呢。

不是羅吉娜，而是我最好不要寫情歌。因為就連我寫的戀愛小說，斐迪南都覺得內容寡廉鮮恥，假使我又在不太了解這邊情歌的情況下作詞，萬一別人也覺得我寫的歌詞不知羞恥就不好了。而且不光是我，連艾倫菲斯特也會給人留下這樣的印象。

「話說回來，艾倫菲斯特的成績真的提升了不少呢。去年的成績真教我吃驚。今年二年級生又全員在第一堂課就通過了考試吧？」

「我還聽說今年的社會學只有艾倫菲斯特通過考試呢。」

「就連低年級的下級貴族，在音樂課上的表現也教人眼睛為之一亮。」

尤其飛蘇平琴因為教師與樂器的水準有差異，所以下級貴族在音樂課上的表現往往差強人意。但艾倫菲斯特似乎連低年級的學生，琴藝也整體都有進步。

「艾倫菲斯特的下級貴族們全異口同聲說，這都是多虧了羅潔梅茵大人。妳究竟做了什麼呢？」

老師們一臉好奇地問道，我微微一笑。

「我只是提出了應該提升整體水平的建議，內容包括由領主一族的專屬樂師在兒童室與宿舍裡指導大家。決定採納建議的是奧伯．艾倫菲斯特，而我在尤列汾藥水裡沉睡時，又是韋菲利特哥哥大人與夏綠蒂負責實行，所以這絕非我一個人的功勞。」

為免她們繼續追問，我接著問起中央最近的情勢。還照著夏綠蒂的指示，詢問我做的曲子是否在中央流行開來。

老師們立刻開心得雙眼發亮，告訴我現在中央流行哪些曲子。

「那當然。多半是因為羅潔梅茵大人作的曲子，是以亞納索塔瓊斯王子與艾格蘭緹娜大人為主角吧。傳開來的速度非常驚人呢。」

「我不只在大大小小的茶會上聽到過，就連我們也接到了不少茶會邀請，說是想聽新曲呢。」

「最受歡迎的，便是獻給光之女神的那首曲子了。因為亞納索塔瓊斯王子就是以這首曲子擄獲艾格蘭緹娜大人的芳心，所以與兩位的愛情故事一起流傳開來。」

亞納索塔瓊斯比起王位更渴望艾格蘭緹娜，兩人還公開宣稱身為王族，今後會好好輔佐席格斯瓦德。此舉不僅中央，也讓上位領地感到震驚。

「支持亞納索塔瓊斯王子的人都大感吃驚，認為他明明贏得了艾格蘭緹娜大人的芳心，為何還要放棄王位。至於席格斯瓦德王子一直空著的第一夫人之位，聽說將由阿道芬妮大人坐上去呢。」

聽說席格斯瓦德當年出席畢業儀式時的女伴，是位中領地的領主候補生，從一開始便迎娶對方為第二夫人，第一夫人之位則是空置。現在由於艾格蘭緹娜與亞納索塔瓊斯訂下了婚約，席格斯瓦德為了坐上王座，將從大領地迎娶第一夫人，因而選中的對象即是阿道芬妮。

「因為與席格斯瓦德王子同年的女性，大多已經結婚了呢。」

「雖然許多人很驚訝亞納索塔瓊斯王子竟不爭奪王位，但能夠因此免除王位之爭，相信有更多人感到如釋重負吧。」

席格斯瓦德與亞納索塔瓊斯皆是第一夫人的孩子，不僅歲數相近，就連魔力量也差不多，難分高下。由於兩人先前都渴望坐上王座，所以眾人皆擔心王位交替之際，恐怕又將掀起腥風血雨。

「而錫爾布蘭德王子因為是第三夫人的孩子，年紀又相差了好幾歲，從一開始便被養育為臣子呢。」

「希望王位的交替能夠順利落幕……」

鮑琳語帶擔憂地這麼說完，其他老師也表示同意。但如果亞納索塔瓊斯已經退出競爭，錫爾布蘭德也打從一開始便被教育為臣子，我看應該沒有什麼問題了吧。

「其他還有什麼需要擔心的事情嗎？」

「是中央神殿的聖典基本教義者有些令人……不過，高聲反對的也只有神殿而已，不需要特別在意吧。」

「神殿的發言沒有意義。畢竟貴族該聽的，果然還是貴族的意見嘛。」

鮑琳像要甩開煩憂般地揚起微笑，喝了口茶。

「羅潔梅茵大人，您這次的成果太了不起了。」

結束後回到宿舍，菲里妮與侍從們報告了今日茶會的情形後，哈特姆特笑逐顏開地這麼稱讚道。對於至今幾乎沒有管道，很難獲取中央情報的艾倫菲斯特來說，我今天打聽到的消息似乎是非常貴重的收穫。

「鮑琳老師還曾不露聲色地試探，想知道在神殿長大的羅潔梅茵大人是否為聖典基本教義者。但看到羅潔梅茵大人毫無反應，她顯得安下心來呢。」

布倫希爾德這番話讓我歪過了頭。

「那個，聖典基本教義者是什麼呢？我以前從來沒聽說過……」

這個單字顯然也令大家感到陌生。就在大家紛紛偏過頭時，黎希達以手貼著臉頰，凝視著空中的某一點回溯記憶。

「雖然我也不太清楚，但一般認為所謂的聖典基本教義者，是一群主張聖典上的記載最為正確，國王也應該遵循聖典的團體。」

當王族因為政變而四分五裂時，聽說這個團體就突然迸了出來，極力想讓神殿擁有更大的發言權。

「既然在神殿長大的羅潔梅茵大人也未曾聽聞，代表這與艾倫菲斯特的神殿沒有關係吧。反正只是一群無法成為貴族的人在高聲抗議，沒有必要理會。」

與聖典基本教義有關的話題就這麼劃下句點。

「那麼，我今晚便整理好在茶會上得到的情報，寫成報告送回艾倫菲斯特。」

「今天下午的術科課若合格，羅潔梅茵大人就能去圖書館了吧？」

「沒錯，所以我今天的術科課一定要合格。」

這天下午是調合課。這堂課的作業若能過關，我就可以去圖書館了。換好調合服，走進小會廳，赫思爾今天顯然也要使用魔導具，牆上掛著白布。

「那麼，今天要教各位製作求婚用的魔石。」

赫思爾一邊說，一邊讓調合步驟映照在白布上。

「無論是求婚還是接受求婚的人，都需要準備魔石。由於將來每個人都有需要，還請大家用心製作。」

今天做的由於只是練習用，並不注重品質，但原本求婚用的魔石，首先得在自己的能力範圍內，準備到魔力容量與含有屬性最多、品質也最好，而且帶有自己出生季節貴色的魔石。接著，要讓魔石染上自己的魔力，然後再加入對方擁有的屬性。倘若對方的屬性與自己完全相同，這個步驟便能省略，但如果對方擁有自己沒有的屬性，就必須藉由調合，添加帶有其屬性的魔石。

「今天因為是練習，請大家一定要再添加一個屬性。」

但我是全屬性呢……

最後還要加入示愛語句，讓魔石浮現出文字。我想這就類似於麗乃那時候母親非常珍惜的、刻有文字的婚戒吧。

我因為已經有過多次把魔石染上自己魔力的經驗，所以很快染好魔石後，走向前方放有調合鍋的桌子。與製作尤列汾藥水那時候比起來，現在只是要把上課用的魔石染色而已，簡直輕輕鬆鬆。

「妳已經染好了嗎？」

赫思爾驚訝地眨眨紫色雙眼，我便向她展示染上了自己魔力的藍色魔石。赫思爾湊過來檢查，嘀咕道：「真的染好了呢。」

「因為這顆魔石很小，品質也普通，不用花太久時間喔。」

「不，一般都得花不少時間喔。」

我先把添加屬性用的黃色魔石，與寫好示愛句子的羊皮紙擺在調合鍋旁邊。雖然我是全屬性，但為了練習如何添加屬性，這次我準備了風屬性的魔石。

「羅潔梅茵大人，妳打算加入怎樣的語句呢？」

赫思爾興致高昂地拿起寫了字的羊皮紙。

「老師自己看就知道了吧……」

示愛用的句子，也有所謂的常用例句。最中規中矩的，就是「獻給我的黑暗之神」、「我想當你的光之女神」。看到羊皮紙上是最平凡無奇的「獻給我的黑暗之神」，赫思爾露出了大感無趣的表情。

「羅潔梅茵大人，如果不是可以打動人心的語句，我不會輕易讓妳過關喔。」

「咦?!反正現在只是練習，只要可以完成魔石就算合格了吧？」

「不不，既然還有很多時間，羅潔梅茵大人又已經有未婚夫了，請妳當作這顆魔石要送給韋菲利特大人，想出不一樣的示愛語句吧。」

……什麼?!要我現在想出新的示愛語句嗎？

「我很想看看具有羅潔梅茵大人風格的句子呢。妳看過那麼多書，對妳來說應該不難吧？再者艾薇拉大人寫的書裡頭，也出現過許多令人怦然心動的台詞啊。」

……啊啊啊啊啊！我實在說不出口，那種不斷出現神祇名字的甜言蜜語與戀愛場景我根本看不懂，所以全都跳過沒看！誰快來教教我動人的求愛台詞吧！

這項任務的難度，遠比斐迪南至今教我的任何一項調合作業都要難。我第一次在調合課上停下雙手，陷入苦思。

……怎怎怎、怎麼辦?!雖然「我愛你」、「最喜歡你了」是非常正統的告白台詞，但如果不先跟神官長商量，我根本不知道能不能用！

雖然這在麗乃那時候是最基本的告白台詞，但我不曉得在這裡，一般人有怎樣的觀感。我也知道最好用些比喻與貴族特有的委婉說法，收到的人會比較高興，但現在的我實在無法判斷，究竟要怎樣的句子才符合要求。

「羅潔梅茵大人，妳的表情還真凝重呢。」

「我覺得不應該要求我這樣的小孩子思考示愛台詞。」

「不然，妳先試著想想自己收到怎樣的示愛句子會很高興吧？說不定能稍微拿來當作參考。」

赫思爾發出愉快的輕笑聲說完，我決定先來想想自己收到怎樣的情話會很高興。

嗯……比如「我想每天早上喝妳做的味噌湯」？「我願意送一座圖書館給妳」？

我把腦海裡浮現的句子說出來與赫思爾商量，她卻露出了無法理解的表情，立即否決。

「羅潔梅茵大人，『味噌湯』是哪種食物呢？是艾倫菲斯特的新料理嗎？」

「艾倫菲斯特並沒有這道菜，只是我自己想吃吃看而已。」

我回答後，赫思爾搖了搖頭，長長嘆一口氣。

「我明白羅潔梅茵大人想收到怎樣的求愛了，但韋菲利特大人看了會高興嗎？」

……畢竟想喝味噌湯的人是我，我也想像不出韋菲利特哥哥大人收到一座圖書館時，會表現出很高興的樣子。

「不是赫思爾老師自己說，想看看很有我風格的示愛台詞嗎？」

「示愛語句必須有羅潔梅茵大人的風格，同時也要能讓韋菲利特大人高興才行喔。還請妳多展現一些想讓男士高興的誠意。」

這對活了多久就多久沒有男朋友的我來說，難度未免太高了。我如果是個言行舉止充滿女人味的女孩子，兩三下就能想出令男孩子高興的話語來，麗乃那時候少說也交得到一個男朋友，也不會成天被小修嘲笑。他老是說：「妳太固執了，根本不願放下身段去迎合別人。」「妳根本只走自己想走的路。」我思來想去，搞不好「把你染成我的顏色」這種句子，最符合我的風格了。

……放下身段嗎……

「如果是『請將我染上您的顏色』，這樣會比較謙虛，男士也會高興嗎？」

「哎呀呀呀！」

赫思爾的雙眼忽然迸放光芒，露出了非常期待，又像是等著看好戲的眼神。該怎麼說呢，就是像極了艾薇拉聽到戀愛故事時的表情。

「羅潔梅茵大人挺早熟的呢。畢竟現在正是想快點長大的年紀嘛。我明白妳的心情，但刻有這句話的魔石，請等成年以後再獻給韋菲利特大人吧。今天妳還是先刻一開始的那句話好了。」

赫思爾還說，她非常期待韋菲利特看到這句話後的反應，要我在做真正的求婚用魔石時再刻上這句話，然後成年後送給他。從赫思爾過於激動的反應與表情來看，這該不會是不太能告訴別人的句子吧？

……還要我等到成年以後，難不成是不知羞恥那類的？可能會被神官長罵？

「赫思爾老師，這句話若拿給斐迪南大人看，他應該不會罵我吧？」

我膽顫心驚地發問，赫思爾想了半晌後，嘴角高高揚起。

「斐迪南大人不會看到的。因為示愛語句，只會獻給自己的另一半呀。」

……沒被看到就沒關係，不就代表被看到的話肯定會挨罵嗎?!

「羅潔梅茵大人，沒剩多少時間了喔。妳想在今天就合格吧？」

赫思爾的提醒讓我大吃一驚，急忙動手開始調合。雖然我很想說：「究竟是誰來妨礙我，要我想出其他的句子？」但我把抱怨吞回肚裡，變出思達普。

由於製作尤列汾藥水時，我也曾在調合時添加不同的屬性，所以調合本身輕鬆又順利地結束了。在宛如深藍色彈珠的魔石裡，浮現出一行金色文字。

「羅潔梅茵大人合格了。」

……好耶！這下子我可以去圖書館了！

「韋菲利特哥哥大人，我合格了。這下子我能去圖書館了。」

「……妳速度真快，我光要染上魔力都覺得好難。」

韋菲利特瞪著遲遲無法染上魔力的魔石說。

「染色時和調合不一樣，最好一鼓作氣灌注魔力，會比較快成功喔。」

為魔石染色時，重點在於灌注的魔力量多寡。如果能一口氣灌注大量魔力，壓過魔石原有的抗拒反應，不僅可以少花點時間，最終消耗的魔力也會比較少。魔力量不多的下級貴族雖然只能花時間慢慢灌注，但在這裡的上級貴族與領主候補生，應該都有辦法一鼓作氣完成吧。

「……羅潔梅茵，妳早說嘛。我剛才已經消耗掉不少魔力了。」

「那麼今天能先做完的，就只有為魔石染色了吧。因為我聽說若不徹底染色，魔石會慢慢把魔力推出來，所以還請努力完成這個步驟，才不會浪費魔力喔。」

「魔力會被推出來嗎？」

周遭的學生們吃驚得回過頭來。由於其他學生至今都是使用魔導具為魔石染色，親手操縱過的也只有那種我光是拿在手上，就會變成粉末的魔石碎片，所以似乎並不知道若不徹底染色，魔力就會被慢慢釋出。但其實我也是在達穆爾告訴我以後，才曉得這件事啦。

……因為我每次採集到魔石，都被要求當場染好魔力嘛。

「要盡可能一鼓作氣……」

韋菲利特集中精神，開始往魔石灌注魔力。一旁也在努力染色的漢娜蘿蕾與奧爾特溫，同樣一臉認真地重新握緊魔石。

「我成功了！」

最先發出興奮叫聲的是漢娜蘿蕾。不愧是大領地的領主候補生，魔力量相當豐富吧。漢娜蘿蕾向我展示與她瞳色相近的紅色魔石。

「都是多虧了羅潔梅茵大人的建言。」

「應該歸功於漢娜蘿蕾大人的魔力量與技巧高超喔。」

「其實我還不怎麼習慣操控魔力，所以若不是羅潔梅茵大人的建言，我大概要很久才能成功吧。」

看到朋友這麼開心，我也很高興。我還教給了漢娜蘿蕾幾個調合時的訣竅。因為我想快點和她一起當圖書委員，便決定全力協助她合格。

後來直到下課為止，我都陪在漢娜蘿蕾身邊幫忙提供建議，結果韋菲利特有些鬧起彆扭：「羅潔梅茵，妳不給我點建議嗎？」

「那我想一下，我覺得韋菲利特哥哥大人也可以來當圖書委員喔。」

「這算哪門子的建議！」

順帶一提，關於「請將我染上您的顏色」是什麼意思呢？我還是寫信問了斐迪南。結果他送來的回覆寫滿了整整三面，信封上還寫著「羅潔梅茵親啟」，而且封得密密實實不留空隙。

……原來是非常直白、邀請人家進房的意思啊。確實是不知羞恥。雖然赫思爾老師要我做真正的求婚用魔石時使用，但我看還是算了吧。

好想做圖書委員的工作

……圖書館、圖書館，可以去圖書館了～！

一大早我的心情就非常亢奮，即使布倫希爾德蹙眉表示：「我認為與服裝並不相襯。」我還是別上了圖書委員的臂章，前往餐廳。

「那我們今天馬上去圖書館吧！」

「很遺憾，今日沒有足夠的近侍能夠陪同您去圖書館，還請您等到明天。」

結果立即遭到柯尼留斯的否決。聽說今天有迪塔比賽的練習，這堂術科課所有見習騎士均得參加。

「羅潔梅茵大人，今天請與菲里妮一起待在房間。上午由於沒有半名護衛騎士在您身邊，所以在我們回來吃午餐前請勿離開房間。下午雖然有萊歐諾蕾在，但人數仍不足以讓您去圖書館，而您最多也只能走到宿舍的多功能交誼廳。明白了嗎？」

柯尼留斯的漆黑雙眸散發出了不容分說的魄力，我只能乖乖點頭。這對見習騎士來說是很重要的一堂課，但儘管知道自己不能任性，我的心情還是瞬間消沉下來。

……虧我還那麼努力一舉合格，呿……

「羅潔梅茵大人，斐迪南大人寄放在我這裡的書本，正是用在這種時候。您今天就留在宿舍裡看書，學習有關魔法陣與魔導具的知識吧？若想建造理想中的圖書館，相信也需要先做好萬全準備。」

「哈特姆特，你這主意太棒了。」

既然不能去圖書館，那也沒辦法了。今天一天，我就閱讀斐迪南寄放在哈特姆特那裡的書本度過吧。一想到要為理想中的圖書館做準備，我就雀躍不已，心情一下子又變好了。

「您上次出色地完成了斐迪南大人出的習題，這次也應該沒有問題吧。」

正如哈特姆特說的，我在看過上次那本書後，加以重組並設計出了一個新的魔法陣，勉強算是完成了斐迪南出的作業。理論上應該沒有錯。若我畫的魔法陣可以順利運作，就能讓書本在過了歸還期限後，自動回到圖書館。

……而且不只是回到圖書館，為了讓書還能自動回到書架上，我可是消耗了不知多少腦細胞。雖然有七成是哈特姆特幫忙指點啦。

哈特姆特還對我說：「一個魔法陣就要有這麼多功能，您是否太貪心了呢？」但為了我理想中的圖書館，我覺得貪心一點不是壞事。況且斐迪南出的作業，就是要把複數的功能整合在一個魔法陣裡，我只是把能追加的都加進去而已。

「好了，大小姐。新書來了。」

吃完早餐，回到房間等候後，黎希達便拿著從哈特姆特那裡借來的書，「咚」地放在桌上。我與菲里妮立刻開始翻看。

「不知道這次是什麼內容呢。啊，羅潔梅茵大人，這本書裡也夾有一張紙。」

菲里妮抽出斐迪南寫有習題的便條紙，遞來給我。上面寫著，這本書裡提到了神殿舉行儀式時用來降低音量的魔導具，若能將魔法陣稍做改良，並且加上刺繡，就能做出具有強大吸音功能的地毯。

……這次的作業還包含了刺繡嗎？

眼看斐迪南出的作業越來越難，我忍不住大皺眉頭，菲里妮便鼓勵我說：「能在安靜的環境裡讀書是很棒的事情，我們一起加油吧。」聽說去年我回去舉行奉獻儀式的時候，菲里妮照樣在貴族院努力蒐集故事、抄寫書籍，但隨著最終測驗逐漸逼近，來圖書館的學生變多以後，她發現館內的環境變得非常嘈雜，為此大吃一驚。

「來圖書館的多是下位領地的學生，但大家會爭奪參考書與閱覽席的位置，讓我有點不敢靠近呢。」

菲里妮因為是下級貴族，容易被蠻橫的貴族趕走，所以我不在的那段期間，圖書館開始變得擁擠喧譁以後，她便決定把書借回宿舍抄寫。

「由於羅潔梅茵大人把借書用的保證金交給我保管，又有優蒂特陪著我，所以就算帶著書走來走去也不會有危險。但是，下位領地的下級貴族因為無法把書借回去，只能借閱覽席看書，我想他們應該很辛苦吧。」

菲里妮所形容的圖書館，和我知道的圖書館簡直不像同一個地方。雖然我曾聽說後期會變得擁擠嘈雜，但竟然還混亂到了需要有騎士擔任護衛。

「要是可以免費借書，爭奪閱覽席的情形就會減少吧……」

因為沒有保證金就不能借書，大家才會爭奪閱覽席。但把書借走的人若增加了，圖書館裡的藏書自然會變少，一樣有許多人會為此傷透腦筋。如果不推廣印刷，讓每個人都能買到自己需要的書籍，這種現況很難改變吧。

……該從何時開始推廣印刷好呢？如果不先了解過多雷凡赫與中央的情況，目前實在還無法下決定。

任憑我左思右想，關於貴族院的圖書館，我還是幾乎無能為力。目前我能做的，只有為休華茲與懷斯提供魔力而已。

「羅潔梅茵大人，怎麼了嗎？」

「不，沒什麼。我們來看書吧。」

這天的魔法陣製作並不難，只要更改吸音魔法陣的範圍就結束了。我覺得哈特姆特鐵定是弄錯了給書的順序。真希望他別一開始就拿那麼難的作業給我，先從簡單的出起嘛——我正這麼心想時，優蒂特上完了上午的課，前來叫我說：「羅潔梅茵大人，我回來了。下樓吃午餐吧。」

……啊，他並不是弄錯了給書的順序。而是評估過一本書我會花多少時間讀完後才拿給我……會做這種事的不是哈特姆特，絕對是神官長。

總覺得他依據用途，把書分成了半天能看完的、一天能看完的，還有習題要花數天才能完成的。就和根據請託事項的難度，也把要給赫思爾的資料分成好幾種一樣。

……神官長對待我的方式就和赫思爾老師一樣！真讓人有點震驚。

當天下午，我練習了飛蘇平琴還有預習明年的上課內容，隔天則是戴上臂章，興沖沖地前往圖書館。護衛騎士有萊歐諾蕾與優蒂特，文官有哈特姆特與菲里妮，侍從有黎希達與莉瑟蕾塔。

「公主殿下，來了。」

「公主殿下，看書？」

休華茲與懷斯小步小步地走出來迎接。我摸了摸兩人額頭上的魔石，供給魔力。看見我們走進圖書館，索蘭芝張大了藍色雙眼走來。

「哎呀，今年的速度還真快呢。羅潔梅茵大人果真教人吃驚。」

「索蘭芝老師、休華茲、懷斯，我修完二年級的課了。接下來直到奉獻儀式為止，我會盡量常來圖書館。」

「您是不是比去年還快修完呢？」索蘭芝問道，我大力點頭。去年因為騎獸製作課沒能第一堂就合格，多花了點時間；但今年包括術科課在內，所有科目我都是一舉合格，所以很快就修完了。但明年我預計同時修習文官與領主候補生課程，相信一定會花更多時間。

「因為我想早點來圖書館，也想把休華茲與懷斯的衣服送過來。請問要什麼時候為兩人換上新衣呢？」

聽說領主會議上，中央也十分擔心艾倫菲斯特能否為兩人製作新衣，但如今還通過了斐迪南的檢驗，我想應該沒問題。

「公主殿下，好厲害。」

「新衣。」

得到新主人贈予的新衣，對休華茲與懷斯來說似乎是很重要的事情，看得出來兩人都有些興奮。

「可以的話，我想借用圖書館裡的一間房間，為休華茲與懷斯換上新衣。雖然我也知道原本該在主人的房間裡進行，但我不希望把兩人帶出去以後，又發生去年那樣的騷動。」

任何會引發風波的可能性，最好預先排除。聽完我說的話，索蘭芝環顧了閱覽室一圈，微笑說道：「在來圖書館的學生變多之前，我可以把辦公室後面的空間借給您。」不同於去年，這次索蘭芝答應了我的請求，由此也察覺得出我們兩人的關係變親近了，讓我有些高興。

「那什麼時候好呢？莉瑟蕾塔，妳希望訂在什麼時候？」

「您問我嗎？」

「是啊。因為對於休華茲兩人服裝的刺繡，最不遺餘力的就是莉瑟蕾塔了。我當然得讓妳在場吧？」

聞言，莉瑟蕾塔認真地煩惱起來。那雙深綠色眼眸綻放銳利光芒，緊盯著半空中。她這時的側臉，與思考著該如何加強戰力時的安潔莉卡十分相像。

「三天後的下午，近侍們的行程剛好最能配合，記得赫思爾老師也沒課。」

因為若聽到要為休華茲兩人換新衣，赫思爾搞不好又會撇下該上的課不管。居然還考慮到了這一點，預先確認過赫思爾的課表，莉瑟蕾塔簡直令人佩服。

「我也沒有問題喔，羅潔梅茵大人。就訂在那一天吧。」

決定好了更換新衣的日子後，我也想順便敲定舉辦茶會的時間。

「索蘭芝老師，關於在圖書館舉辦的茶會，漢娜蘿蕾大人表示下週之後的上午她都能抽出時間。請問索蘭芝老師何時方便呢？」

「只要時間夠早，我都沒問題喔。如您所見，現在來圖書館的人還不多。」

索蘭芝看向毫無人影的閱覽室，說完咯咯輕笑起來。

「那麼，下週便趁早找一天舉辦茶會吧。難得休華茲與懷斯換上新衣，要不要把時間訂在這之後呢？這樣便能向漢娜蘿蕾大人展示兩人的新衣了。我真是太期待了。而且，我要與漢娜蘿蕾大人一起當圖書委員呢。看，我還做了臂章。」

我展示自己手臂上的臂章，索蘭芝感到神奇地定睛端詳。

「記得您曾說過圖書委員，就是在圖書館幫忙工作的人吧。」

「是的。我要和去年尾聲一樣，在繁忙時幫索蘭芝老師與休華茲兩人的忙。」

去年斐迪南送出了催促學生還書的奧多南茲以後，大量學生湧入圖書館還書，場面變得非常混亂。當時的我，充分享受了當圖書委員的感覺。我要像那時一樣再次幫忙。然而，索蘭芝看著期待不已的我，一臉十分為難地垂下眉尾。

「羅潔梅茵大人，您的心意我非常感激，但您還在貴族院的這段期間，正好沒什麼人會來圖書館，不太需要幫忙呢。」

……怎麼會這樣！居然說不需要圖書委員！

我確實也聽說，都是在我為了奉獻儀式返回艾倫菲斯特以後，圖書館才會十分忙碌。像現在這樣冷冷清清的，確實沒有事情需要幫忙吧。

「您願意為休華茲與懷斯提供魔力，這樣便十分足夠了。我也不能再給領主候補生增添更多麻煩。」

對方都拒絕了，我若還不肯死心，會演變成權力的壓迫。我雖然想當圖書委員，但不想用權力逼迫索蘭芝。正當我垂頭喪氣時，哈特姆特稍微彎下腰低聲說了：

「羅潔梅茵大人，您不是要問索蘭芝老師，圖書館內使用了哪些魔導具嗎？若能改良魔導具，或許可以為圖書館盡份心力，也算做到了圖書委員的工作。」

「哈特姆特，謝謝你。」

哈特姆特的建議點醒了我，我急忙抬起頭。我也可以既不妨礙到索蘭芝，又符合領主候補生身分地做到圖書委員的工作。我重新打起精神，向索蘭芝發問。

「索蘭芝老師，請問現在圖書館裡在使用哪些魔導具，今後又是否需要添購新的魔導具呢？」

「您為何問這種問題呢？」

索蘭芝以手托腮，納悶地偏過臉龐，我於是挺胸答道：

「因為有朝一日，我想建造屬於自己的圖書館，為此我想先了解貴族院的圖書館是如何運作。」

「哎呀，您想建造自己的圖書館嗎？真是偉大又了不起的夢想呢。」

索蘭芝輕笑起來，然後告訴了我許多有關圖書館魔導具的事情。

她說貴族院的圖書館，除了提醒學生離館的發光魔導具外，還有好幾種魔導具，至於維持館內環境、以便存放書籍的魔法陣，則是刻在建築物本身。

……那是什麼，也太方便了吧！

根據我在麗乃那時候看過的書籍，中世紀的圖書室，尤其是石造的修道院與教會皆不適合存放莎草紙，不出數年就會發霉或腐朽，所以若收到從遠方送來的書籍，只能盡快抄寫到羊皮紙上，不然就是每隔幾年重新抄寫到莎草紙上，否則沒有其他保存辦法，因而十分辛苦。莎草紙雖比羊皮紙便宜，卻不利保存。石牆又因為氣溫影響容易產生濕氣，所以存放書籍的地方必須先圍起木牆。但是，貴族院的圖書館似乎只靠一個魔法陣，就解決了這些麻煩的問題。

「雖然很可惜無法向您展示建築物上的魔法陣，不過王宮圖書館裡頭，也有書籍記載了關於這個魔法陣的資訊。此外，我記得中央的寶物殿也和圖書館一樣，設有維持溫度與濕度、以利存放寶物的魔法陣。」

……中央的魔法陣太高科技了。真希望艾倫菲斯特也能稍微看齊。

不過，如果這些魔法陣都需要魔力來維持，可以理解艾倫菲斯特很難如法炮製，也能理解貴族人數若減少了會讓人頭疼。

「基本上有休華茲與懷斯在，要管理貴族院的圖書館並沒什麼大問題。因為借書還書的業務與閱覽席的管理，全由兩人在負責。」

如果所有事情都依靠人力，勢必需要大量人手，實在是不可能呢——索蘭芝說。聽說只有索蘭芝一人在管理的時候，很多事情她也無能為力。聽完這些，我更是覺得往後建造羅潔梅茵圖書館時，果然需要有休華茲他們這樣的魔導具。

「索蘭芝老師，我最近正在研究過了歸還期限以後，書本就會自動返回圖書館的魔法陣，不曉得能不能設置在書本上呢。」

「聽起來雖然方便，但如果每本書都設上魔法陣，感覺也需要非常大量的魔力。羅潔梅茵大人因為魔力豐富，即便魔導具數量眾多，或許仍有辦法維持，但對我來說恐怕不可能呢。」

為了讓一個魔法陣有多種功用，我把自己想要的功能都加了進去，運作上確實很耗魔力。如果還要每本書都設上魔法陣，實際操作的時候，只怕需要的魔力量更是難以估算。這點需要改進。

「那麼，索蘭芝老師有沒有想要的新魔導具呢？」

「最近我想要的，就是錄有斐迪南大人聲音的魔導具呢。因為去年他的催促，效果可謂是無與倫比。但是，總不能每年都勞駕斐迪南大人來幫忙，所以我很想用魔導具錄下他催促還書的聲音。」

聽說雖然得消耗不少魔力量，但這裡確實存在著錄音用的魔導具，只是索蘭芝找不到機會拜託斐迪南錄音。看著一臉遺憾的索蘭芝，我不禁納悶歪頭。斐迪南的聲音確實可怕，不僅能把人嚇得魂飛魄散，還讓那麼多學生不約而同地衝來圖書館，但如果只是想找人催促學生還書，也不一定要找斐迪南吧。

「找貴族院的老師不行嗎？我想洛飛老師的聲音也有效果吧？」

「因為貴族院老師的聲音，學生們已經聽習慣了，考慮到效果，我覺得還是沒有人比得上斐迪南大人呢。」

「當時大家確實是一臉驚恐，抱著書跑來圖書館呢。我會拜託看看斐迪南大人。」

……就算神官長不願意幫忙，只要拜託安潔莉卡，也許能靠斯汀略克搞定？

這麼心想的我，接下了讓斐迪南以魔導具錄下聲音的請託。

接著前往索蘭芝的辦公室，收回斐迪南提供的魔石。因為現在我會來圖書館了，就不再需要蓄有魔力的魔石。

「多虧兩位願意把這麼貴重的魔石借給我，真是幫了大忙。也請代我向斐迪南大人道聲謝。」

「好的，我一定轉達……對了，索蘭芝老師曉得爺爺大人是誰嗎？」

「爺爺大人嗎？不，我從來沒聽說過。」

由於是與圖書館有關的事情，我便詢問索蘭芝，然而她說她也不知道。

「因為休華茲與懷斯說，只要向二樓梅斯緹歐若拉神像懷裡的古得里斯海得提供魔力，爺爺大人會很高興，所以我有些好奇。而且當時我還被吸走了不少魔力……」

我補充說明後，索蘭芝垂下眼簾，像在仔細回想。

「……說不定，是指比休華茲與懷斯還要古老的魔導具。」

「咦？」

「雖然現在有大半沒在運作，但圖書館裡其實還有許多魔導具。也許其中的一樣，就叫作爺爺大人。」

索蘭芝的目光慢慢地投向辦公室深處，甩甩頭後輕嘆口氣。

「很遺憾，其實我並非完全了解圖書館的一切。當初我來做這份工作時，就是要以中級貴族的身分協助上級貴族。然而，上級貴族突然一下子全部離開，也沒有徹底做好交接。」

許多資訊就那麼斷絕了——索蘭芝語帶悔憾地低聲說道。她說上級貴族與中級貴族的職務內容不同，處刑判決下達以後，直到他們離開為止又只有短短的幾天時間，交接不了多少工作。而原本該由數名上級貴族供給魔力、使其運作的魔導具，光靠她一名中級貴族的魔力量根本不夠，所以現在只有基本的魔導具在運作而已。

「倘若中央的貴族人數能增加到和以前一樣多，並派遣上級貴族來圖書館，屆時就能進入他們的房間，了解更多事情了吧。」

索蘭芝神色哀戚地垂下雙眼後，接著抬頭看我，擠出笑容。

「好啦，不聊這些事了。羅潔梅茵大人，請您好好享受閱讀的樂趣吧。您是為此來圖書館的吧？」

我把收下的魔石交給黎希達，與索蘭芝一同返回閱覽室。一打開門，就發現剛才還毫無人影的閱覽室裡突然多了一大群人，算算約有十人左右。他們似乎也剛剛踏進圖書館。

我們都驚訝地張大眼睛，對方也一樣瞪圓了眼看著我們。一群人的中心，便是聽說理應會待在離宮中的第三王子錫爾布蘭德。他眨了眨明亮的紫色眼眸，優雅地歪過腦袋瓜，銀中帶藍的髮絲跟著搖晃。

「我聽說這個時期不會有學生，所以才過來看看，為什麼卻有學生在這裡呢？」

看來是想趁著沒人會注意到的時候，偷偷跑來圖書館參觀吧。私下外出時選擇的地點竟然是圖書館，這位王子真是太優秀了。希望他可以就此成長為愛書王子。

「妳不用上課嗎？……我記得，妳是艾倫菲斯特的領主候補生吧？」

……這位王子居然記得只見過一面的我?!太厲害了!

看來錫爾布蘭德不僅愛書，還非常聰明。明明只在交流會上見過一次面，他竟然還記得我，真教我吃驚。順便說一下，我現在雖然已經二年級了，但目前還無法把所有領主候補生的名字與長相連在一起。最近好不容易才認得同年的所有領主候補生。但我有信心，等舉行完奉獻儀式回來後，有幾個人我就已經忘了。

「我為了在圖書館看書，很快便修完了課，所以接下來幾乎每天都會來圖書館。我不會打擾到錫爾布蘭德王子，還請您不用在意我，儘管放心看書吧。」

雖然碰巧遇到了，但我絕對不會妨礙年幼的王子看書。我反而會大力鼓吹。多看點書吧，看得越多越好。然後，希望將來錫爾布蘭德成為愛書人士以後，圖書館的預算會因為他而增加，藏書也越來越多。

打完招呼以後，我馬上轉身背對錫爾布蘭德。

「休華茲，改良魔法陣與製作魔導具的相關研究資料放在哪裡呢？懷斯，那麻煩你為錫爾布蘭德王子做介紹了。」

「是，公主殿下。錫爾布蘭德，介紹。」

「公主殿下的書，這邊。」

跟著負責帶路的休華茲，我與自己的近侍們走上二樓，隨即開始看書。看起魔導具的相關資料後，我發現近年的研究成果集，有大半都寫著赫思爾的名字。

……雖然是各方面都令人頭痛的老師，但畢竟是神官長的師父呢。與魔導具有關的問題，或許還是該去問問她的意見。

赫思爾老師的研究室

中午前看了幾項資料後，我得出了「還是去問赫思爾吧」的結論。因為有太多內容都太難了，現在的我還無法理解。

「莉瑟蕾塔，妳知道什麼時候方便去赫思爾老師的研究室打擾嗎？」

因為要為休華茲與懷斯更換新衣的關係，莉瑟蕾塔確認過赫思爾的課表，所以我這麼問她。莉瑟蕾塔立即有些面露難色。

「羅潔梅茵大人要親自前往那間研究室嗎？您有什麼事情呢？」

「關於我目前在設計的圖書館用魔導具，我有些問題想請教她。」

莉瑟蕾塔微微低下頭去，思索了片刻後抬起頭來。

「……如果要討論有關魔導具的事情，最好還是去研究室呢。只不過，在告知休華茲他們的換衣時間之前，我建議您先問完想請教的問題。因為一旦滿腦子只有研究，赫思爾老師根本不會認真聽我們說話。」

赫思爾早有過因為埋頭研究，結果沒去上課的前例。我對莉瑟蕾塔的建議重重點頭，並拜託她說：「麻煩妳盡快向赫思爾老師預約到會面時間。」我想了解自己對魔導具進行的改良以及魔法陣有沒有問題，順便想問問在圖書館的運作上，有沒有什麼方便的魔導具。

「羅潔梅茵，妳今年又與王族接觸了嗎?!妳到底做了什麼?!」

晚餐席間，韋菲利特冷不防連聲逼問，一直在思考要怎麼改良魔導具的我一時間反應不過來，只是歪了歪頭。

「咦？王族的魔導具嗎？……您是說休華茲與懷斯嗎？」

「羅潔梅茵大人，韋菲利特大人是指錫爾布蘭德王子。您今早在圖書館見過他吧？」

菲里妮說完，我拍向掌心。「這麼說來，是打過招呼呢。」我這麼回答後，柯尼留斯一臉非常不安地低頭看我。

「羅潔梅茵，這件事難不成妳已經忘了……？」

「請不用擔心。只是有關這件事的記憶，掉進了有點難以回想的角落而已。」

「那不就是所謂的忘記嗎？」柯尼留斯小聲吐槽，但我才不是忘記。只是因為沒放在心上，所以記憶有些淡薄。

「除了寒暄以外，我什麼也沒做喔。因為王子殿下似乎是偷溜出來的，我還好心不去打擾他。而且他應該只是想趁著沒有學生的時候四處看看，我還向他宣布，自己接下來每天都會去圖書館，所以多半不會再見面了吧。」

我都已經宣布自己會每天報到，想要避人耳目的王子，不可能毫不在意地又來圖書館吧。我主張這次只是偶然、是不可抗力，韋菲利特卻眉頭深鎖，面色凝重。

「我記得妳去年好像也是因為不可抗力，就與王族頻繁交流……」

「韋菲利特哥哥大人，芙琉朵蕾妮與洛古蘇梅爾的治癒是不一樣的喔。」

去年是去年，今年是今年；亞納索塔瓊斯與錫爾布蘭德也不一樣。對於這麼一口咬定的我，韋菲利特疲憊地嘆了口氣。

「妳可是遇到了聲稱不會離開離宮的王族，搞不好今後還會發生什麼事。」

「可能會，也可能不會啊。反正會有什麼變數，全取決於王族的行動喔。」

我對一臉凝重的韋菲利特聳了聳肩。所謂麻煩就是即使有心避開，也會自動找上門來。現在就去煩惱還沒發生的事情也沒用。

「不說這個了，來討論接下來的行程吧。我們已經敲定三天後的下午，要為休華茲與懷斯更換新衣。這次索蘭芝老師願意在圖書館內提供場地。我們會優先挑選之前一起刺繡的女孩子，請大家過去幫忙。」

不光是女孩子們，曾在城堡一起刺繡的夏綠蒂也雙眼發亮。

「姊姊大人，我也可以同行嗎？現在我學科已經修完了，下午有空閒時間。」

「夏綠蒂，當然可以啊。」

由於人數太多也不好，所以說好以我與夏綠蒂的近侍為主，再請那段時間有空的女孩子們彼此協調，決定人選。

「夏綠蒂大人，我當時也幫忙刺繡了喔。」

「布倫希爾德大人，我也希望可以同行……」

現場氣氛和諧歡快，討論起要由誰同行。我看著這一幕時，莉瑟蕾塔靜靜走來，向我報告她已經向赫思爾預約到了會面時間。

「羅潔梅茵大人，赫思爾老師說她明天上午能夠空出時間。她還說了，屆時想介紹一位學生給您。聽說是她的弟子。」

「我知道了。那麼明天上午去拜訪赫思爾老師吧。」

「關於何時要為休華茲兩人更換新衣，請您一定要最後再告訴赫思爾老師。」

聽了莉瑟蕾塔的貼心提醒，我用力點頭。

隔天，我往赫思爾位於文官專業樓裡的研究室移動。我帶了斐迪南借我的書，還有自己拼組的魔法陣，想問她該怎麼改良比較好。

哈特姆特與菲里妮也抱著資料，莉瑟蕾塔則是不知為何帶了清掃用的魔導具，而布倫希爾德帶了簡單的泡茶工具，柯尼留斯與萊歐諾蕾負責護衛。我帶著六人，一同造訪赫思爾的研究室。來到門口，見習侍從莉瑟蕾塔對著屋內通報。

「赫思爾老師，艾倫菲斯特的羅潔梅茵大人到了。」

「老師，有人找您。」

「你不是比較近嗎？快去開門。」

門內傳來了男孩子與赫思爾的爭論聲。一會兒過後，房門完全打開，一個男孩子探出頭來。他那張臉看起來又睏又倦，蓄著一頭沒在整理的黑髮，身上的調合服滿是灰塵，全身上下髒兮兮的。我不由自主皺眉，但在瞧見赫思爾的研究室以後，馬上明白了他怎麼會是這副德行。

屋內有幾張大桌靠牆擺放，桌面上全密密麻麻地堆滿了各種器具與資料。地板上大概是之前堆疊起來的資料崩塌了，到處散落著紙張與食物殘渣。就只有屋內正中央的那張桌子維持著乾淨整潔，我想多半是因為會在那裡進行調合吧。為了不讓東西混在一起，只有那裡整整齊齊。

「請進。」

人在屋內的赫思爾喊道，我抬起腳步正要跨出，立刻被莉瑟蕾塔制止。

「赫思爾老師，這不是可以邀請人入內的房間。我昨天不是提醒過您，要把房間整理得能夠招待羅潔梅茵大人嗎？」

「這裡是研究室，本來就不是招待人的房間嘛。」

看著說得一派理直氣壯的赫思爾，莉瑟蕾塔失望地輕輕吐氣。

「就是因為這樣，我才不想帶羅潔梅茵大人過來……赫思爾老師，請把需要的資料撿好放到桌上。我身為羅潔梅茵大人的侍從，絕不能讓主人進入這種房間。」

莉瑟蕾塔拿出一個蛋形魔導具，臉上漾出迷人笑容。下個瞬間，赫思爾與她的助手臉色大變，急忙開始撿拾散落一地的資料。

「莉瑟蕾塔，那是什麼魔導具？」

我發問後，莉瑟蕾塔微微一笑為我解答。原來這個魔導具會吞噬掉指定範圍內的所有東西，讓那裡變得乾乾淨淨。本來會先把灰塵等垃圾都撣到地面上，再一鼓作氣收拾乾淨。因為只要是地板上的東西，一律會被當成垃圾。

「在整理關閉了長時間的房間時，一開始都會先使用這個魔導具。」

莉瑟蕾塔使用了魔導具後，屋內的地板眨眼間變得一塵不染。雖然資料全堆在桌面上，教人看得膽顫心驚，但因為那部分的整理不在莉瑟蕾塔的工作範圍內，況且真要整理也曠日廢時，所以她決定置之不理。

「請兩位整理一下儀容，讓自己看來得體些。」

莉瑟蕾塔一邊說，一邊與布倫希爾德一起端來簡單的泡茶工具，開始準備茶水與點心。赫思爾兩人大概是從早到晚都在研究，沒有好好吃飯，一看到食物，肚子馬上咕嚕大叫。

「雖然不太想把魔力用在研究以外的事情上，但這也沒辦法呢。」

赫思爾立刻施展了瓦須恩以掩蓋肚子的叫聲，幾秒鐘後兩人的儀容就變得清爽潔淨。赫思爾邊伸手拿取回復藥水，邊招呼我坐下。

「赫思爾老師，可以的話還請您稍做介紹。」

我坐下後，看向雙眼緊緊盯著食物不放的少年。

「哎啊，真是失禮了。」

赫思爾笑了一聲後，向我們介紹這名少年。少年名叫雷蒙特，是她在斐迪南之後找到的優秀弟子。聽說去年的調合課上，雷蒙特絞盡腦汁試圖用少許的魔力進行調合，赫思爾因此注意到他。

「在創意這方面，斐迪南大人可謂天才。而雷蒙特儘管才三年級，但他在改良這方面也展現出了可謂天才的天賦。羅潔梅茵大人如果想要改良魔導具，相信他會是很好的討論對象。」

「歷經生命之神埃維里貝的重重嚴格遴選，得以有幸與您會面，願能為您獻上祝福。」

雷蒙特在我面前跪下，說出首次見面的問候語。「准許你。」我回應後，祝福的光芒隨即飛來。

「我叫雷蒙特，是亞倫斯伯罕的中級見習文官。往後請多指教。」

聽了雷蒙特的自我介紹，近侍們表情丕變，立即擺出警戒姿態。柯尼留斯更切到我與赫思爾之間，將我護在身後。

「……老師，您正將亞倫斯伯罕的學生視為愛徒栽培嗎？」

「嗯，對啊。這有什麼問題嗎？」

「您不曉得亞倫斯伯罕與艾倫菲斯特近幾年的情勢嗎？」

「知道啊，這怎麼了嗎？」

赫思爾不再嘻皮笑臉，指示雷蒙特站到身後，自己則慢慢側過臉龐。柯尼留斯緊緊握拳，怒目瞪向赫思爾。

「赫思爾老師，您這樣還算是艾倫菲斯特的舍監嗎？」

「我因為是艾倫菲斯特出身，才被指派為艾倫菲斯特的舍監，但我如今已是隸屬中央的貴族院教師了。為了不看領地，僅為尤根施密特栽培優秀的學生，所有教師都得轉籍至中央。所以無論我的愛徒是哪個領地的人，都與你無關喔，柯尼留斯。」

赫思爾的紫色雙眼泛起利光，神情嚴厲地說。

「但是，羅潔梅茵大人就是因為亞倫斯伯罕……」

「唉……真不知你是年紀輕輕，腦袋就這麼頑固，還是正因為年輕，目光無法放遠。讓稀有的才華能開花結果，是教師的職責所在。人的一生當中，能夠發展長才的時間非常短暫。要是因為時勢就錯失良機，這與摧毀一個人的才華沒有兩樣。」

赫思爾看向露骨表現出戒心的近侍們，十分刻意地嘆了口氣。

「你們口口聲聲說要顧及情勢，但情勢這種東西，只要過了幾年就會完全不一樣。比起這種充滿不確定性的因素，個人擁有的才華應該更加寶貴和重要吧。」

赫思爾在桌上交握十指，環顧我的近侍們，最後定睛注視我。

「若要舉個最簡單易懂的例子，就是斐迪南大人了。我將那位大人視為愛徒栽培的時候，艾倫菲斯特當時的主流人士皆警告過我，每週把報告書寄回領地以後，薇羅妮卡大人也一定會夾帶著冷嘲熱諷寄來回覆。自那之後過了十年左右，艾倫菲斯特現在的情勢又是如何呢？」

赫思爾一邊幫斐迪南擋下薇羅妮卡的冷言冷語，一邊將他視為愛徒栽培。擁有稀世才華、本能成為研究者的弟子從貴族院畢業後，卻在他父親去世的同一時期進入神殿。還以為備受薇羅妮卡排擠的他，才華將就此在神殿裡埋沒，沒想到後來竟還俗了，還收了一個弟子。

「情勢與人生會如何演變，誰也無法預料。那時候，我若沒有把斐迪南大人收為弟子，說不定羅潔梅茵大人此刻也不會在這裡了。」

與情勢無關，只相信自己的直覺與弟子的才能，然後加以栽培。能夠如此斷言，並且實行至今的赫思爾，內心自有著堅定不移的信念。

「我把當時送給薇羅妮卡大人的回覆，現在再一次送給艾倫菲斯特吧。我是中央的貴族，也是貴族院的老師。我要收誰為弟子、如何教育他，艾倫菲斯特都無權過問。」

赫思爾當初就是這麼保護斐迪南的吧……我內心感慨萬千，輕拉了拉柯尼留斯的袖子。

「柯尼留斯，赫思爾老師說得沒錯。不管老師要收哪個領地的人為弟子，都是她的自由……不過，我們若要對亞倫斯伯罕保持警戒，也是我們的自由。因為我們也有必須這麼做的理由。」

柯尼留斯臉上的警戒並未消失，但他微微點頭，往後退了一步。

「……茶可能有些冷掉了呢。」

為了改變現場的緊張氣氛，我喝了口茶，也吃了口我們帶來的點心，然後請赫思爾享用。赫思爾迅速往嘴裡塞了幾塊餅乾後，馬上把剩下的分給雷蒙特，自己再拿起盛有好幾個可麗餅的盤子。雷蒙特吃了塊餅乾後，那雙藍眼猛然發亮，旋即一口接一口。他畢竟是貴族，動作十分優雅，但吃相卻活像是經常餓肚子的小孩子。

「話說回來，羅潔梅茵大人竟然有事找我，還真是難得呢。」

赫思爾吃著包有炒蔬菜與火腿的可麗餅，擺出洗耳恭聽的姿態。我看著大快朵頤的兩人，稍微多喝了一會兒茶。研究室裡的環境實在是有害身體健康。彷彿可以看見斐迪南的成長過程。

「我有許多關於魔導具的問題，想要請教赫思爾老師。因為我正在研究可以在圖書館裡運用的魔導具。」

「圖書館啊……妳是指索蘭芝來問過的錄音用魔導具嗎？」

聽說索蘭芝為了購得自己想要的魔導具，也寄了奧多南茲詢問過幾位研究者。

「不只是錄音用的，我還想做出各種不同功用的魔導具。還有，我也希望可以改良得方便使用。此外，我最近正在看斐迪南大人的書，自己設計魔法陣，能請老師幫忙看看有沒有錯誤嗎？」

我剛把頭轉向哈特姆特，幾乎同一時間，接過可麗餅後開始吃起來的雷蒙特便瞠大雙眼，抬起頭來。

「斐迪南大人的書嗎?!」

雷蒙特似乎是忍不住脫口而出，喊完後立刻摀住嘴巴。畢竟是在眾人對他如此警戒的情況下大喊，大家的目光自然集中到他身上。赫思爾面帶苦笑，帶有袒護意味地開口說了。

「雷蒙特非常熱中於改良斐迪南大人以前做好後，一直留在這裡的魔導具與魔法陣。先前也是他把索蘭芝想要的錄音魔導具，改良到中級貴族也能使用。」

在大家的警戒下，雷蒙特雖然不敢開口發言，但那雙眼睛死死盯著哈特姆特懷裡的書，看得出來他正在心裡大喊：好想看、好想看、好想看！眼看有個人如此渴望閱讀，我實在不忍心拒絕。

「哈特姆特……」

「萬萬不可。這本書是斐迪南大人的研究成果，我不能未經本人許可，就借給他領的人。」

我才剛開口，哈特姆特立即面帶微笑拒絕。我彷彿自己被拒絕了一樣，意志消沉地將畫有魔法陣的紙張遞給赫思爾。赫思爾停下了以極快速度不斷進食的雙手，打開紙張，看起我畫的魔法陣。細看了一會兒後，赫思爾用指尖按住太陽穴。

「……羅潔梅茵大人，這是什麼？」

「這是借出的書如果沒在期限內歸還，就會強行把書送回圖書館的魔法陣。」

「這種魔法陣無法使用喔。」

赫思爾一臉傻眼地說。我還以為理論上應該沒有錯才對，想不到這個魔法陣卻讓赫思爾啞口無言。

「哪裡畫錯了嗎？」

「並不是畫錯，而是無法使用。羅潔梅茵大人果真是斐迪南大人的弟子。妳若以領主候補生的魔力為基準設計魔法陣，根本沒有人能讓它發動。這一點也不實用。」

赫思爾說，我設計的魔法陣有太多不必要的細節與程序。

「妳為何要把這麼多功能放進同一個魔法陣裡呢？一旦加入命屬性，必然得再添加土屬性，無謂的細節勢必會變多。」

「因為斐迪南大人出給我的作業，就是要把複數的功能整合在一個魔法陣裡。」

「如果是為了學習理論，這個作業是有效啦……」

赫思爾說完，以指尖敲起太陽穴，把畫有魔法陣的紙張遞給雷蒙特。

「雷蒙特，把羅潔梅茵大人的魔法陣修改到你有辦法使用……羅潔梅茵大人，妳好好觀摩一下別人是如何改良魔法陣的吧。」

聽赫思爾這麼說，我注視起雷蒙特的雙手。雷蒙特瞪著魔法陣瞧了老半天後，一邊嘀咕：「居然能把這麼多東西塞進去。」一邊拿筆進行修改。

「改良的基本，就是力求簡化。比如這個魔法陣最好拆成兩道，一個是還書期限一過就會把書送回圖書館，一個則是書在館內時能自動回到書架上。」

「為什麼呢？」

「因為才不會浪費魔力。只要書能回到圖書館，即使索蘭芝老師只有一個人，她也有辦法整理。假使魔力還有餘裕，就能再發動另一個魔法陣。」

雷蒙特提醒我，設計魔法陣時，要想好哪些功能是絕對必要，哪些是可有可無。

「羅潔梅茵大人在領主候補生中還獲得了最優秀表彰，若以您的魔力為基準來製作，即便圖書館採用了，也會變成索蘭芝老師無法使用的無用魔導具。」

「你說的確實沒錯呢。」

「政變過後會有那麼多魔導具不再運作，就是因為那些魔導具都需要大量魔力，只有王族與上級貴族能夠發動。我認為應該盡可能把每個功能獨立出來，然後有需要的時候，就連中級貴族與下級貴族也有能力發動。」

雷蒙特一邊說，一邊再從我畫的魔法陣中拆出了避免遭竊的魔法陣。

「這個若獨立出來另成一個魔法陣，這邊的土與風就可以去掉。」

只見魔法陣變得越來越簡單。看來像我這樣的初學者，魔法陣最好還是設計得單純一點，也能降低出錯的機率。

「像這樣盡量把魔法陣設計得簡單一點，調合時也慎選原料的話，便能夠節省魔力。比如這個把書送回圖書館的魔法陣，如果能夠畫在艾倫菲斯特發明的、那種會自行移

動的紙張上，我想就能節省不少魔力。」

「……雷蒙特，你怎麼知道會動的紙張？領主會議上，勘合紙應該只發給了中央與庫拉森博克吧？」

我眨眨眼睛後，雷蒙特愣了一下歪過頭。

「是上課的時候，賈鐸夫老師很興奮地提起過這件事。還說他非常想研究看看。」

「賈鐸夫老師是哪一位呢？」

我完全不明白情報是從哪裡，又是如何流傳開來。我心懷警戒地詢問後，赫思爾回答了我。

「他是多雷凡赫的舍監。既是我研究上的好夥伴，也是競爭對手……既然連賈鐸夫都表現出了興趣，那麼如果拿艾倫菲斯特紙與勘合紙來當調合材料的話，說不定會出現什麼有趣的結果呢。」

赫思爾露出了瘋狂科學家的笑容，把目光投向我。

「羅潔梅茵大人，請賣艾倫菲斯特紙與勘合紙給我吧。」

「赫思爾老師是中央的貴族，恕我不能賣勘合紙給您。」

我說完，赫思爾一臉大受打擊般地僵住不動。但是，她馬上重振精神，開始鍥而不捨地央求：「羅潔梅茵大人，請妳看到同鄉的份上。」察覺到再這樣下去會沒完沒了，我往赫思爾狠狠一瞪。

「……老師再不死心，之後為休華茲兩人更換新衣時，我就不邀請您了喔。」

赫思爾瞬間閉上嘴巴。

赫思爾老師的弟子

雷蒙特教了我該怎麼改良魔法陣後，我們立即告辭。因為哈特姆特與柯尼留斯一直在旁邊催促。我個人倒覺得雷蒙特的指導很誠懇又細心，所以本來想再問問斐迪南留在這邊的魔導具有哪些，還有其改良情況，但眼看近侍們都一派緊張兮兮的模樣，我也不好久留。

一回到宿舍，柯尼留斯與哈特姆特就說他們要寫信回報。

「這件事最好找斐迪南大人商量吧。面對赫思爾老師的弟子，艾倫菲斯特究竟該如何應對，相信他能提供給我們答案。」

「我去蒐集有關雷蒙特的情報。但他是三年級的中級見習文官，認識他的人恐怕不多吧……」

看到我們遠比預計的第四鐘要早回來，近侍們又一個個忙碌地開始動作，待在多功能交誼廳裡的韋菲利特眨了眨眼睛看向我。

「發生什麼事了嗎？」

「赫思爾老師最近新收的愛徒，是一名亞倫斯伯罕的見習文官。」

「什麼?!」韋菲利特張大了他那雙深綠色眼睛。

「如果他以弟子的身分出入赫思爾老師的研究室，我們的情報有可能會傳到亞倫斯伯罕那裡去……姑且不論平常不住宿舍的赫思爾老師究竟知道多少事情、了解得有多深入，我們還是得確認有多少情報流了出去。」

我想應該可以假定，赫思爾正在研究的魔導具與魔法陣，雷蒙特都已經知道了。從房間的慘狀來看，赫思爾平常做研究時絕沒有刻意瞞著弟子。

莉瑟蕾塔的神色流露不安，往我看來。

「那麼繡在休華茲兩人服裝上的魔法陣，也已經被他知道了嗎？」

那些魔法陣的作用是保護休華茲與懷斯，但倘若被人知道有哪些魔法陣，以及哪些行為會觸發何種效果的話，防禦被破解的可能性就會變高。

「我想這取決於斐迪南大人提供了多少情報給赫思爾老師，但老師帶回研究室的資料，他應該有大半已經看過了吧。」

我嘆著氣，開始寫信給斐迪南，緊急通知他這件事情。寫好的信很快被送回艾倫菲斯特。接下來，就只能等待回音了。

下午，多功能交誼廳裡多是已經修完學科的一年級生，二年級生大多出去上術科課了。雖然也有三年級以上的學生，但人數不多。而我的近侍中此刻在交誼廳裡的，只有柯尼留斯與黎希達。哈特姆特幾乎是一吃完午餐，便衝出宿舍去蒐集情報。

我看起雷蒙特幫忙修改過的魔法陣，開始複習改良的方法。拿我最一開始畫的魔法陣，與雷蒙特修改後的魔法陣相比，根本看不出來兩者曾是一樣的東西。

「雷蒙特是三年級吧。」

如果他今年剛升上三年級，代表他原本具有的知識，就和現在已經修完二年級課程的我差不多。事實上，現為三年級的優蒂特也曾說，她還沒有學到困難的魔法陣。但是，雷蒙特現在因為成天待在赫思爾的研究室裡，埋頭認真研究，還會去上賈鐸夫的課，他腦海中有關魔導具的知識已經遠遠多過於我。從雷蒙特修改過的魔法陣，就能看出他有多麼努力學習，我不禁感到非常惋惜。

「雷蒙特這麼認真在鑽研魔導具，他一定很想看斐迪南大人的書吧。」

「他可是亞倫斯伯罕的人。」

柯尼留斯瞪了我一眼。在我沉睡的那兩年，柯尼留斯一直非常自責，認為自己明明是護衛騎士，當時卻沒能保護我，所以他對亞倫斯伯罕也格外警戒。

「可是，想看書的渴望是壓抑不了的吧？明明眼前就有一本想看的書卻沒辦法看，我很同情雷蒙特呢。」

「……您不需要對他有這種惻隱之心。」

柯尼留斯倏地大嘆口氣，垮著肩膀蹲下來，那顆嫩綠色的腦袋瓜因此來到我眼前。我忽然覺得就像在摸吉魯的頭一樣，往柯尼留斯的頭伸出手。

「柯尼留斯哥哥大人，您有些把自己逼得太緊了。保持警戒雖是應該的，但至少在宿舍裡頭的時候，您可以稍微放輕鬆，不然會累垮喔。」

我輕輕摸了摸柯尼留斯的頭，表達自己的擔心後，他臉上的神情從護衛騎士轉變成了哥哥。臉部表情放柔後，他渾身散發出了像是拿我沒轍的氣息。

「羅潔梅茵，如果妳能多提高警覺，我也可以放鬆一點啊。但是，我的護衛對象竟然在同情警戒對象。」

「因為不能看書可說是最大的不幸，我當然會同情他嘛。不過，我也知道同情與警戒不能混為一談。我怕痛，也討厭可怕的事情，所以也不想三番兩次遇到危險。」

我向一臉存疑的柯尼留斯這麼主張時，本該在轉移廳待命的騎士忽然衝進多功能交誼廳，手上還拿著信。

「斐迪南大人緊急來信！」

柯尼留斯立即正色，迅速起身。黎希達的動作比柯尼留斯還快，她馬上伸手接過後，遞來給我。

我打開信封看完內容後，吃驚得瞠大雙眼。

「……斐迪南大人說，他明天下午會來貴族院。」

「啊?!」

「他說原本成年人最好別踏入貴族院，但是關於他所製作的魔導具該如何處置與處理，還是有必要與赫思爾老師見面詳談。他要我寄出邀請函，明天邀請赫思爾老師過來用晚餐，他要當面與她談話。斐迪南大人還吩咐了，談話之前他想先了解情況，所以要我們把在研究室裡的對話，還有關於雷蒙特的情報都先整理準備好。」

信上要求我們準備的情報非常大量，比如雷蒙特在亞倫斯伯罕內隸屬哪個派系？與賓德瓦德伯爵是否有關？在魔導具這方面具備多少知識與才能？亞倫斯伯罕那邊的學生對艾倫菲斯特有何看法等等。

「這麼多資料，怎麼可能明天的下午之前就準備好！」

近侍們不禁發出慘叫，但斐迪南本來就常提出強人所難的要求了。

「斐迪南大人說了，他會幫我們判定，為休華茲兩人更換新衣時能否邀請赫思爾老師。所以雖然強人所難，我們也只能拿出全力蒐集情報了。」

既然斐迪南要親自出馬，來勸阻自己的師父，我們也必須傾力支持，讓他能夠達到目的。一起在旁聆聽的夏綠蒂大力點頭。

「姊姊大人，我也會讓自己的近侍們去蒐集情報。倒不如說，艾倫菲斯特舍裡的所有人都該去蒐集情報才對呢。畢竟是我們向叔父大人徵詢了意見。既然叔父大人願意不辭辛勞，親自來一趟貴族院，我們也要盡力準備。」

當天晚餐席間，我們告訴眾人，赫思爾的新弟子是亞倫斯伯罕的見習文官，因此斐迪南將前來貴族院，決定今後該如何應對，然後拜託所有人明天都去蒐集情報。

「看來事態又變得麻煩了。」

帶著尤修塔斯與艾克哈特一來到貴族院，斐迪南劈頭就這麼說。他往多功能交誼廳裡的椅子坐下後，伸出手命令道：「資料。」在神殿已經習慣與斐迪南共事的哈特姆特立即遞上資料，開始說明。

「雷蒙特在亞倫斯伯罕，是不怎麼受到重用的中級見習文官。他的母親是孛克史德克出身，據說服侍過政變時被處刑的第二夫人。他出生長大的家庭，現在並不在主流之列。雷蒙特在家族內算是魔力偏低的孩子，幾乎不被抱予期待，所以非常敬仰認可自己才能的赫思爾老師。」

「嗯……那他與賓德瓦德伯爵有無關係？」

「就我們調查到的結果，並無關係。聽說他因為魔力偏低，做起研究也十分吃力。儘管他試圖自己做出斐迪南大人做過的魔導具與魔法陣，但因為魔力不足的關係，目前轉而投注心力在改良上。」

他看來也很仰慕斐迪南大人，哈特姆特補上這一句。

「此外，他似乎非常羨慕魔力量豐富、還能直接向斐迪南大人討教的羅潔梅茵大人。他時常在說，如果可以的話，真想請斐迪南大人指導自己、一起暢談研究。」

去年領地對抗戰結束後，赫思爾曾與斐迪南徹夜討論彼此的研究結果，聽說雷蒙特得知後也非常想參加。不僅如此，他還很羨慕有機會與斐迪南一起工作、還能負責保管斐迪南書籍的哈特姆特。

「……這些話聽起來，他和海德瑪莉還真像呢。」

尤修塔斯一臉忍笑地看向艾克哈特與斐迪南。只見艾克哈特沉下了臉，斐迪南則點頭同意：「確實。」海德瑪莉是誰呢？我納悶地偏過頭，黎希達便告訴我：「是艾克哈特大人已經去世的第一夫人。」聽說她也曾是斐迪南的文官，還擔任過調合助手。

……咦？所以是一對崇拜神官長的夫妻囉?!

第一次聽到有關艾克哈特亡妻的事情，我正感到吃驚時，對話仍在持續。

「有沒有資料能供我了解雷蒙特的研究成果？」

「他昨天幫忙修改了我畫的魔法陣。」

斐迪南看見我畫的魔法陣，先是苦笑：「妳竟能塞下這麼多功能。」然後仔細端詳起雷蒙特修改後的魔法陣，喃喃道：「有意思。」隨後他閉上眼睛，沉浸在思緒裡。

「……我個人想把雷蒙特當作棋子，一邊與他往來，一邊獲取那邊的情報。」

斐迪南緩緩睜開眼睛，平靜地如此宣告。

「如今與過往不同，只靠斷絕往來已無法自保。現在艾倫菲斯特的排名上升到了第十名，開始成為他領蒐集情報的對象。再加上與中央以及庫拉森博克展開貿易，也吸引來了上位領地的矚目。你們在提高警覺的同時，要用無關緊要的研究資料來吸引人上鉤，盡可能獲取更多情報。哪些資料可以外流就交由我來判斷，多在貴族院累積經驗吧。改變不了舊有做法的大人辦不到這些事。」

周遭的學生們聽完都用力點頭。「是！」我也一起大聲回應。大概是聽到了我的應和聲，斐迪南轉頭朝我看來後，用指尖輕敲起太陽穴。

「但是，由於羅潔梅茵容易被情感與當下的氣氛影響，不慎脫口說出情報，所以禁止妳與雷蒙特直接接觸。凡事一定要透過見習文官轉達。」

「咦？……就只有我嗎?!我才不需要這種特殊待遇！」

我瞪大了眼睛表達抗議，斐迪南卻沒好氣地睨我一眼。

「羅潔梅茵，妳向來容易對自己欣賞的人心軟。加上在神殿長大，基本常識與判斷基準皆與我們不同。既然無法預料妳會何時把人視為同伴，或是當作自己人，讓妳直接與他接觸太危險了。」

「嗚……」

已經在心裡把雷蒙特蓋章認證為愛書同伴的我，一時間答不上話。斐迪南的觀察太敏銳了。

「無論是我做的還是圖書館裡的魔導具，妳都是最常接觸到的人，關於各種流行與新技術，妳也擁有大量絕對不能外流的情報。我們不想老是提心吊膽，擔心有哪些情報洩露出去。倘若妳無法守住機密，我們會要求妳即刻返回艾倫菲斯特。累積社交經驗固然重要，但妳的社交活動多會影響到艾倫菲斯特的未來。反正二年級的課程妳已經修完了，在妳犯下無可挽回的失誤前，讓妳回去也比較安全。」

目前我的社交活動，全是與老師還有大領地舉辦茶會，所以完全無法反駁，但我不想被強行遣返。因為今年除了看書以外，還有我很期待的活動。

「在與漢娜蘿蕾大人一起當過圖書委員之前，我不想被逼著回去。」

「我也不想禁止妳與朋友交流，但如今妳已與第三王子有過接觸，多雷凡赫也對妳虎視眈眈。妳一定要小心，別發生得要求妳返回領地的情況。」

斐迪南都講明我現在的情況了，我也只能接受。「身邊的人也要更加小心。」斐迪南還轉過頭這麼提醒韋菲利特與夏綠蒂。

「雷蒙特似乎會上賈鐸夫老師的課，因此我打算把與我研究有關的情報稍微洩露給他，利用他與赫思爾老師去分散多雷凡赫的注意力。若有人有任何問題，一律回答詳情只有我才曉得。畢竟羅潔梅茵雖擁有大量情報，卻毫無危機意識，與其擔心妳與多雷凡赫舉辦茶會時說錯話，不如先讓雷蒙特擁有我們過濾後的情報，再經由他讓情報流向多雷凡赫，我們也比較好採取對策。」

斐迪南說話的同時，看向哈特姆特。

「今後恐怕不只雷蒙特，與其他研究者的接觸也會增加。哈特姆特，你與領主候補生的見習文官們都要妥善應對。」

「遵命。」

為了領地的將來，該怎麼與雷蒙特還有他領應對確實很重要，但明天的事更重要。我開口提起自己最在意的事情。

「斐迪南大人，那為休華茲兩人更換新衣這件事呢？明天就要換新衣了。」

「赫思爾老師還有雷蒙特不能參加。我已經把大部分的相關資料都交給赫思爾老師了。只要告訴她，妳既然是研究者，應該自己組合。那些雖是我設計的魔法陣，但也算是中央的所有物。不該對亞倫斯伯罕的見習文官毫無保留。」

斐迪南果斷說完，朝我伸出手來。

「羅潔梅茵，我之前交給妳，用來促使赫思爾老師做事的資料呢？」

「菲里妮。」

我呼喚後，菲里妮立即遞來資料：「都在這裡。」斐迪南很快地看過資料，抽掉了其中的部分內容後，剩下的遞還給我。

「這些資料就算流出去也沒關係，需要幫忙時就使用吧。」

「謝謝斐迪南大人。」

隨後我們互相交換情報，斐迪南也忙著閱覽資料，不久到了用晚餐的時間。赫思爾現身來到宿舍，與斐迪南面對面。「看到邀請函的時候，我嚇了一跳呢。」她這麼表示時表情雖然冷靜，但也好像有絲緊張。

「我真沒想到斐迪南大人會親自跑來貴族院。」

因為基本上，大人不能介入貴族院裡發生的事。幾乎所有事情孩子們都得自己處理，才能累積經驗。所以孩子們雖會寫下問題寄回領地發問，但通常不會有大人親自前來，還找來老師談話。

「因為事關我製作的魔導具，我必須出面決定要如何處置。」

自己做的魔導具要自己處理，不能假手他人。這是斐迪南為了介入這次的事情，所搬出的表面藉口。

「而且兩領之間的芥蒂，遠比妳掌握到的和想像中的還要深。老師的原則，一向是有才能的人就該加以栽培，我自己也因此得到了妳的救助。我無意否定妳的原則，但身為艾倫菲斯特的貴族，我仍得採取必要行動。」

不只吃晚餐的時候，就連晚餐過後，斐迪南與赫思爾一直在談話。內容包括該如何處置雷蒙特、至今做的魔導具要如何處理、今後能提供哪些資料等等。

「斐迪南大人，你要收雷蒙特為弟子嗎？我想他會很高興吧。」

「我會從自己至今做過的魔導具與魔法陣中，挑選出安全無虞的當作是習題交給他。只要他成功改良，透過艾倫菲斯特的文官送來給我，等我打好分數，便能以亞倫斯伯罕的情報來換取新資料。」

「可以想見為了新資料，雷蒙特會不斷把亞倫斯伯罕的情報送去給你呢。」

赫思爾面帶苦笑地說道。但是，不論雷蒙特要提供什麼情報、斐迪南要出什麼習題，她似乎也無權干涉。因為她說：「就好比師父的情報會傳進弟子耳裡，弟子的情報當然也會傳進師父耳裡。」斐迪南說他會待在領內打分數，將雷蒙特栽培成自己的弟子，然後等他成年，便把他挖來艾倫菲斯特當自己的近侍。

「但如果亞倫斯伯罕不允許他離開領地呢？」

「當然有這可能。我若將他栽培成能力出眾的研究者，他們反而不可能放人。屆時，他們為了把雷蒙特留在領內，便會提供高位，他也就能深入高層。那樣一來，我就能取得更機密的情報。無論雷蒙特最後是來艾倫菲斯特當我的近侍，還是留在亞倫斯伯罕內出人頭地，結果都不必擔心。」

……感覺不管怎麼走，雷蒙特的人生就只有成為神官長的棋子這條路而已……反正只要本人願意，那也沒關係吧？嗯……

我正為此陷入苦思時，赫思爾的表情忽然稍微放柔，輕聲說道：

「斐迪南大人，你變了不少呢。以前不管你做出多麼出色的魔導具，一旦完成後失去興趣，你就再也不碰。也曾表現得自暴自棄，別人想要情報就隨便提供。但是現在，你竟然願意挑選魔導具，以遠距教學的方式一邊打分數一邊栽培弟子……」

雖說目的是獲取情報，但赫思爾似乎十分意外，斐迪南竟為了艾倫菲斯特做到這種地步。我想那時候應該發生了不少事情，像是薇羅妮卡會千方百計干擾他，或是搶走他的功績。

「情勢不過短短幾年就會有變化。那麼備受情勢擺布的人，當然也會改變。」

斐迪南一派若無其事地說完，便帶著艾克哈特與尤修塔斯前往赫思爾的研究室。他們要去把若被雷蒙特改良到中級貴族也能使用，屆時會有危險的魔導具拿回來。
斐迪南他們出去後，過了一段時間，鋪於轉移廳附近的魔法陣接二連三地冒出魔導具來。由於若不慎提供魔力，使得魔導具發動的話會有危險，所以他已下令要由下級貴族負責搬運。宿舍裡的下級貴族們正忙碌地把魔導具搬到推車上。
「話說回來，在這裡的只有危險的魔導具吧？就讀貴族院的那段期間，斐迪南大人究竟做了多少魔導具呢？」
我看著推車上越疊越高的魔導具，忍不住傻眼嘀咕，哈特姆特輕笑起來。
「羅潔梅茵大人不也打算做一樣的事情嗎？」
「我並沒有這種打算喔。」
「但我已經能夠想見，往後您會聲稱這是為了圖書館，接連地做出不可思議的魔導具呢。」
……啊，這我好像有點無法反駁。
我噘起嘴巴後，哈特姆特忽然彎下腰來，用只有我能聽見的音量問道：
「羅潔梅茵大人，您預計何時接受羅德里希的獻名？」
「哈特姆特？」
「我今年就要畢業了。現在必須盡快栽培明年開始，能在雷蒙特與羅潔梅茵大人之間擔任橋梁的文官。對方既是中級文官，我們這邊最好也派出中級以上的文官。」
他說下級文官菲里妮雖然認真上進，但階級的不足並非光靠努力就能填補。哈特姆特那雙橙色眼眸流露出了難以言說的焦慮。

爲休華茲與懷斯更換新衣

「下午的課開始了呢。那我們出發吧。為了不要吵到正在上課的學生，大家移動時要保持安靜喔。」

這天下午，要去圖書館為休華茲兩人換上新衣。為免引來注目，我們決定等到下午開始上課，一路上沒什麼人的時候再移動。這天同行的女孩子們都興高采烈，抱著裝有衣服與配件的盒子邁開步伐。而同行的男性，只有接到指示、事後必須直接向斐迪南報告結果的哈特姆特，以及擔任我護衛騎士的柯尼留斯。夏綠蒂挑選的同行者，也全是女孩子。

「在房間裡頭的時候，我會允許大家可以觸摸，屆時請幫兩人換上新衣吧。」

我這麼宣布後，女孩子們都開心地綻放笑靨。而莉瑟蕾塔本人雖然非常自制，盡量不讓情緒顯露在臉上，但不時忍不住傻笑又急忙正色的她，看起來是最開心的人。

「莉瑟蕾塔，妳真的很愛蘇彌魯耶。」

優蒂特語帶調侃地這麼說後，工作期間盡可能不表現出個人情緒的莉瑟蕾塔，似乎是覺得被人看見了自己還不成熟的一面。她先往我看來一眼，確認我的反應以後，才小小聲地咕噥說：「因為真的很可愛嘛。」然後難為情得紅了臉頰。

「如果不是因為莉瑟蕾塔喜愛蘇彌魯，這些服裝也無法完成，所以我很感謝她呢。」

我們一邊聊著，一邊保持貴族千金該有的儀態安靜移動。抵達圖書館後，打開閱覽室的大門，休華茲與懷斯隨即探頭出現。

「公主殿下，來了。」

「今天換新衣。」

休華茲與懷斯有些搖頭晃腦地走來，索蘭芝則踩著從容優雅的步伐自兩人後方現身。看見夏綠蒂與她的近侍，發現人數又增加了，她發出了咯咯輕笑。

「哎呀，今天同行的人還真多呢。那我馬上為各位帶路吧。」

索蘭芝走在前頭，帶著我們走進辦公室。辦公室裡有學生們辦理登記、舉辦茶會的接待空間，往內則有索蘭芝的辦公桌與上了鎖的書櫃，以及與閱覽室相通的門；更往內立有屏風，今天她便是帶著我們走進這裡。

……我還以為這裡是有床鋪的私人空間，原來不是啊。

由於辦公室的構造和我房間差不多，第一次進來時還看到休華茲與懷斯並肩坐在一起，所以我一直擅自認定這裡是有床鋪的私人空間。然而，結果只是一處放有桌椅的簡單休息空間，並不是索蘭芝的生活區域。

「這裡我已經整理好，可以容納好幾個人，請在這邊為休華茲與懷斯換上新衣吧。我已經趁著午休時間處理好登記事宜了。」

見習護衛騎士柯尼留斯與萊歐諾蕾於是站到屏風前方，屏風裡頭則由優蒂特還有夏綠蒂的護衛騎士負責警戒。

莉瑟蕾塔指示大家把帶來的盒子擺在一起後，布倫希爾德她們便逐一打開盒子，檢查有無遺漏。我與夏綠蒂因為是領主候補生，不能一起動手做事，所以只是在旁邊看著眾人做準備。

「對了，索蘭芝老師是住在哪裡生活呢？舍監們在宿舍裡都有自己的房間，根據指導科目，在專業樓也有自己的房間吧？」

像赫思爾現在都不回宿舍，住在文官樓裡的研究室，所以我知道老師們在專業樓裡皆有自己的房間。而並非舍監的老師，房間就只有專業樓裡的而已。索蘭芝伸手指向從入口的方向看過來，被屏風完全遮擋住的一扇門。

「我的房間——正確來說是圖書館員的私室，都在那扇門後的圖書館員宿舍裡。和學生們的宿舍一樣，一樓有餐廳，二樓是男性的房間，三樓是女性的房間。」

圖書館員的生活空間就在圖書館裡。居然可以住在圖書館裡面，我真是太羨慕索蘭芝了。我也好想在這裡有自己的房間。

「那麼我回閱覽室了，麻煩各位為休華茲與懷斯更換新衣了。」

眼看大家做好了更衣準備，索蘭芝便轉身走出辦公室。我目送她離開後，再看向準備已經就緒、只等著指令的女孩子們，最後看向休華茲與懷斯。

「休華茲、懷斯，接下來要為你們換上新衣。在這裡的所有人，都是來幫你們換衣服的。所以直到更衣結束為止，我都允許在場的人觸摸你們。」

休華茲與懷斯慢慢地轉動臉龐，像在辨識在場眾人的長相。

「現在，在這裡的人。」

「可以摸。」

「那麼，麻煩大家為他們換衣服了。夏綠蒂也可以去摸摸他們喔。」

「是，姊姊大人。」

夏綠蒂的一雙藍眼閃閃發亮，加入了為兩人更換新衣的行列。現場除了我以外，所有人都會上前幫忙。我一動也不動。但我絕不是偷懶，而是因為最好別任意觸摸。

……因為我一摸，衣服上的魔法陣就會發光啊。

就算繡在衣服上後難以分辨，但一旦發光，誰也看得出來吧。一起刺繡的夏綠蒂與我的近侍們都曉得魔法陣的形狀與配置，但最好別讓其他學生知道。

「休華茲，我要解開鈕扣了喔。」

「懷斯，請你這邊的手臂舉起來。」

女孩子們的興奮話聲此起彼落，邊為休華茲與懷斯脫下衣服，邊順手摸摸兩人。夏綠蒂也伸長了手，摸了下休華茲後，開心地綻開笑容，讓我跟著不由自主微笑。

「羅潔梅茵大人，索蘭芝老師說有急事向您稟報。」

本來站在屏風前的萊歐諾蕾朝我走來，低聲附耳說道。我與萊歐諾蕾一起走到屏風外後，只見索蘭芝臉色非常為難地走向我。

「索蘭芝老師，怎麼了嗎？」

「是錫爾布蘭德王子來看休華茲與懷斯了。」

出乎預料地將有可能與王族接觸，昨晚斐迪南說過的「強行遣返」四個大字猛然在我腦海裡飛竄。

……王子殿下，你不是不想被學生發現，會一直待在離宮裡頭嗎?!怎麼可以胡亂偷跑出來！

「我已經向他說明，目前兩人正在更換新衣……」

聽說錫爾布蘭德原本表示他可以等到更衣結束，然而擔任近侍的文官們卻產生了興趣，說是想看看我們之後會帶走以回收魔石的舊制服。錫爾布蘭德的近侍皆是中央的上級貴族，對索蘭芝來說算是上司，而且若是王族身邊的上級貴族，有些人的地位說不定還比我這個領主候補生高。這件事無法輕易回絕。

如果是在宿舍私下裡為兩人更換新衣，還能阻止中央的文官們入內參觀，但休華茲與懷斯本就是王族的魔導具，現在又是在王族管理的圖書館裡為兩人更衣，很難拒絕他們想在場參觀的要求。今年我選擇在圖書館換衣服，結果好像造成了反效果。

「……可以請他們入內沒關係。」

「感謝羅潔梅茵大人。」

索蘭芝如釋重負地撫胸鬆了口氣，立即轉身走回閱覽室。柯尼留斯與萊歐諾蕾的表情變得肅穆。

「接下來錫爾布蘭德王子與其近侍即將入內，據說是想看看休華茲與懷斯。」

現場一陣譁然。原先和樂融融的歡快氣氛瞬間凍結，大家當場跪下。由於根本沒料到會有王族出現，也難怪氣氛驟變。

在索蘭芝的帶領下，錫爾布蘭德與他的近侍們走了進來。錫爾布蘭德一邊跟在索蘭芝身後，一邊慢慢地環顧辦公室。感覺他其實很想東張西望，但強忍住了好奇心。明明是剛受洗完的男孩子，卻非常有禮貌又守規矩。與剛受洗不久時的韋菲利特相比後，我不由得感慨輕嘆。

……這才是受過良好教育，貨真價實的小少爺呢。

發現在場眾人都停止動作，跪在地上，錫爾布蘭德揮揮手說：「請大家繼續吧。」眼看眾人又開始動作，錫爾布蘭德朝著獨自一人在外圍觀看的我走來。

我們的視線高度幾乎一樣，身高也差不多。為了守住大姊姊的自尊心，我努力挺直了背，還試著稍微踮起腳尖，但小腿立刻抖個不停。就算踮腳恐怕也持續不了多久時間，我只好暗暗有些心灰意冷地放下腳跟。

……我竟然只比今年剛受洗的小孩子高一點而已。雖然至少不是比他矮啦。

「由於前陣子我來圖書館參觀時，為我做介紹的懷斯太可愛了，所以我今天想再來看看他，卻發現他不在閱覽室裡，嚇了一跳呢。原來他們在這裡換衣服啊。」

「因為聽說每當主人換人，新主人必須提供新衣給他們，這是我們剛做好的新衣。休華茲與懷斯不只可愛而已喔，他們還是非常優秀的得力助手。」

錫爾布蘭德一臉新奇地看著大家為休華茲與懷斯換上新衣，我則在旁訴說兩人的厲害。休華茲他們不只要處理借還書業務、管理閱覽席，就連有誰還沒繳錢或擅自把書帶出圖書館，都能記得一清二楚。是管理圖書館時不可或缺的魔導具。

「我聽說休華茲與懷斯是從前某位公主所做的魔導具，連貴族院的老師們也不曉得做法。對於王族如此出色的能力，我真是感動不已。請問王宮那裡有沒有製作兩人時留下的資料呢？」

我滿心期待地發問，錫爾布蘭德微微側過頭後，看向其中一名近侍尋求解答。

「很遺憾，我未曾在王宮圖書館裡拜讀過。」

……王宮圖書館！聽起來多美妙的五個字！

近侍的回答讓我眼前的世界一片光輝燦爛。從未去過的圖書館裡頭，一定有許多我從未看過的書。我正想向似乎很熟悉王宮圖書館的近侍提出更多問題時，萊歐諾蕾輕拉了下我的袖子。回頭一看，發現她面帶微笑向我施壓中。

……意思是要我別再問下去了嗎？

想起大家都說我一聊起圖書館就會失控，所以一定要小心，我只好無可奈何地閉上嘴巴。雖然這是了解王宮圖書館的絕佳機會，還能取得珍貴的情報，但要是惹得王族心生不快，搞不好他們會禁止我進去。

……現在最好還是慎重一點。正如夏綠蒂說過的，要從共通話題開始聊，再慢慢把話題帶到圖書館。但我們有什麼共通話題嗎？

我正動著腦筋思索時，錫爾布蘭德一派退怯遲疑地小聲問我：

「那個，我聽說艾倫菲斯特的羅潔梅茵已有未婚夫，那麼夏綠蒂有未婚夫嗎？」

……共通話題是夏綠蒂嗎?!

錫爾布蘭德突然提起的話題令我雙眼圓睜，眨了幾下眼睛後，慢慢搖頭。

「並沒有喔。但大概到了領地對抗戰或領主會議……不久後會有人來探問吧。」

因為多雷凡赫的阿道芬妮，就是用這種眼神在看夏綠蒂。看得出來她有意讓奧爾溫迎娶夏綠蒂，藉此獲取利益。先前的領地對抗戰與領主會議上，就有幾個領地來打探過我的婚事，我想來打聽夏綠蒂對象的人會更多吧。聽了我的回答，錫爾布蘭德張大了明亮的紫色眼眸，然後緩緩垂下眼簾。

「女孩子果然會覺得年紀小的比較不可靠嗎？」

……咦？難不成錫爾布蘭德王子對夏綠蒂有好感？怎麼辦？我根本不曉得夏綠蒂喜歡哪種類型的男孩子！

真希望別問我這麼困難的問題，我急忙思索該怎麼回答比較恰當。

「可不可靠我想並不是依年紀來決定，所以我也無法給您任何意見……」

錫爾布蘭德看起來非常失望的樣子，是不是該幫他問問夏綠蒂比較好呢？

「倘若王子殿下十分在意，不如我去問問夏綠蒂本人吧？」

「……咦？」

錫爾布蘭德愣住地看著我後，隨即慌慌張張地來回看向我與在休華茲兩人身邊的夏綠蒂。

「不，沒關係的，我只是有些好奇而已。這件事請別告訴任何人，我不希望大家因為我的疑惑而陷入混亂。」

「這樣啊，我知道了。」

的確，要是知道王族也許有意打探婚事，會掀起不小的騷動吧。就算錫爾布蘭德還沒決定，只是有些好奇而已，也會讓周遭人們陷入混亂。

……在王子殿下確定自己的心意之前，就替他保密吧。

「錫爾布蘭德王子、姊姊大人，讓兩位久等了。看起來如何呢？」

夏綠蒂帶著休華茲與懷斯，來到我面前。

考慮到工作地點在貴族院，服裝是以黑色為基底，然後參考了女僕與管家的制服，但休華茲與懷斯此刻穿在身上的服裝，幾乎已經看不出原本的設計。

休華茲穿著白色襯衫，但因為外罩背心，只有白色袖子顯露在外。背心上除了複雜的魔法陣，還密密麻麻地繡有混淆用的其他圖案。褲腳也添加了色彩繽紛的花朵與綠葉刺繡，看得出來莉瑟蕾塔費了很多心思。可愛的蝴蝶領結使用了以新染法製成的布料。胸口則是採用了我的意見，點綴著與懷斯一樣的花飾。

而懷斯穿著連身裙，裙襬也和休華茲一樣繡有花卉與葉子。圍裙上是滿滿複雜又精巧的刺繡，只剩下肩膀的荷葉邊可以看出原本的白布。胸口裝飾著採用絞染的蝴蝶結，加了花飾點綴。聽說女孩子們本來還想在他的耳邊別點裝飾，但因為會妨礙到懷斯耳朵的動作，只好作罷。

「公主殿下，適合嗎？」

「公主殿下，稱讚。」

「休華茲、懷斯，你們都非常可愛喔。多虧了艾倫菲斯特眾人的努力，才能完成這麼出色的服裝。刺繡也精美細緻。」

不只稱讚兩人，我也表揚了大家的努力，錫爾布蘭德在旁邊露出沉穩微笑。

「我也很高興能看到做工如此精良的服裝。」

我接著拿起休華茲與懷斯之前穿的衣服，遞給錫爾布蘭德。

「這便是他們之前穿的服裝。扣上鈕扣的話魔法陣就會完成，還請小心留意。魔力若流向魔法陣，防禦功能也會啟動。」

錫爾布蘭德的近侍點點頭後，接過服裝仔細端詳。

「艾倫菲斯特的新衣是直接沿用了上頭的魔法陣嗎？」

「不，斐迪南大人改良過了。但因為我對魔法陣還不太了解，有問題請詢問斐迪南大人的師父赫思爾老師。」

「感謝羅潔梅茵大人。」

不清楚的事情就不要回答。斐迪南說過，與魔導具及魔法陣有關的問題，要盡可能推給赫思爾與雷蒙特。我照著他的吩咐回答後，再向休華茲與懷斯招手。

「我為你們提供魔力吧。」

我往休華茲與懷斯額頭上的魔石伸出手，一邊輕撫一邊注入魔力。休華茲與懷斯也舒服地輕輕閉上眼睛。

「哇，好可愛喔。」

錫爾布蘭德的手冷不防從旁伸來。「不可以摸！」我急忙阻止，但好像還是來不及。錫爾布蘭德的指尖剛碰到他們，我馬上聽到「啪滋」一聲，接著亮起了像是靜電的閃光。「哇?!」錫爾布蘭德大叫著按住自己的指尖，他的護衛騎士們立即變出思達普。

「因為只有登記為主人的人，還有主人下達許可的人，才能觸碰休華茲與懷斯……錫爾布蘭德王子身邊沒有這樣的魔導具嗎？」

王宮裡的魔導具應該遠比我知道的還要多，也會明確劃分誰能用、誰不能用。聞言，錫爾布蘭德的近侍輕嘆口氣。

「在錫爾布蘭德王子登記成為王族以後，王宮裡的所有魔導具他皆能觸碰。先前他身邊從未有他不能觸摸的魔導具。」

「我不能摸休華茲與懷斯嗎？」

錫爾布蘭德垮下肩膀，一名近侍旋即轉向我。

「這兩個魔導具是王族的遺物。既然如此，比起暫訂為主人的羅潔梅茵大人，應該由錫爾布蘭德王子來管理才對吧？」

聽到對方要我把主人之位讓給錫爾布蘭德，我與去年不同，立即頷首。

「只要休華茲與懷斯能順利地在圖書館裡活動，我也認為由王族來管理更加理想。因為我春天到秋天這段時間不在貴族院，但換作是錫爾布蘭德王子，應該能夠前來供給魔力吧。我也不必再準備魔石與魔力，對我來說幫了大忙呢。」

我只是因為若沒有休華茲與懷斯，索蘭芝會很傷腦筋，才幫忙提供魔力。如果能夠交給王族，這麼做比較好。見我爽快同意，反倒是那名提出要求的近侍面露驚訝。與此同時，觀看著休華茲兩人衣服的文官們大皺起眉。

「要以主人的身分供給魔力……您說得簡單，但錫爾布蘭德王子剛受洗完而已，這對他來說有些太吃力了吧？有可能對他造成很大的負擔。」

近侍們皆擔心起錫爾布蘭德的魔力量與身體狀況，我再舉出了其他需要擔心的事情。只要是熟知魔法陣與魔導具的文官，應該能夠判斷。

「另外我還擔心幾件事情。首先，是錫爾布蘭德王子只能趁著沒有學生的時候四處走動，屆時真的能夠順利地提供魔力嗎？還有，如果要完全接下主人的位置，各位就必須再準備一套新衣，不知人手與材料是否足夠呢？」

斐迪南說過，這次製作新衣用掉了許多他珍藏的稀有原料。如果是中央，也許不用擔心這個問題，但衣服上的刺繡是非常耗時的大工程。文官以手指撫過刺繡後，別開目光像是不想回答。顯然他們不是很想做這件事。

「最後，這是最重要的事情……」

我重新轉向一臉呆愣的錫爾布蘭德。

「錫爾布蘭德王子也必須做好覺悟。」

「覺悟嗎？」

我對偏頭不解的錫爾布蘭德用力點頭，認真問道：

「一旦登記成為休華茲與懷斯的主人，即便是男士，他們也會稱作公主殿下。聽說過往的男性圖書館員同樣被稱為公主殿下，不知這點您能否接受呢？」

有些男孩子在這個年紀，看起來還像是女孩子。錫爾布蘭德長得秀氣精緻，給人感覺也很文靜，只要服裝稍微中性一點，看起來就會像是女孩。這樣的孩子以後將被兩人稱作「公主殿下」，這也許會傷害到他身為男孩子的自尊心。

「錫爾布蘭德王子能夠做好今後都被喚作公主殿下的覺悟嗎？」

「我是男生，不想被人稱作公主殿下。」

錫爾布蘭德忙不迭地搖頭，表示自己「絕對不要」。說不定他曾被誤認為是女孩子，因此留下過不愉快的回憶。

「既然如此，王子殿下不如登記成為魔力供給的協助者吧。這樣一來，休華茲與懷斯只會叫您的名字，您也能觸碰兩人。不定期造訪圖書館也沒關係。」

「這麼做比較好，那就麻煩了。」

聽完我的提議，錫爾布蘭德小臉一亮。他的近侍們也認為負擔少一些比較好，同意了這個做法。

「只不過若想成為協助者，需要有光與暗的屬性，請問這點沒問題嗎？」

「嗯！」

就這樣，錫爾布蘭德以魔力登記成為協助者後，圖書委員又增加了一個人。

盡情摸了摸休華茲與懷斯後，錫爾布蘭德心情極佳地返回離宮。目送他離開後，我為自己竟能順利地度過這個難關，還沒有觸怒王族，忍不住安心地吐出大氣。

「……姊姊大人與人社交的時候，我總是搞不懂現在究竟是怎麼一回事，結果完全找不到機會阻止呢。」

夏綠蒂沮喪地嘀咕說，她本來想阻止我與王族接觸，卻不曉得該在何時打岔，結果沒能加入我們。夏綠蒂若能加入對話，錫爾布蘭德一定會很高興吧。運氣真是不好。

「我們趕快回宿舍吧，感覺會再發生其他事情呢。」

夏綠蒂這麼說著催促眾人。前來幫忙更換新衣的女孩子們，在經歷過有王族在場觀摩的體驗後，看起來都疲倦無力。

大家一起走回宿舍的半路上，我忽然想起一件事情，便問夏綠蒂：

「夏綠蒂，妳對年紀比自己小的男士有何感想呢？果然會覺得比較不可靠嗎？」

夏綠蒂轉頭往我看來，像是領悟了什麼似的扶額，閉上眼睛。

「可不可靠終究要看對方的表現，但我個人還是認為，年紀比自己大的人感覺比較可靠呢。別看我這樣，其實我也很依賴哥哥大人唷。」

……哎呀呀，可惜。王子殿下看來是沒機會了呢。

我把夏綠蒂喜歡年紀比自己大的這件事記在腦海裡。這時，夏綠蒂表情有些憂心地低頭看我。

「姊姊大人，您應該也覺得哥哥大人比錫爾布蘭德王子要可靠吧？」

「……是啊。因為男性最需要的，就是把圖書館全權交給另一半打理的魄力嘛。」

我沒有忘記韋菲利特曾經說過，宿舍的書架要怎麼整理都隨我高興喔——我如此表示後，不知為何夏綠蒂卻露出了非常不安的表情。

図書

魔石採集

「畢竟課業比較重要，還請優先考慮漢娜蘿蕾大人方便的時間。」

由於索蘭芝事先這樣提醒過我，我便交由布倫希爾德去安排茶會的舉辦時間，並由她向漢娜蘿蕾送去邀請函。據布倫希爾德說，一開始提出的時間因為與社會學課重疊，收到無法出席的回覆，所以又改到了另一個時間。最終，愛書同好的茶會總算順利敲定了舉辦日期。

「那也得向索蘭芝老師送去邀請函才行呢。」

聽到布倫希爾德這麼說，我馬上寫好邀請函，踩著輕快的步伐前往圖書館。

……耶～要和索蘭芝老師還有漢娜蘿蕾大人一起舉辦茶會了。

而且愛書同好舉辦茶會的地點，就是在圖書館裡的辦公室。可以感覺得出自己的情緒越來越激動。我得小心別太興奮。

「公主殿下，來了。」

「公主殿下，看書嗎？」

「啊，羅潔梅茵真的來了耶。」

一走進圖書館，休華茲與懷斯便出來迎接。這幾天錫爾布蘭德經常是跟著他們一起出現。聽說他幾乎每天都會來摸摸休華茲與懷斯，直到心滿意足後才回去。根據休華茲兩人提供的情報，錫爾布蘭德似乎非常無聊。儘管偶爾也會借一年級的參考書回去看，但本人曾表示過這裡沒什麼他能看的書。明明想看書，能看的書卻不多，這樣真是太可憐了。所以我最近剛寫信寄回艾倫菲斯特，詢問能否把我做的、給小孩子看的書借給錫爾布蘭德。

「您好，錫爾布蘭德王子。」

打完招呼後，我便去找索蘭芝。索蘭芝笑說，這幾日來她的工作就是迎接王族，所以每天都很緊張。但因為知道錫爾布蘭德的目標是休華茲與懷斯，她看起來好像也慢慢習慣了。

「索蘭芝老師，在圖書館舉辦的茶會已經敲定日期了。」

我遞出邀請函後，索蘭芝十分高興地接下，臉上綻放微笑。

「哎呀，真是教人期待……時間是四天後呢。」

索蘭芝平常都得待在圖書館，學生來到貴族院的冬季期間，更是沒什麼機會與其他老師交流，所以她說去年的茶會真的很開心。這次我們也非常用心準備。我與布倫希爾德相視而笑時，一道稚嫩的嗓音插了進來。

「四天後有茶會嗎？」

似乎是跟著休華茲與懷斯一起過來的錫爾布蘭德說道。

「既然如此，我那天是否別來圖書館打擾比較好呢？」

屆時休華茲與懷斯仍會如常在閱覽室裡工作，而錫爾布蘭德的目的又是兩人，所以他就算要過來也沒關係吧。但是，畢竟有王族來到圖書館，我們總不能自己悠悠哉哉地在辦公室裡舉辦茶會。

……這種時候該請他迴避一下比較好嗎？

我決定交由索蘭芝判斷，於是將目光投向她。索蘭芝手貼著臉頰思索了一會兒，然後低頭看我。

「羅潔梅茵大人，要不要也邀請錫爾布蘭德王子參加茶會呢？既然他也登記為協助者，我想這件事也該通知漢娜蘿蕾大人。」

……對喔。雖然我一直有種茶會是女性聚會的刻板印象，但換個角度來想，如果把這當作是圖書委員的聚會，王子殿下確實也該出席才對。

與其開始當圖書委員以後，漢娜蘿蕾才急忙問我王子為何出現在這裡，我應該先告訴她錫爾布蘭德也會參加茶會，然後在茶會上說明錫爾布蘭德如今也成了協助者之一。像這樣循序漸進，比較不會嚇到漢娜蘿蕾吧。

原來如此。我暗暗恍然大悟後，發現錫爾布蘭德那對充滿期待的明亮紫色眼眸，正注視著我與索蘭芝。幸好我沒有急著自行做出判斷，懇請他迴避。我在心裡鬆了口大氣，同時對錫爾布蘭德投以微笑。

「我打算也向錫爾布蘭德王子寄出邀請函。但因為是非常臨時的邀請，會不會給您造成困擾呢？」

「哪裡，我非常高興……因為我能走動的地方並不多。」

錫爾布蘭德露出了靦腆的開心笑容，但近侍的反應又如何呢？我往他的近侍們瞥去一眼。只見其中一名近侍臉上掛著禮貌性的笑容，看向布倫希爾德。

「我希望能向羅潔梅茵大人的侍從了解詳情。」
「……布倫希爾德，麻煩妳了。」
「遵命。」
布倫希爾德神色緊張，但還是努力面帶微笑，走向錫爾布蘭德的近侍。我內心十分同情要與王族近侍交談的布倫希爾德，同時轉頭看向錫爾布蘭德。
「我幾乎從未與母親大人以外的人舉辦茶會，好期待呢。」
錫爾布蘭德因為剛受洗完不久，似乎還沒有多少社交經驗，聽說只與母方的親族辦過幾次茶會而已。若能為他的生活增添點樂趣，這樣也好吧。
「羅潔梅茵，妳今天也要看書吧？我會和懷斯在一起，妳不用在意我，儘管去二樓吧。」
閒聊了幾句後，就是閱讀時光。錫爾布蘭德似乎知道我熱愛讀書，每次講完幾句話後，他一定會叫我趕快去看書，真是個好孩子。我道過謝後，走上二樓，如同既往開始看書。
五顏六色的光芒倏地照在手上，我抬起頭來。這道光在提醒訪客該離開了。不久之後，就會響起鐘聲。我交由菲里妮歸還書籍，離開圖書館回宿舍用午餐。這時錫爾布蘭德早已不在，館內也沒有其他學生的蹤影，一片安靜無聲。
向索蘭芝、休華茲與懷斯道別，走出圖書館時，正好鐘聲開始響起。我們接著往中央樓移動，便見一道眼熟的人影正從中央樓的方向快步走來。是赫思爾的弟子，也是前先天剛成為斐迪南弟子的雷蒙特。

「羅潔梅茵大人。」

大概是注意到了我們，雷蒙特綻放非常開心的笑臉。他先徵求了與我談話的許可後，馬上語帶興奮地向我道謝。

「哈特姆特大人告訴我，是羅潔梅茵大人將我推薦給斐迪南大人。我能夠成為見習弟子，全是拜羅潔梅茵大人之賜。」

我們決定對雷蒙特這樣統一口徑，以便我能在他與斐迪南之間擔任傳遞消息的人。由於實際與他見過面的人只有我，比起韋菲利特或夏綠蒂，聲稱是我推薦了他會比較有可信度吧。

「只要回答斐迪南大人寄來的問題，我就可以得到新的研究習題，然後他會幫我批改訂正。」

雷蒙特似乎真的高興得不得了。他還一臉自豪地向我展示斐迪南出給他的研究習題，說他下午都要待在赫思爾的研究室。臉上的笑容耀眼燦爛，看得出來他是全心全意投入在自己喜愛的事物上。

「雷蒙特，等你完成了作業，請透過赫思爾老師與我聯絡吧。因為會由我送回去給斐迪南大人。」

「是！我會盡快完成。還有，請把這些送去給斐迪南大人。我回答好問題了。」

看來斐迪南也提供了植物紙給雷蒙特。哈特姆特收下他遞來的好幾張紙。

「我確實收到了。那我先失陪了。」

我朝著中央樓重新邁開步伐。透過腳步聲，可以知道幹勁十足的雷蒙特正朝著文官樓奔去。

回到宿舍以後，哈特姆特立即看起雷蒙特提供的資料。我也拿過來看了內容，發現上頭全是有關亞倫斯伯罕的問題，出得就好像是地理考試的問答題。對於只想趕快寫完考卷、獲得更多自由時間的雷蒙特來說，大概只覺得斐迪南是出題目在考自己吧。可以想見為了得到下一個新作業，雷蒙特就當作在解題一樣地拚命蒐集情報。

「……竟能只以少少的資料，就讓貴重的情報來源倒向自己，還算準了對方的心態會像個急著通過考試的學生；如此有效率的情報蒐集手段與本領，我真的該向斐迪南大人好好看齊哪。」

明明之前怎麼也蒐集不到亞倫斯伯罕的情報，此刻卻彷彿手到擒來，哈特姆特大受衝擊，茫然自失地如此低語。

「今天我們要去狩獵魔獸。」

土之日這天，羅德里希與主要為舊薇羅妮卡派的見習騎士們，吃完早餐後馬上要出門去狩獵魔獸。聽說是哈特姆特催促羅德里希，如果要獻名的話，就趕快做好準備。舊薇羅妮卡派的其他孩子們雖然還無法下定決心，但也表示想先取得魔石，所以決定一同前往狩獵。

「羅德里希因為是文官，一定要多加小心喔。」

「是，羅潔梅茵大人。」

目送羅德里希他們離開後，近侍們全在一樓的某間會議室裡集合，開始撰寫要寄回艾倫菲斯特的回覆。因為昨天向領地報告了邀請錫爾布蘭德參加茶會一事後，艾倫菲斯特旋即寄來一堆信函，內容紛紛在問：「為何會變成這樣？」錫爾布蘭德變成圖書委員時也是這樣，看來今天上午光寫信回覆，就會耗掉所有時間了。

「……可是，這次是索蘭芝老師建議，要不要也邀請錫爾布蘭德王子參加茶會，所以邀請這件事本身我並沒有做錯吧？若請王子殿下迴避不是更失禮嗎？」

我必須從自己的社交表現到底是哪裡做錯了開始確認，於是這麼詢問布倫希爾德。因為邀請錫爾布蘭德參加茶會時，是她陪我一同去圖書館。只見布倫希爾德露出了難以形容的複雜表情。

「您應該先回覆索蘭芝老師說：『這提議真不錯呢。』而不是當場直接詢問王族，並且交由兩邊的近侍去商議，如此我們會更加感激。往後即便事出突然，還請羅潔梅茵大人不要主動開口邀約，讓侍從去應對。」

「我明白了。我以後會這麼做。」

那時被錫爾布蘭德的近侍叫去，當場討論起茶會事宜的布倫希爾德，告訴了我正確的回應方式。如果不教我如何應對，辛苦的會是近侍們，所以她們最近的說話方式都變了。不再是「您這樣做比較好喔」，而是「這種情況下請這麼做」。

「但說到與王族舉辦茶會，去年已經有過亞納索塔瓊斯王子的經驗了，今年應該沒問題吧？」

「大小姐，我們雖然接受過邀請，但負責招待可是頭一次喔。儘管排名上升到了第十名，其實情況仍與從前相差無幾。」

黎希達提醒我，接受招待與招待王族，傳出去給人的觀感截然不同。事實上，現在似乎根本還輪不到艾倫菲斯特接待王族舉辦茶會。

「……但現在也沒辦法拒絕了吧？」

「那當然啊。」

「而且，那個當下錫爾布蘭德王子明顯很期待我們邀請他，我想就只是邀約的過程有些不同，最終還是得款待他吧。」

「錫爾布蘭德王子的近侍們確實也是過意不去的樣子呢。」布倫希爾德低喃。我與錫爾布蘭德的社交經驗都不多，兩人又照著自己的想法行動，結果似乎使得雙方的近侍疲於奔命。真是對不起。

哈特姆特與菲里妮負責整理討論出的結果，送回艾倫菲斯特。文官們準備回信的時候，我則與侍從們敲定茶會的細節。就在這時候，原本守在門外的柯尼留斯忽然開門進來。

「羅潔梅茵大人，羅德里希負傷回來了！」

這個消息讓我吃驚得立即起身，趕往多功能交誼廳。交誼廳內，有夏綠蒂他們與身上滿是擦傷與瘀青的羅德里希。

「羅德里希，我聽說你受傷了。」

「因為出現了強大的魔獸。」

聽說正當他們在狩獵的時候，強大的魔獸忽然出現，羅德里希雖然勉強閃過了攻擊，卻與見習騎士撞在一起，因此受了傷。

「大家要我馬上去請求支援，所以我才一個人回來。」

就在我回頭看向柯尼留斯的同時，已經全副武裝的韋菲利特與護衛騎士們正好走進交誼廳。

「韋菲利特哥哥大人。」

「別擔心，我們立刻過去。」

羅德里希回來後，他們似乎馬上就去做了準備。上級見習騎士與夏綠蒂的幾名見習護衛騎士也要一同趕往。

「因為領主一族的見習護衛騎士實力最強，不僅學了羅潔梅茵的魔力壓縮法，還接受過波尼法狄斯大人的訓練。」

現在韋菲利特的魔力量也正在增長，況且領主一族的魔力本來就比較多。再加上他是男孩子，也得參加見習騎士們的訓練。因此韋菲利特決定由他率領騎士們，趕往救援。

「夏綠蒂、羅潔梅茵，妳們在宿舍留守。羅潔梅茵的護衛騎士也要一起保護夏綠蒂。那我們走吧。」

「遵命。」

「哥哥大人，那就拜託您了。」

夏綠蒂的藍色雙眼中搖動著不安的光芒，目送大家離開。我也一樣看著韋菲利特與見習騎士們出發，然後轉向羅德里希。看見那些令人不忍直視的傷口，我立刻變出思達普。

「為羅德里希施予洛古蘇梅爾的治癒。」

柔和的綠光旋即包覆住羅德里希，皮外傷轉眼間消失無蹤。大概是第一次有人對自己施以治癒，羅德里希瞪大了眼，察看自己的手腳。

「你最好還是喝一下回復藥水，才能恢復魔力與體力喔。」

我提醒後，羅德里希像是這時才想起回復藥水的存在般，摸索自己腰上的藥水瓶，拿起回復藥水灌了一口，然後大口吐氣。

「羅潔梅茵大人，非常感謝您。現在我的身體都不痛了。」

「到底發生什麼事了？請告訴我出現了怎樣的魔獸。」

羅德里希對我的問題點點頭，開始說明。聽說突然出現的魔獸，外形就有如巨大的黑色犬隻。

「牠四肢著地奔跑的時候，看起來只比成年人要大一點。但是牠跑過的地方，周遭的景色都會改變。樹木就好像腐朽一樣，轉眼間腐爛變黑。還有，牠有很多雙眼睛。和普通犬隻一樣在正常位置上的那對眼睛又大又紅，額頭上也有幾對比較小的黑色眼睛，遭受到攻擊後就會變色……」

「難道是軔拿斯巴法隆?!」

萊歐諾蕾忽然厲聲抬高音量，瞠大藍色雙眼。萊歐諾蕾雖是見習騎士，但平常總和文官一樣安靜沉穩，很少亂了方寸地大喊。

「……軔拿斯巴法隆是什麼？是很難應付的魔獸嗎？」

柯尼留斯不明所以地蹙眉，萊歐諾蕾神情僵硬地點了好幾下頭。

「牠是得到魔力就會成長的魔獸。我曾在閱讀魔獸的相關資料時看過，䩞拿斯巴法隆的特性與艾倫菲斯特裡會出現的陀龍布一樣，平常棲息於尤根施密特南方。要是胡亂攻擊，只會讓牠越來越強！」

「什麼?!」

在場眾人都倒吸口氣，眼睛瞪大。也就是說我們本想打倒魔獸，卻有可能讓牠變得越來越巨大。想起了以往在汲取我魔力後迅速成長的陀龍布，我的背部一陣發涼，忍不住搓起自己的手臂。

「可是，大家應該很快會發現攻擊以後，魔獸就會變大吧？只要使用獲得暗之祝福的武器，攻擊就能產生效果，相信艾倫菲斯特的見習騎士不會有問題吧？」

憶起當年騎士們討伐陀龍布時的身影，我這麼表示，萊歐諾蕾與柯尼留斯卻猛然轉過頭來看我。

「獲得暗之祝福的武器在哪裡？我們必須馬上拿去給他們！」

「你們問在哪裡是什麼意思？就是藉由禱詞，對思達普變成的武器施以祝福……難道你們不知道嗎?!」

這怎麼可能——我心裡這樣想道，但不管是柯尼留斯、萊歐諾蕾還是優蒂特，甚至是留在夏綠蒂身邊的見習護衛騎士，都回答他們不曉得。

我的臉色瞬間慘白。如果見習騎士們是在這種情況下去討伐魔獸，那未免太危險了。因為儘管他們的本意是牽制魔獸與救援，但若在攻擊後導致一直把魔力提供給敵人，也會對周遭帶來莫大危害。

「真、真的很對不起，羅潔梅茵大人。都是因為我想要魔石……」

都因為我想要獻名，才會發生這種事——羅德里希如此責怪自己，我聽了緊緊咬牙。羅德里希面色蒼白，後悔得滿臉都是淚水，但他根本沒有做錯任何事情。

「我親自去一趟。」

「羅潔梅茵大人?!」

「姊姊大人?!」

我一站起來，大家異口同聲阻止我。

「羅潔梅茵大人，太危險了！請交給見習騎士去處理！」

就算危險，我也不能把這件事全交給不曉得黑暗之神禱詞的見習騎士。

「我是神殿長，必須前往現場告訴所有人用以獲得祝福的禱詞，否則大家會有危險……請侍從們馬上通知老師。宿舍就交給夏綠蒂了！」

我緊接著轉過身，邊往身體強化的魔導具注入魔力，邊朝著宿舍後方的玄關大廳狂奔。哈特姆特跟在奔跑的我旁邊快步走著，向我請求同行。

「羅潔梅茵大人，也請讓我同行。為了保護主人，我平常也和見習騎士一起接受訓練。現場的見習騎士們要詠唱禱詞時，我也許能幫忙爭取時間。」

我仰頭看向哈特姆特，他對我點一點頭。跑在我旁邊的菲里妮也說：「羅潔梅茵大人，我也……」但我一口回絕。

「菲里妮必須留在宿舍。妳魔力不多，就算詠唱了禱詞也無法成為戰力。」

我說完，柯尼留斯一臉極其為難地開口：

「羅潔梅茵大人，請您把禱詞告訴我們，自己也留在宿舍等候消息吧。」

「禱詞並沒有短到柯尼留斯哥哥大人可以馬上記住。現在沒有時間為此爭辯了。哥哥大人再有意見，我就讓你留下來喔！」

「那不就本末倒置了嗎！」

「別再跟我爭辯了，動作快。」

我催促著柯尼留斯，一邊奔向宿舍後方的玄關大廳，一邊抬頭看向在我四周快步行進的騎士們。

「大家都能維持思達普的變形，同時變出騎獸嗎？」

「那當然。」

「好，那麼請將思達普變成武器。」

看到大家立即變出思達普，再各自變成武器，我命令大家跟著我複述禱詞，自己也把思達普變成水槍。

「司掌浩浩青空的最高神祇黑暗之神，創造世界的萬物之父啊。」

我一邊奔跑一邊詠唱，四周很快地響起好幾道複述聲。

「請聆聽吾的請求，賜予吾聖潔之力。吾等魔力悉數奉獻予祢，請賜予武器可奪取屬魔之力的祝福，祓除屬魔之物。降下祢神聖的守護。」

來到宿舍後方的玄關大廳後，負責留守的菲里妮與跟著跑來的羅德里希上前打開大門。我邊看著他們，邊繼續詠唱，來到屋外後，用沒握武器的另一隻手觸碰魔石，變出騎獸。大家也一樣變出騎獸，一躍而上。

「予以此地生命短暫的安寧。」

思達普變成的武器一度綻放光芒後，下一秒只見大家的武器都像抹上了夜色般變得漆黑。我坐上小熊貓巴士，往後回頭。看見了一臉擔心的菲里妮，與懊悔地緊抿著唇、不斷掉淚的羅德里希。

「羅德里希，快上來！事情都變成這樣了，要是還拿不到魔石就太不甘心了。因為是我決定要接受你的獻名啊。」

「可是……」

羅德里希還在支支吾吾時，菲里妮牽起他的手，帶著他走進小熊貓巴士。她讓羅德里希坐下後，對他露出微笑。

「已經得到了黑暗之神祝福的羅潔梅茵大人，絕不可能會輸。羅德里希，你不是說要採到魔石，一起侍奉羅潔梅茵大人嗎？請去取得魔石吧。」

看見菲里妮順利地引導羅德里希坐上了車，我在心裡大聲讚揚：「做得好啊！」這下子只等菲里妮下車，就可以出發了。我從後座別開視線，繫好安全帶。這時，羅德里希發出了不安又帶有依賴的聲音叫住菲里妮。

「菲里妮……」

「那個，羅德里希。你不放手，我沒辦法下去。」

我看向後照鏡，發現羅德里希抓住了菲里妮的手。菲里妮看著抓住自己雙手的羅德里希，再看向命令她留守的我，露出了為難至極的表情。有菲里妮在，羅德里希一定比較安心吧。那就讓菲里妮一起上車吧。

「菲里妮，麻煩妳教羅德里希怎麼繫安全帶。」

「咦？我可以同行嗎？」

我對兩眼睜大的菲里妮輕輕頷首。要讓這麼不安的羅德里希一個人坐在後座，我也會擔心，所以還是有人陪著他比較好。

「因為羅德里希尚未正式成為我的近侍啊。菲里妮雖然不是騎士，但要負責監督他。但是，切記千萬不能離開騎獸。」

「遵命！」

看見後照鏡中的菲里妮綻放開心笑容，我開始往方向盤灌注魔力。由於一隻手還握著水槍，形成了有點危險的單手駕駛。

「那、那個，羅潔梅茵大人，我……」

「羅德里希，要出發了喔！」

我打斷感覺就要開口說出「我要下去！」的羅德里希，跟著最先蹬地升空的柯尼留斯，也向著天空起飛。

軛拿斯巴法隆的討伐

我們加快速度，向著綻放黃光的採集區域前進。由於距離宿舍相當近，在積雪茫茫的森林裡，很快便能看見聳立著發光圓柱的採集區域。軛拿斯巴法隆朝著採集區域走去的路線形成了一道黑色痕跡。但是，卻沒看見半名本應正在迎戰的騎士。我猜應該是在彷彿鑲有單向玻璃的採集區域裡吧。

「要衝進去了！」

柯尼留斯大喊道，衝進發光圓柱。跟著那道不斷翻飛的明亮土黃色披風，我也操控著小熊貓巴士飛進去。

穿過結界後，瞬間周遭的景色不再覆蓋著皚皚白雪。然而，眼前的採集區域卻不是我記憶中繁茂蓊鬱、布滿藥草與林木的樣子。在軛拿斯巴法隆闖入肆虐後，有四分之一的範圍腐朽枯萎，翠綠的植物與褐色的樹幹皆不見蹤影，地表也不見原本該裸露出來的土壤，而是變成了一片黑漆漆的泥沼地。

「……現場好可怕。」

「怎麼不見半個人?!大家跑去哪裡了?!」

柯尼留斯焦急的吶喊讓我猛然回神。此刻在這裡，既看不見大搞破壞的軛拿斯巴法隆，也沒看見前來討伐的見習騎士們。

「我猜他們應該是引誘鞄拿斯巴法隆去了其他地方。我們離開這裡去找吧。」

萊歐諾蕾冷靜地分析說完，柯尼留斯點點頭後，飛出採集場所。我一邊為此處的慘狀感到憤慨，一邊跟上。

……看這樣子，事後需要芙琉朵蕾妮的治癒吧。否則艾倫菲斯特的學生們根本採不到所有需要的材料。

就在我這麼心想著飛出採集區域的瞬間，森林裡傳來震地巨響。

「呀啊?!」

小熊貓巴士裡的所有人都嚇得放聲大叫，忍不住縮起身體。就連肌膚也感受得到空氣中有陣陣餘波傳來。

「從哪裡傳來的?!」

我騎著騎獸飛上高空，發現鞄拿斯巴法隆的移動痕跡一直延伸到了森林深處，遠處有幾株樹木正接連倒下。與其同時，我看見幾頭騎獸從樹林間竄出，又往下飛降。騎獸上的人都穿著明亮土黃色的披風。

「找到了！」

我們操縱著騎獸加速趕往森林深處，旋即看見了變大的鞄拿斯巴法隆。確實如同羅德里希的描述，魔獸的外形宛如巨大的狼或犬隻。但是，他剛才明明說魔獸在四肢著地奔跑時看起來只比成人大了一些，現在的體型卻足足有成人的兩、三倍大。

「剛才並沒有這麼大！」

羅德里希幾近悲鳴地大喊，我點一點頭，目光緊盯著鞄拿斯巴法隆不放。

「一定是吸收了大家的攻擊長大了吧，看來大家奉送了不少魔力給牠嘛。」

在讓牠長得這麼大之前就該察覺到了吧——我把到了嘴邊的怒吼吞回去。畢竟討伐陀龍布時見習騎士們無法同行，所以不曾遇過會奪取魔力的魔獸，這也無可厚非。

不過，大概是終於也察覺到了繼續攻擊會有危險，土黃色的人影只是在四周飛來飛去，牽制鞑拿斯巴法隆的行動，盡量不讓森林遭受波及。白茫茫的景色中土黃色披風格外醒目，的確是艾倫菲斯特的見習騎士們沒錯。但是，很明顯韋菲利特帶出來的人並沒有全在這裡。

「……只有這些人嗎？和羅德里希一起來採集原料的見習騎士們呢？」

我正這麼低喃時，忽然發現鞑拿斯巴法隆張開大嘴，那口泛黃的巨大利牙緊接著傳來喀喀聲響，想要一口吞掉在眼前飛竄的見習騎士。

「危險！」

似乎是早就料到了鞑拿斯巴法隆的攻擊，見習騎士甩著土黃色的披風，飛快地轉身改變方向。我看到後安心地鬆了口氣，但也只持續了非常短暫的時間。

體型變大以後，鞑拿斯巴法隆的嘴巴也變大了，從嘴角滴落的唾液分量驚人。每當有唾液往下滴落，底下的地面便腐爛成漆黑污泥。所到之處地表皆化為黑色，樹木也失去了憑依般紛紛倒下，在被踩壞的同時枯萎變形。鞑拿斯巴法隆不僅有四隻腳可以隨心所欲奔跑，動作還非常敏捷，跟因為扎了根、行動範圍固定不變的魔樹陀龍布相比起來，實在棘手許多。

「羅潔梅茵大人！小心鞑拿斯巴法隆！」

在我東張西望，好奇著其他見習騎士都跑去哪裡了時，菲里妮突然尖聲大叫。等我反應過來，鞘拿斯巴法隆那巨大的紅色雙眼已經往這邊看來。羅德里希剛才曾說，牠額頭上的眼睛是黑色的，如今卻變化成了紅、藍、綠等各種顏色，由此可知牠吞噬了哪些屬性的魔力。而現在，那些眼睛全在盯著我瞧。

我猛然直打哆嗦，全身噴出冷汗。那種眼神我看過，是魔獸把我認定成了獵物時的眼神，而且此刻正看著我。

鞘拿斯巴法隆往空氣嗅了一下，不知是不是能感應出誰擁有更強大的魔力，還是理解到了在四周飛來飛去的見習騎士並不會攻擊自己，牠開始一直線地朝我飛奔而來，完全無視於試圖牽制的見習騎士們。

「羅潔梅茵大人，請往上飛！飛到鞘拿斯巴法隆跳上去也抓不到您的高度！」

我照著萊歐諾蕾的指示，立即往上轉動方向盤，朝著上空疾速飛行。然而，四隻腳的鞘拿斯巴法隆彷彿在說「別想逃」一樣，倏地用後腳站立起來，張開大嘴撲向小熊貓巴士。

隔著窗戶可以看見鞘拿斯巴法隆那粗壯的前腳，獸類特有的體臭與大嘴中飄出的臭味也從後方直撲而來，我嚇得面無血色。

「呀啊啊啊啊！」

「嗚哇啊啊啊！」

後座的兩個人發出了淒厲吶喊，我則是卯足全力狂踩油門，以最快速度繼續往上飛，同時舉著水槍往後方胡亂掃射。然而，似乎完全沒打中目標。因為鞘拿斯巴法隆撲過來的速度一點也沒有減慢的跡象。

駕駛座的車窗外就是泛黃的巨大利牙。我既沒從內側見過野獸的獠牙，也從不曾覺得溫熱的吐息這麼叫人害怕過。

……要被吃掉了！

在腦筋變成一片空白的恐慌中，我繼續往方向盤注入魔力。

喀！

牙齒用力撞在一起的聲響從正後方傳來。在我看見靼拿斯巴法隆的前腳往後倒去時，我才意會原來那是沒能咬到我們的聲音。下一秒，靼拿斯巴法隆發出了「吼嗚！」的大聲慘叫。

「成功了！」

優蒂特充滿活力的聲音傳來。轉頭一看，原來是優蒂特的攻擊命中了魔獸臉部，柯尼留斯也使出全力攻擊牠的側腹。

「羅潔梅茵大人！」

哈特姆特臉色大變地衝了過來。大概是用力過度，我的手指維持著緊握住方向盤的動作，一時間無法動彈。

「……放心，我沒事。」

在我發出沙啞的話聲時，韋菲利特與他的護衛騎士們也飛快趕來。一來到我旁邊，韋菲利特立刻朝我怒吼：

「羅潔梅茵，妳不要亂來！」

「我只是來告訴大家禱詞。」

「妳只要幫忙通知老師，光靠我們也能爭取到時間。但妳要是被魔獸吃掉，或在戰場上突然倒下，到時候後果可是不堪設想！」

韋菲利特所言甚是，所以我老實道歉：「對不起。」接著又說：「我只是過來給予大家的武器祝福。結束以後就會回宿舍。」

「是嘛。」

柯尼留斯等人也來到高空集合。我看向眾人，發現果然不是所有人都在這裡。既不見舊薇羅妮卡派學生們的蹤影，也沒看見與韋菲利特一起過來的其他見習騎士。

「韋菲利特哥哥大人，其他見習騎士呢？」

「他們在休息。因為我們預期會耗上不少時間，所以正輪流對付魔獸。」

韋菲利特朝著森林釋出路德。紅光向下延伸後，多半是分散在森林各處休息的見習騎士們隨即飛出，與我們會合。

「柯尼留斯、萊歐諾蕾、優蒂特、哈特姆特，魔獸現在已經變得太過巨大，非常危險。在現場戰力足以對付牠之前，你們要和韋菲利特哥哥大人他們一樣，一邊爭取時間，一邊閃避軛拿斯巴法隆的攻擊。我在這裡教大家禱詞。」

「遵命。」

柯尼留斯他們的騎獸「唰」地張開翅膀，飛向軛拿斯巴法隆。我目送了他們一會兒後，再看向聚集於此的見習騎士們。剛才在休息的見習騎士們大致分成兩組人馬；一組人以托勞戈特為中心，另一組人是以馬提亞斯為中心的舊薇羅妮卡派學生。

「由於現場情況與羅德里希說明過的相當不同，還請大家說明一下。」

我說完，見習騎士們一致望向托勞戈特。我發現即便是以托勞戈特為中心的那一組人，對他投去的目光也並不友善。

去年在貴族院的後半段時間，由於托勞戈特的侍從改由尤修塔斯擔任，他的表現一直相當安分。但自從學了魔力壓縮法，魔力迅速增加以後，他的自信心也逐漸恢復。然而現在，托勞戈特卻一派垂頭喪氣，神情黯然。我因此直覺認為，讓鞀拿斯巴法隆變得如此巨大的人，恐怕就是托勞戈特。

「托勞戈特，快點說明。」

韋菲利特下令後，托勞戈特一度語塞，然後低著頭開口說了。

「因為讓鞀拿斯巴法隆在採集區域裡肆虐的話，會摧毀掉所有原料，所以我們現在正引誘牠前往森林深處……但由於我剛才使出全力攻擊，使得牠變大了。」

據說托勞戈特與韋菲利特他們一起趕到此地後，便見現場的見習騎士們並未發動攻擊，只是在鞀拿斯巴法隆四周打轉，一邊把牠從採集場所引誘到森林裡去。因為馬提亞斯很快就發現魔獸會吸收魔力，所以下令要大家絕對不能攻擊。然而托勞戈特並不知道這件事，也絲毫沒有察覺。

他似乎是為了救馬提亞斯一行人，想要一舉消滅鞀拿斯巴法隆。儘管馬提亞斯注意到了他的救援只會造成反效果，連忙大喊：「不行！」偏偏托勞戈特也沒聽見，仍是使出了全力進行攻擊。下一秒，本來只比成人大一點的鞀拿斯巴法隆倏地膨脹變大。起先還像是因為承受不了魔力而爆炸，未料魔獸膨脹以後就再也沒縮小，變成了原先兩倍以上的大小。

「我們正疑惑不解的時候，夏綠蒂大人的見習護衛騎士捎來了奧多南茲，告訴我們魔獸的名字與特性，以及需要有接受了暗之祝福的武器才能打倒牠。」

除此之外，聽說黎希達也寄了奧多南茲給韋菲利特，告訴他我衝出了宿舍要教大家禱詞，還有她也已經向老師請求援助。馬提亞斯看向軛拿斯巴法隆，又補充說：

「後來由韋菲利特大人負責指揮，他們一邊小心著別攻擊到軛拿斯巴法隆，一邊引誘牠離開採集區域，也為我們爭取到了可以回復的時間。多虧於此，我們才有空檔喝回復藥水、稍事歇息。」

聽說受了傷的人喝下回復藥水後，剛才正在休息。有的人還使不出力氣，也有的人受了傷。

「宿舍的人也幫忙通知了老師，只要再爭取一些時間就好了吧。感謝大家這麼努力對抗，我來施以洛古蘇梅爾的治癒吧。」

由於思達普已經變形成武器，所以我沒用思達普，而是往戒指的魔石注入魔力，給予大家洛古蘇梅爾的治癒。自魔石飛出的綠光灑在見習騎士們身上。

「感謝羅潔梅茵大人。」

痛楚似乎很快退去，本來見習騎士們還無力地駝著背，馬上挺直腰桿。

「那麼，現在請大家變出武器。由於祝福一旦解除，當天就無法再取得，所以在打倒軛拿斯巴法隆之前，請大家要小心別解除了祝福。」

「……反正我也不曉得怎麼解除，這倒不用擔心。」

韋菲利特這句話讓我輕笑起來，然後要求大家複述，詠唱起禱詞。

「司掌浩浩青空的最高神祇黑暗之神，創造世界的萬物之父啊。」

見習騎士們注視著自己的武器，跟著詠唱禱詞。遙遠的下方處可以看見柯尼留斯他們正在牽制靼拿斯巴法隆。

「請聆聽吾的請求，賜予吾聖潔之力。吾等魔力悉數奉獻予祢，請賜予武器可奪取屬魔之力的祝福，祓除屬魔之物。降下祢神聖的守護。」

我強壓下想快點唸完的焦急心情，輕輕閉上眼睛。現在不能分心，必須專心獻上祈禱。

「予以此地生命短暫的安寧。」

我緩緩睜開雙眼，只見大家的武器都變為黑色，得到了黑暗之神的力量。大家看著手上變作黑色的武器，也都瞪大了眼睛。

「只要使用得到了祝福的武器進行攻擊，就能奪走靼拿斯巴法隆的魔力。雖說要爭取時間，但其實可以的話我還想取得魔石，所以希望大家在攻擊的時候，能盡量設法砍斷牠的四肢。」

「羅潔梅茵，妳以為我們還有這種餘力嗎？」

韋菲利特搖頭嘆氣，再指向我說：

「現在妳看了也知道，靼拿斯巴法隆雖然跑得快，但沒辦法飛上天空。羅潔梅茵，妳要待在我們看得到的地方待命，也別讓魔獸攻擊到妳。」

「知道了。」

大概是因為大家的武器一度發出亮光，柯尼留斯他們重新飛上來與我們會合。而鞀拿斯巴法隆似乎是感應到了高品質的魔力皆聚集在上空，不斷張大嘴巴往上跳。儘管身處在牠連前腳也搆不著的高空，但那些鎖定了獵物的發光眼睛都看著這邊，一張大嘴還頻頻從底下逼近，教人看得心驚肉跳。

「現場只有萊歐諾蕾看過魔物的相關資料，又熟知鞀拿斯巴法隆的特性，所以今天請遵從她的指示。尤其是托勞戈特。明白了嗎？」

「……是。」

眼看托勞戈特一臉無精打采，韋菲利特同情地嘆了口氣。

「托勞戈特畢竟不曉得鞀拿斯巴法隆的特性，也別太苛責他。」

……但問題不在於他不曉得，而是無法遵從指示這一點呢。

儘管我如此心想，但沒再多說什麼。接下來的戰鬥交給見習騎士們就好了。讓大家的武器擁有暗之祝福以後，我的工作也算完成了一半。最後還得治癒土地，但也不需要馬上進行……我正悠哉地想著這些事情時，想不到萊歐諾蕾也分配了戰場上的工作給我。

「那麼，接下來是羅潔梅茵大人……」

「我也要上場戰鬥嗎？不是在半空中待命？」

「您不僅人在戰場，也擁有大量魔力，還能從安全的遠距離外展開攻擊，有什麼理由不讓您加入戰鬥嗎？」

她說既然我人都在這裡了，當然不能浪費人才。真不知萊歐諾蕾這是講求效率，還是因為她滿腦子只想著如何能最快打倒敵人。雖然這樣的她令我有些驚訝，但能被分配到工作，心裡也有點高興。

……代表我也能幫上大家的忙嘛。

「請您待在鉅拿斯巴法隆攻擊不到的高空，用『水槍』對牠進行攻擊。哈特姆特、優蒂特，你們絕對不能離開羅潔梅茵大人身邊。」

「是！」

我鬥志滿滿地握好水槍。萊歐諾蕾對此微微一笑後，再看向托勞戈特。

「托勞戈特，請你與柯尼留斯聯手，砍斷鉅拿斯巴法隆的四肢。安潔莉卡與柯尼留斯之前經常攜手合作吧？麻煩你一樣那麼做。」

「……不，我……」

多半是剛才的失誤打擊太大，托勞戈特緊緊閉上雙眼，搖了搖頭。但萊歐諾蕾並不容許他拒絕，平靜地又說：

「在場魔力量能與柯尼留斯配合的人，只有韋菲利特大人與托勞戈特。如果你覺得自己剛才做得不好，請盡全力來彌補自己的過失。」

萊歐諾蕾平淡說完，托勞戈特像是無地自容般地縮起身體。韋菲利特往前一站，祖護眾人注視著的托勞戈特。

「雖然我只能有樣學樣，但這次由我來配合吧。」

萊歐諾蕾似乎還抱有期待，再看了托勞戈特一眼。然而，托勞戈特終究一聲不吭，低垂著頭。靜靜看著這一幕的柯尼留斯吐了口氣，然後轉向韋菲利特露出微笑。

「不，還請韋菲利特大人使出全力吧。由我來配合您。」

這次的攻擊策略，似乎就與討伐陀龍布時差不多。先由我在一段距離外降下箭雨，削弱鞸拿斯巴法隆的力量，見習騎士們再同時上前展開攻擊。等大家暫且後退，再由我降下箭雨，如此輪流進行攻擊。我必須要注意的，就是別讓降下的箭雨傷及見習騎士。

……那時候神官長負責的位置該不會很重要吧？根本責任重大嘛。

我一點也不覺得沒受過正當訓練的自己能夠擔下這個重任。無奈我也無法推辭，只見萊歐諾蕾一舉起手，見習騎士們便往旁四散。

看到這麼多騎獸在上空散開，鞸拿斯巴法隆像在煩惱著該追蹤哪個人般，額頭上顏色不一的眼珠子跟著轉來轉去。

……嗚噫——！好噁心！

我全身寒毛直豎，在半空中拿好水槍瞄準鞸拿斯巴法隆。然後輕輕垂下眼簾，在腦海中鮮明地想像出斐迪南討伐陀龍布時的動作。

……我要當硬邦邦的水煮蛋！

「羅潔梅茵大人，萊歐諾蕾向您下達指示了！」

菲里妮代替我留意四周，聽見她的呼喊，我睜開眼睛。我先看向守在小熊貓巴士兩側的哈特姆特與優蒂特，然後扣下扳機，朝著正下方的鞸拿斯巴法隆發動攻擊。

「嘿！」

由於回想了斐迪南討伐陀龍布時的光景，從黑色水槍飛出的魔力於是變作黑色箭矢，再分裂成了好幾支箭，向著鞸拿斯巴法隆飛去。

「……喝！」

等我扣下扳機，優蒂特也展開攻擊。她朝著與鞘拿斯巴法隆有段距離的地方擲去黑色石子。由於目標這麼大隻，我還心想怎麼可能射不中，沒想到緊盯著這邊瞧的鞘拿斯巴法隆卻敏捷地閃過了我的箭矢。但牠剛閃過我的攻擊，優蒂特擲出的石子反倒擊中了牠，讓牠哀嚎一聲。

「……為什麼？」

「論遠距離射擊，我不可能輸給羅潔梅茵大人唷。必須預料到敵人接下來的動作才行。」

優蒂特得意一笑，射出的黑色石子再次命中。鞘拿斯巴法隆再度小聲哀嚎，但面對我的攻擊卻還是成功閃過。

……可惡！

發現自己的攻擊完全沒有命中，讓我感到非常不甘心，忍不住朝著鞘拿斯巴法隆一個勁地按下水槍。然而，鞘拿斯巴法隆彷彿早就看穿了我箭矢的飛行路徑，輕輕鬆鬆地接連閃過分裂的箭矢，不知為何卻只有優蒂特的攻擊始終命中。

……真教人不甘心！

鞘拿斯巴法隆的動作靈活敏捷，就連額頭上的眼睛也在轉動著察看四周，所以即便是見習騎士們的攻擊，牠也成功避開了不少。但就算是這樣，還是不時有人能擊中牠，完全沒命中的人就只有我而已。

「……就只有羅潔梅茵大人的攻擊完全沒命中呢。」

菲里妮這句感想狠狠刺在了我心口上。我也知道，不要那麼冷靜地說出來！我感到想哭，繼續瞪著底下的軥拿斯巴法隆。

「我想羅潔梅茵大人會始終無法命中，是因為軥拿斯巴法隆一直專注於閃躲她的攻擊吧。」

聽見羅德里希的低語，我用力點頭。魔獸那雙偌大的紅眼從頭到尾死盯著我不放。甚至讓人很想對魔獸說，你是不是在想只要能避開我的攻擊就好了？

……攻擊會無法命中，就是因為牠一直只看著我啊！別再看我了！

「只要能遮住軥拿斯巴法隆的眼睛，我的攻擊也可以命中啊！」

「遮住牠的眼睛？那該怎麼做呢？」

羅德里希冷靜反問後，我瞬間語塞。若想讓巨大的魔獸無法視物，該怎麼做才好呢？我一時間也想不到。

「咦？呃……我想想喔。」

……能遮住眼睛的東西、能遮住眼睛的東西……要是有塊大布就好了呢。

若要用布把軥拿斯巴法隆的眼睛蒙起來，然後在牠後腦勺上死死打結，這種的我想是不可能。但是，如果能找來一塊大布蓋在牠頭上，不僅可以讓牠無法視物，應該還能暫時限制住牠的行動。

……只要能擋住牠的視線，暫時讓牠靜止不動，我的攻擊應該也能命中才對！為此，我需要一塊大到能把軥拿斯巴法隆包住的布料。

「啊！正好有個適合的神具。咯空。」

「……神具嗎？」
菲里妮愣愣地看著我，我對她點了點頭，同時解除水槍的變形。只不過變形解除後，祝福似乎並未跟著解除，手上的思達普仍然是黑色的。這與討伐陀龍布時騎士們說過的不一樣。我對此有些驚訝，但還是輕輕閉上眼睛，唸出了斐迪南教我的，為了防禦必須要學的咒語。
「芬斯汶罕。」
下一秒，我的思達普變成了一塊黑布。夜空色的布料上，散布著星星一般的點點金光。羅德里希目瞪口呆地指著我手上的布。
「羅潔梅茵大人，那是……？」
「這是黑暗之神的披風。只要有了這個，就能遮住鞀拿斯巴法隆的眼睛。」
黑暗之神的披風具有吸收魔力後，將其轉給自己的力量。但由於思達普現在是取得了暗之祝福的狀態，奪走的魔力會獻給神，多半不會流到我這裡來，但應該至少能奪走鞀拿斯巴法隆的魔力。
我像把夜空攤展開來那般，朝著鞀拿斯巴法隆的頭部拋去黑暗之神的披風。由次這次不再是朝著狹小範圍落去的箭矢，而是可以隨我想像變大的披風，鞀拿斯巴法隆再也無法成功避開。黑色披風就這麼罩住了牠的頭部後，牠也跟著停下來不再亂跑，揮舞著前腳想扯開披風。
「這下子我的攻擊也能命中了！」
好耶！但就在我握拳的瞬間，菲里妮手托著腮歪過頭。

「羅潔梅茵大人，您已經拋出了由思達普變成的披風，那要怎麼攻擊呢？」
「啊啊啊啊！我的水槍！」
這才驚覺自己手上沒了武器，我不由得抱頭吶喊，韋菲利特與柯尼留斯卻是齊聲稱讚。
「羅潔梅茵，幹得好啊！成功讓牠停下來了！」
「就是現在！大家一起發動攻擊！全部瞄準後腳！」
見習騎士們非常迅速地展開攻擊，動作一致地飛向鞀拿斯巴法隆。趁著牠還在掙扎，想扯掉自己頭上的黑色披風時，眾人依著柯尼留斯的命令，集中攻擊牠的後腳。將近二十頭的騎獸在半空中恣意穿梭，各自拿在手中的黑色武器也飛快一閃。鞀拿斯巴法隆接連發出慘烈哀嚎，流出的鮮血腐蝕了身下的土地。明顯可以看出見習騎士們成功對牠造成傷害了。
我只能欲哭無淚地看著大家英勇奮戰。
……大家雖然很帥，但不對！不應該是這樣！把我的表現機會還給我！
韋菲利特似乎早已往黑劍注入魔力，以備隨時能發動攻擊。只見暗之祝福的力量彷彿溢出一般，劍身上覆蓋著一層緩緩飄動的黑霧。韋菲利特高舉起劍。大概是配合了思達普，劍柄上也有徽章的獅子圖案。
「全員後退！」
柯尼留斯大聲嘶吼，手上的黑劍也已經盈滿魔力。但與去年的迪塔比賽相比，劍身蘊含的魔力好像比那時要少一些，可能是因為要配合韋菲利特吧。

見習騎士們迅速往上飛，來到我們與鉅拿斯巴法隆的正好中間位置，定住不動後變出盾牌，要為我們擋下衝擊。我也改變小熊貓巴士的方向，握緊方向盤，準備迎接衝擊。

「上吧！哈啊啊啊啊！」

韋菲利特為自己打氣般地發出吶喊，騎著騎獸飛向鉅拿斯巴法隆的後腳，「轟」地用力揮劍。含有大量魔力的暗之斬擊旋即飛出，筆直地飛往魔獸的右後腳。

「喝啊啊啊啊！」

幾乎同一時間，柯尼留斯也從另外一邊朝著鉅拿斯巴法隆的後腳劈出斬擊。兩道斬擊撞在一起，激盪出震耳欲聾的轟然巨響，空氣也為之震顫的衝擊接著襲來。

我緊緊握住方向盤，做好準備。然而，儘管衝擊的餘波也傳到了這裡來，但因為有段距離，再加上見習騎士們舉起了盾牌抵擋，所以感覺並不強烈。我想可能也是因為與至今經歷過的、斐迪南他們使出了全力的攻擊相比，威力比較小吧。

……那鉅拿斯巴法隆呢?!

衝擊波散去後，我立刻凝神俯瞰地面，發現斬擊似乎準確命中了目標。鉅拿斯巴法隆的右後腳整個消失，牠發出了淒厲的嚎叫，承受不了衝擊地在地面上打滾。

「成功了！」

然而我才剛這麼大叫，鉅拿斯巴法隆便以野生動物特有的迅捷動作翻身跳起；彷彿沒看見不斷在滴淌的鮮血，也感受不到右後腳被斬斷的疼痛。再加上衝擊將牠震得倒下後，原本蓋住頭部的披風也因此被吹跑，重新顯露在外的幾雙眼睛全都盈滿了痛苦與憤怒。就在牠起身後，視線恰巧落在牠正前方的韋菲利特身上。看見牠那像是鎖定了獵物的眼神，我嚇得渾身直打寒顫。

「韋菲利特哥哥大人，快點逃到半空中！」

不知是否聽見了我焦急的大喊，韋菲利特掉頭讓騎獸往上飛。但是，可能是剛才的攻擊消耗了他太多魔力，騎獸往上奔馳的速度並沒有加快多少。見習騎士們火速展開行動，趕往援救韋菲利特。然而，盛怒下又渴望補充魔力的鞀拿斯巴法隆比他們更快。儘管少了右後腳，牠仍是高速朝著韋菲利特的騎獸疾奔。再這樣下去，很快就會被追上了。

「托勞戈特！」

柯尼留斯怒吼喚道。大概是再度蓄積了魔力，他手上的黑劍在盈滿魔力後綻放光芒。聽見柯尼留斯的怒吼，托勞戈特握著劍往下急速飛降。看得出來他在俯衝的同時，也往長劍不斷灌注魔力。

劍身籠罩著暗之祝福，發出亮光。

為了遠離鞀拿斯巴法隆的韋菲利特不停向上，托勞戈特則握著盈滿魔力的長劍，幾乎是以墜落般的高速往下俯衝，兩人就這麼在半空中交錯。

就在這時，柯尼留斯劈出的斬擊率先擊中了鞀拿斯巴法隆的頸部。正當牠失去平衡往旁橫倒，托勞戈特再朝著鞀拿斯巴法隆的腹部奮力揮劍。

「喝啊啊啊啊！」

托勞戈特釋出的魔力撞上了柯尼留斯所引發的衝擊。爆炸般的巨響傳來，撲往上空的衝擊也因此稍有緩和。但是，透過空氣的震動，再看到柯尼留斯四周的樹木接連傾倒、塵土飛揚的模樣，就能知道即將襲來的衝擊有多麼猛烈。

韋菲利特被衝擊波從後面一推，猛然往上空飛去；為了救他而解除了盾牌的見習騎士們則是承受不了席捲而來的衝擊，被吹往四面八方。而我用力閉起眼睛，緊緊地握住方向盤，死踩煞車，全力灌注魔力，勉強定在了原地沒被吹跑。

待衝擊波消失後，我慢慢睜開眼睛。只見地面上出現了一個大窟窿，鞑拿斯巴法隆倒在那裡。雖然剩下的腳仍在抽搐，但似乎已經無法起身。

「成功了！」

「不可以大意！」

萊歐諾蕾立即喝斥發出歡呼的見習騎士們。柯尼留斯與托勞戈特動作熟練地舉劍刺了幾個地方，讓鞑拿斯巴法隆無法動彈。

「下來取原料吧！」

看見托勞戈特在底下大力揮手，見習騎士們朝著鞑拿斯巴法隆下降飛去。我也操控著小熊貓巴士往下降落。

「能分得多少原料，取決於每個人貢獻的多寡。」

聽說大家一起打倒魔獸後，端看每個人出了多少力，能分到的原料也不一樣。柯尼留斯向不是見習騎士的我與韋菲利特如此說明。這次貢獻最多的人是柯尼留斯，其次是韋菲利特，再來是托勞戈特。而用披風罩住鞑拿斯巴法隆、限制住了牠行動的我，也有一份功勞。

「柯尼留斯，別忘了在我們趕來救援之前，馬提亞斯他們為了保護採集區域，也努力地引開了鞎拿斯巴法隆。」

「還有萊歐諾蕾，就連領地對抗戰上不會出現的魔物，她也熟讀了牠們的相關資料，可不能忘了她的功勞喔。」

韋菲利特與我一前一後說完，柯尼留斯輕笑著點點頭。

「至於我想要可以變成魔石，讓羅德里希能用來獻名的原料。其他的我都不需要，所以請幫我挑選品質好一點的原料吧。」

「那麼額頭上的眼睛如何呢？鞎拿斯巴法隆在遭到攻擊取得魔力後，會依屬性存進不同的眼睛裡，我覺得是很好的原料。」

我參考萊歐諾蕾的建言，決定自己的那份酬勞就索取風與土屬性的眼珠。這兩種是羅德里希擁有的屬性。

「羅德里希，那麼就由你去領取吧。然後，要用那些原料做出適合向我獻名的魔石喔。」

「羅潔梅茵大人……」

羅德里希萬分感激地看著我，點點頭說「我一定不辜負您的期望」，然後走出小熊貓巴士。我看著他的背影，安心地吁了口氣。雖然在平民區的時候因為不得不幫忙，後來我已經敢拔鳥羽毛，也敢剝皮，但還是不怎麼擅長也不喜歡做這種事。

要我去挖魔獸的眼珠子，實在是有點……

「羅潔梅茵大人，請問祝福要如何解除？在還擁有暗之祝福的情況下，我們無法回收原料。回收期間，魔力會不斷被吸走。」

柯尼留斯這麼詢問後，我才猛然想起這件事，看向還拿著黑色武器的大家。

「一旦解除，今天就不能再取得黑暗之神的祝福了喔。」

「我想一天之內，不會發生那麼多需要取得暗之祝福的情況吧。」

韋菲利特說完，見習騎士們也點頭表示同意。「說得也是呢。」我也點了點頭，唸出解除祝福用的咒語。

「因特凡弗汝古。」

大家跟著複述後，解除祝福。看到大家手上的武器都變回原來的顏色，我才想起自己的武器還沒拿回來。我看向開始回收原料的眾人，說道：「那我去取回黑暗之神的披風喔。」

「請等一下，我必須擔任護衛……」

「柯尼留斯，你得在這邊回收原料才行吧？我會帶優蒂特與哈特姆特一起去，你不用擔心。」

柯尼留斯是貢獻最多的人，要回收的原料也最多。我說完，正在協助柯尼留斯的萊歐諾蕾便站起來。

「我也與羅潔梅茵大人一同前往吧。柯尼留斯，我與優蒂特他們的份就拜託你幫忙回收了。」

「嗯，羅潔梅茵大人的護衛就麻煩妳了。」

我坐進小熊貓巴士，先去撿回自己拋出的黑暗之神披風。隨我前往的護衛有優蒂特、萊歐諾蕾，還有哈特姆特。

「羅潔梅茵大人真的能夠變出神具呢。雖然早就經由報告聽聞，您曾在術科課上變出神具，但能夠實際親眼目睹，真是太教人感動了。」

哈特姆特露出了無比滿足的笑容說。他還高興地表示，平常那些嚴苛的訓練總算沒有白捱。但是，聽到會出入神殿的哈特姆特這麼說，我反而覺得奇怪。

「哈特姆特，你不是已經在神殿看慣神具了嗎？」

「我雖然會去神殿幫忙處理公務，但親眼看到神具的機會並不多。」

我由於要奉獻魔力，所以神具不僅常看也常摸。但是細細回想起來，法藍曾說如果在哈特姆特他們來幫忙的時候讓我奉獻魔力，他擔心會讓他們久候，所以總幫我安排在一大早，不然就是睡前的時候。因此即便是時常出入神殿的哈特姆特與菲里妮，也沒什麼機會看到神具。

……是不是該留點機會讓他們看看神具呢？

我邊想著這些事情，邊撿起被吹走的黑色披風，隨後倒吸口氣。黑暗之神的披風會吸收魔力，所以看得出來披風把掉落地點的魔力全吸走了。儘管不至於讓地面變成漆黑汙泥，但也乾巴巴的，土壤甚至變成了紅褐色。

……對不起、對不起！我不是故意的！

我急忙解除祝福與變形，握好思達普，心想著「得趕快治癒才行！」但忽然意識到更重要的事情。比起這裡，是不是該先治癒採集區域呢？雖然剛才都沒命中，但我因為朝著軛拿斯巴法隆胡亂射擊，已經消耗掉了不少魔力。

……比起森林深處，先治癒採集區域比較好吧？

我回過頭想找柯尼留斯商量，但馬上渾身僵直，急忙「嘰嘰」地轉動脖子，別開視線。

「羅潔梅茵大人，怎麼了嗎？」

「我想去治癒採集區域，原料的回收得花不少時間吧？」

我說不出口是因為正被解體的軛拿斯巴法隆太可怕了，我一點也不想靠近，只好仰頭看向萊歐諾蕾嘿嘿一笑。

「施以治癒嗎……您打算怎麼做呢？」

萊歐諾蕾不甚明白地歪了歪頭。其實就和討伐陀龍布的善後工作一樣，但不曾與騎士一同外出的萊歐諾蕾顯然並不曉得。

「就是讓魔力被軛拿斯巴法隆奪走的土地，重新盈滿魔力。」

「這種事辦得到嗎？」

這次換哈特姆特吃驚得瞠大眼睛。哈特姆特因為是文官，需要相當大量的調合用原料，剛才看見採集區域慘遭破壞後，似乎還很煩惱這下子該怎麼辦。

「陀龍布的討伐結束以後，接著就是神殿的工作喔。而且我是神殿長啊。」

……我不是害怕看到解體過程喔！是因為只有我能舉行治癒儀式嘛。

治癒與救援

與大家商量之後，決定我先前往採集區域施以治癒。但因為只有三個人擔任護衛實在太少，於是那些在討伐靼拿斯巴法隆時貢獻較少，很快就回收完原料，現下也無事可做的見習騎士們，便也擔任我的護衛一同前往。

進入帶有淡黃色光芒的採集區域裡一看，內部的景色呈現兩種極端。大半部分雖然仍是翠綠的草木，但靼拿斯巴法隆肆虐過的地方，皆變成了汙泥四濺的黑色泥沼。慘遭魔獸破壞的範圍約有採集區域的四分之一大，面積還不小。

「真是慘不忍睹呢。這下子會影響到上課。」

周遭的護衛們這樣說道，我點了點頭表示贊同，同時注視著採集區域，衡量起有沒有辦法舉行治癒儀式。和討伐陀龍布後施展的治癒不同，如果不讓植物成長到一定程度，眼下大家根本無法如常上課。

「為了讓大家能正常上課，我將施以治癒。魔獸出現時就麻煩各位了。」

「是！」

降落到地面後，我轉過頭對後座的菲里妮說：

「菲里妮，妳絕對不能下來喔。請在裡面等著。」

「遵命。」

吩咐菲里妮在小熊貓巴士裡等候後，我一個人下了車。由於不想踩到髒兮兮的汙泥，我在泥沼旁邊站定。

「我們近侍會守在羅潔梅茵大人身邊，麻煩你們警戒四周。」

萊歐諾蕾下達指示後，坐在騎獸上的見習騎士們隨即散開，負責在周遭警戒。萊歐諾蕾與哈特姆特分別站在我的兩側，優蒂特則守在我身後。畢竟不久前靼拿斯巴法隆才在這裡肆虐過，也把採集地的周邊一帶灑得全是汙泥，所以目前完全看不見其他魔獸的蹤影。但是，凡事還是小心為上。

我先變出思達普，然後輕輕閉上眼睛集中精神，在腦海中明確地勾勒出芙琉朵蕾妮之杖的模樣。精雕細鏤的長長握柄上鑲著一排小魔石，頂端的金屬外框則嵌著與成人掌心一樣大的綠色魔石。這就是我最初使用過的神具。

「修得列坎布恩。」

下一秒出現在自己手中的確實是芙琉朵蕾妮之杖，我心滿意足地舉起，「咚」地刺向地面，用雙手牢牢緊握後，慢慢地注入魔力。

「帶來治癒與變化的水之女神芙琉朵蕾妮，侍其左右的十二眷屬女神啊。請聆聽吾的祈求，賜予吾聖潔之力。」

感覺得出自己的魔力正不斷流向法杖。但不只法杖，還要讓魔力盈滿土地。

「使吾得以治癒受屬魔之物迫害，因而枯朽之姊妹神土之女神蓋朵莉希。神聖的樂音奉獻予祢，請為吾等布下至高無上的波紋，賜予祢清澄明淨的守護。願祢之貴色，滿布吾所希望之地。」

剎那間法杖上的偌大綠色魔石綻放強烈光芒。魔力開始形成漩渦，以自己為中心颳起旋風，這些在在令我感到熟悉。風吹亂了頭髮，衣襬與袖子也猛烈翻飛，我在心中暗暗說著「很好」，確定治癒儀式可以成功。

但緊接著，腳底忽然發出亮光。地面倏地竄起與魔石同色的光芒，然後從法杖抵著的地方開始往外延伸，彷彿水流往溝渠那般，而且每條綠光的粗細盡皆相同。

「嗚哇?!怎麼回事?!」

聽見大家的驚叫聲，我瞪著那一條條綠色光線，遲疑著是否該中斷治癒儀式。這部分和討伐陀龍布後施展的儀式不一樣。當時魔力很快就讓土壤變作黑色，細小的嫩芽也冒出頭來，但從來沒出現過這些綠光。

……怎麼辦？

我正暗自苦惱時，那些綠光仍持續延伸，地面接著浮現已然完成的魔法陣。大概是這裡原本就有的吧。散發著綠色光芒的魔法陣就和採集區域一樣大。

「羅潔梅茵大人，我去畫下這到底是什麼魔法陣。而且事後也需要報告！」

身為在場唯一可以自由行動的文官，哈特姆特一臉興奮難抑，急不可耐地騎著騎獸飛往上空。

魔法陣完成後瞬間綻放耀眼光芒，魱拿斯巴法隆造成的黑色泥沼隨即蒸發般地化作搖曳熱氣，頃刻間消失無蹤。汙泥消失後，紅褐色的乾土顯露出來。但紅褐色的乾土也只出現了幾秒鐘的時間，很快就在盈滿魔力後變作黑色土壤。

……雖然感覺有些奇怪，但好像也算是治癒成功了吧。

緊接著，黑色土壤開始冒出一株株的嫩芽。眼看終於出現了自己期望中的治癒景象，我如釋重負地呼氣，同時更是灌注魔力。如果不讓植物長出來，就採集不到課堂上需要的藥草。

……變大吧！

「幼芽竟然……」

耳邊飄來萊歐諾蕾充滿驚嘆的輕喃，而我緊盯著不斷冒出來的小小嫩芽，忽然發現地面上的發光魔法陣好像稍稍浮起了一些。我再凝神細看，發現魔法陣果然浮到了離地面約兩根手指的高度。而且隨著魔法陣上升，植物的嫩芽也在慢慢往上生長。只要定睛觀察抵著地面的法杖，就能看出魔法陣確實正一點一點地升高。

「噢噢噢！太壯觀了！」

「我第一次看到這種儀式！」

大家在四周紛紛發出感嘆吶喊，注視著逐漸恢復的採集地。

……就連我也是第一次啊！

我咬緊牙關，按捺下想這麼大喊的衝動。超出預期的大量魔力正被法杖吸走。如果想讓藥草成長到課堂上可以使用，我的魔力極有可能見底。

……再這麼被吸走魔力的話，恐怕不太妙。

我一隻手放開法杖，把手伸向腰帶上的魔石與藥水瓶。雖然我預先準備好了超級難喝的回復藥水以備不時之需，但只有一隻手既無法拿取，也無法打開蓋子。

「萊歐諾蕾，請幫我拿出腰間上的藥水。」

萊歐諾蕾張大雙眼，出神地注視著不斷長大的嫩芽，聽見我的呼喚後才恍然回過頭來。她一看見我的臉色，馬上蹙眉。

「羅潔梅茵大人，您會不會太勉強自己了呢？」

「請幫我拿鑲有綠色魔石的藥水瓶。麻煩妳動作快，我不能中途停下。」

「……恕我失禮了。」

萊歐諾蕾一時間欲言又止地張開雙唇，但最終還是沒再作聲，替我拿起腰間上的藥水瓶，幫我打開蓋子。我單手接過後，一鼓作氣灌下肚。衝上鼻腔的藥草氣味與令舌頭發麻的可怕味道，讓我的眼眶瞬間湧上淚水。藥水老樣子難喝得要命。雖然很想馬上吃點什麼蓋過味道，但我身上沒帶那麼方便的東西。

……嗚嗚！在魔力回復之前，這個藥水會先要了我的命！

由於犧牲了味道，回復藥水的效果極佳，感覺得出魔力正迅速恢復。只不過才剛恢復，就悉數被法杖吸走。我任由魔力就這麼流向法杖，看著草木越長越高。

「哇啊！」

優蒂特的歡呼聲從背後傳來。此刻草木生長的速度簡直與陀龍布不相上下。而魔法陣也在不斷上升，先是越過腳踝、越過膝蓋，很快地來到大腿的高度。

等到魔法陣和我的腰一樣高時，有的藥草開始停止生長。大概是成長到這地步已經夠了吧。魔力似乎也不再流往那些藥草，魔法陣上升的速度因而變快。

當魔法陣變得比芙琉朵蕾妮之杖還要高時，可以看見魔力正經由綠色魔石筆直地朝上輸送。彷彿被魔力推著往上，散發著綠光的巨大魔法陣不停地上升再上升。與此同時，樹木也抖動著軀幹往上抽高。長出的枝椏又生枝椏，層層疊疊開展，然後尖端冒出綠葉，眨眼間變得翠綠油亮，有的樹木甚至開出了花朵。

「羅潔梅茵大人，太厲害了！」

就在樹木幾乎生長回原樣時，魔法陣似乎也抵達了圓柱形採集區域的最頂端。魔法陣先是猛然綻放強烈綠光，隨後便消散無蹤。不需要再灌注魔力後，我總算放鬆下來，讓身體微微靠在芙琉朵蕾妮之杖上。

「……復原完畢了呢。」

「這真是太驚人了，您之前在神殿也會做這種工作嗎？」

「在神殿接到這種任務時，只要讓嫩芽長出來就可以停止了。但因為這裡是艾倫菲斯特的採集區域，大家上課都會用到這裡，我才努力復原到本來的模樣。幸好藥草全部長回來了呢。」

不只文官課程，修習騎士課程的學生也要來這裡採集回復藥水的原料。聽我說完，優蒂特笑著回過頭來說：「太了不起了。這一切全多虧了羅潔梅茵大人。」但是，她馬上臉色丕變。

「羅潔梅茵大人，您的臉色好難看！」

「因為耗費的魔力比我預期要多，我是喝了回復藥水強行撐著。我現在頭也有點暈暈的。」

我猜也是因為自己很少有這種魔力一回復就被吸走的經驗，所以體力跟不上異於往常的魔力流動。

「那我們快點回宿舍吧，好嗎？」

「可是，我得回去載羅德里希，所以必須再去一趟回收地點……」

「只要向他送去奧多南茲說明情況，請他坐自己的騎獸回來就好了。比起羅德里希，羅潔梅茵大人的身體更重要。」

優蒂特說完，萊歐諾蕾輕輕點頭，舉起手來要見習騎士們集合。

「由於羅潔梅茵大人身體不適，我們要即刻返回宿舍。一半的人和我們一同回去，繼續擔任羅潔梅茵大人的護衛，另一半的人請去幫忙回收原料。菲里妮，妳坐自己的騎獸吧。羅潔梅茵大人，請您收起騎獸與神具，由我載您回宿舍。」

因為萬一途中身體不舒服，導致注意力中斷或是失去意識的話，騎獸會跟著消失，人就會往下墜落。萊歐諾蕾果斷地下達指示後，著手進行返回宿舍的準備。

萊歐諾蕾讓我和她一起坐在騎獸上，並將我抱在身前。就在這時候，有什麼東西飛快地衝進了採集區域。萊歐諾蕾環住我腹部的手臂倏地收緊，周遭的見習騎士們也馬上變出思達普。就在大家提高警覺時，黑漆漆的人影一群又一群飛入採集區域。

「羅潔梅茵大人！」

最前方的人影發出了我感到熟悉的話聲。是藍色披風在背後飄揚，趕來採集區域的洛飛。在他身後，還有披著黑色披風的騎士團。從披風的顏色來看，應該是中央的騎士團吧。隊伍最後方是赫思爾與其他幾位老師。

「我聽說出現了韌拿斯巴法隆，與中央騎士團一同趕來了。魔獸呢?!」

洛飛騎著騎獸靠近我們問道。我先轉頭看向萊歐諾蕾，然後簡潔回答：「已經被我們打倒了。」雖然還讓他們特地跑一趟，但討伐早已結束，現在正在回收原料。

「是喔，那我可以回研究室了嗎？」

「慢著，赫思爾。就算艾倫菲斯特的危機已經解除，還是得查明為何有靼拿斯巴法隆出現在貴族院。」

洛飛並沒看向叫住赫思爾的老師們，聽了我的回答只是皺起臉龐，大力搖頭。

「赫思爾，這件事可不是說一句『是喔』那麼簡單。按理說學生們還不會使用黑色武器。那麼，為何艾倫菲斯特的學生能夠打倒靼拿斯巴法隆？」

所謂的黑色武器，就是指得到了黑暗之神祝福的武器吧。柯尼留斯他們原先既不曉得，我也沒在艾克哈特與斐迪南提供的參考書上看到過，由此可知貴族院不會教學生這件事。洛飛說得沒錯。但是，這件事本來就與上課內容無關。

「因為我是神殿長啊。」

「……羅潔梅茵大人是神殿長沒錯，但這有什麼關聯嗎？」

「我很擅長詠唱禱詞。」

「……禱詞嗎？」

不光洛飛，其他老師也不明就裡地蹙起眉頭。難不成騎士們所使用的黑色武器，其實不是藉由禱詞，而是用其他咒語變成的嗎？我心裡也冒出疑惑，但這種事現在無關緊要。我好不舒服，只想趕快回去躺下來睡覺。

「我藉由詠唱禱詞，取得了黑暗之神的祝福後，艾倫菲斯特的見習騎士們便打倒了靼拿斯巴法隆。倘若老師這麼不相信我的報告，見習騎士們正在回收原料，各位可以親自過去察看。我想馬上返回宿舍，請恕我失陪了。」

我很想趕快逃離現場，偏偏洛飛沒那麼好打發。

「且慢，羅潔梅茵大人。靼拿斯巴法隆一旦出現，所到之處必會枯萎腐朽，為何艾倫菲斯特的採集地卻安然無恙？魔獸造成的黑色痕跡明顯在中途消失後，延伸進這裡來，但是裡面看來卻完好無損。」

「這是因為有神的加護，再加上我是神殿長。」

我用單手托著臉頰支撐頭部，以免昏昏沉沉的腦袋往下掉。然而這個動作看在洛飛眼裡，似乎只覺得我是在裝傻。他的目光變得銳利，往我瞪來。

「妳似乎把神殿長這個身分當成了方便的擋箭牌，但神殿並未擁有這般強大的力量。羅潔梅茵大人，妳究竟做了什麼？」

「我說了，我以神殿長的身分舉行了治癒儀式。也因為這裡是艾倫菲斯特的採集區域，我才努力讓它恢復原狀，但除此之外的地方由中央管轄，我不會插手。」

我拐著彎表示，剩下的就交給中央。只要艾倫菲斯特的學生不愁採不到上課用的原料，那我就心滿意足了。老實說，我本來還想偷偷去治癒被黑暗之神的披風吸走魔力後，變成了紅褐色的那塊地方，但如今老師們已經出動，我也沒辦法悄悄完成這件事。所以就連同慘遭靼拿斯巴法隆破壞的周邊土地，交由他們治癒吧。

「的確，治癒土地向來是神殿的工作……」

去年曾在騎獸製作課上出現的那位年邁老師撫著下巴，朝我上下打量。

「但這裡沒有神具，妳是如何辦到的？」

「沒有神具的話，自己變出來就好了啊。」

想早點回去的我有些敷衍地回答。姑且不論未持有思達普的青衣神官，但只要有思達普，想要神具的話就能自己重現。

「羅潔梅茵大人，妳不只萊登薛夫特之槍與舒翠莉婭之盾，還能變出芙琉朵蕾妮之杖嗎?!」

「因為不管是武器還是神具，變出的方式都一樣。只要先在腦海中想像模樣，再唸出咒語就好了。」

重點在於要明確地想像出自己需要哪種神具，以及作何用途。像武器也得透過明確的想像才能變出來，所以不論是普通的武器還是神具，對我來說都一樣。

「我知道神殿負責治癒土地，但為何連草木也完全變回了原樣？」

「您這麼問我，我也很難回答。不是只要治癒土地，草木就會長出來嗎？」

看來中央神殿的神官無法讓草木生長變高。當初曾是青衣神官的騎士斯基科薩在進行治癒時，也是只讓地面變回可以長出草木的黑土就耗盡全力，所以我如此猜測。不過，現在沒必要多嘴說出這件事吧。

「請等一下，羅潔梅茵大人。妳為何知道能讓思達普變成杖形的咒語？貴族院不會在二年級就教給學生這個咒語。況且長杖這類型的特殊武器，只會教給修習騎士課程的學生。」

洛飛說的沒錯，二年級在學習用思達普變成武器的課堂上，並不會學到如何變成杖形。斐迪南也只教過我與防禦有關的咒語。但是，我就是知道。

「因為我是安潔莉卡成績提升小隊的隊長啊。如果只論騎士課程的學科內容，我已經大概都記下來了。」

為了安潔莉卡，斐迪南與艾克哈特的資料我反覆看了好幾遍，達穆爾與柯尼留斯絞盡腦汁指導她的時候，我也在旁邊一起聽，所以記得的說不定比安潔莉卡還多。聞言，洛飛雙眼迸出狂喜的光芒。

「妳說什麼?!既然妳已在學習騎士課程的學科內容，代表明年也打算修習騎士課程吧？我會由衷期待迪塔的再次對戰。」

我仰頭看向高興得發出「噢噢！」吶喊的洛飛，立即搖頭。

「不，我以前就說過了，我不會修習騎士課程。」

「為何?!」

洛飛的雙眼猛然瞪大，把臉往我湊過來，激動得只差沒噴出口水。

「因為我無法上騎士課程的術科課。」

只有學科的話那倒還好，但沒什麼體力的我，根本無法好好上術科課。聽了我如此理所當然的回答，洛飛卻是氣勢洶洶地反駁。

「只要有心就沒問題！靠著毅力與韌性，一定能成功！」

正如史書所提倡的，凡事都要戰鬥到贏為止，洛飛也不愧是戴肯弗爾格的舍監，但我才不希望他把那種想法強加在我身上。這打從一開始就是不可能的事。

「我既沒有那份心，也沒有毅力與韌性。最重要的是，我非常缺乏體力。今天也只是來教大家禱詞，舉行完治癒儀式後就到極限了。拜託，請讓我回宿舍。」

我無力地任由自己軟倒，支撐著我的萊歐諾蕾狠瞪向洛飛。

「洛飛老師，您若再繼續追問，羅潔梅茵大人的身體會承受不住，還請適可而止。這件事請改日再談。此外，靼拿斯巴法隆的討伐固然已經結束，但尚未查明牠出現的原因。靼拿斯巴法隆並不是棲息在貴族院裡的魔獸，還請查明牠是從哪裡以及如何出現。倘若有可能不只這頭而已，也需要通知他領，提醒大家小心防範。」

萊歐諾蕾說完，洛飛「唔」地抿緊了唇，點一點頭。

「那麼關於羅潔梅茵大人要修習騎士課程一事，我們改日再談。現在先處理靼拿斯巴法隆吧。」

「……那個，洛飛老師，我完全沒有需要與您討論的事情喔。」

「那裡的見習騎士，帶我們前往你們打倒靼拿斯巴法隆的地方。」

「是！」

洛飛根本不聽我說話。於是由原本就要返回回收現場的見習騎士們帶頭，老師們與中央騎士團跟隨在後，一行人從採集區域起飛出發。確認他們離開以後，萊歐諾蕾隨即下達指示，返回宿舍。

一回到宿舍，等得萬分焦急的人們立刻團團圍上來，連珠炮般地發問。我交由一同回來的近侍與見習騎士們去回答問題，自己則由黎希達抱在手臂上，回到房間。

「您已經喝過藥水了吧？那請您立刻上床歇息。您的身體正在發燙。」

布倫希爾德與莉瑟蕾塔也過來幫忙，手腳俐落地為我更衣。我無力地輕聲說：「報告書與通知……」黎希達聽了，傻眼地垮下臉。

「這裡還有韋菲利特大人與夏綠蒂大人。至於大小姐該提交的報告，交由與您同行的哈特姆特負責就好了吧。大小姐，請您先讓身體好好休息，否則會無法參加您一直很期待的圖書館茶會唷。您可是還邀請了王族，倘若屆時無法舉行，艾倫菲斯特全體就要有大麻煩了。」

黎希達說得沒錯。這次還邀請了錫爾布蘭德，萬一身為主辦人的我到時仍在昏睡，事態可就嚴重了。無法反駁的我只好閉上嘴巴，乖乖鑽進被窩，閉上眼睛。

在我昏睡的這段期間，聽說大家寫好了報告書寄回艾倫菲斯特。韋菲利特他們因為是首次討伐魔獸，興奮地寫下了討伐的過程；哈特姆特針對當時揮舞著神具的聖女，寫下了滿滿的讚揚；夏綠蒂他們的報告倒是比較不帶私人情感，還另外附上了與中央的往來情況以及洛飛送來的報告。

「聽說因為每份報告書的內容都不一樣，導致奧伯．艾倫菲斯特非常混亂，無法相信這些全在指同一件事情。然後總結奧伯寫在回覆中的評語，便是儘管事出突然，他認為學生們還是處理得很好……除了下令要羅潔梅茵大人返回領地以外。」

菲里妮站在床邊，唸著艾倫菲斯特捎來的回覆，同時面露擔憂地看著我。回覆中幾乎沒有訓話，只是下達了返回命令，要我在邀請王族出席的茶會結束以後，馬上返回領地。感覺他們比平常寫信來罵人時還要生氣，是我的錯覺嗎？

「……返回命令嗎？那麼，請幫我轉告戴肯弗爾格的漢娜蘿蕾大人，說她借我的書，我會在圖書館舉辦茶會時還給她，順便再帶本新書過去。」

其實我本來想單獨與漢娜蘿蕾舉辦茶會，兩人一起暢談與書有關的話題，到時候再還書，只可惜現在收到了返回命令，我也迫於無奈。

「這次會下達返回命令，是為了避免在還沒有多少學生能出入圖書館時，就只有艾倫菲斯特與王族有所接觸，所以只要等到奉獻儀式結束，您應該就能返回貴族院了吧。到那時候，也能與其他人展開交流。」

「……其實我只要可以待在圖書館就心滿意足了呢。」

要是在社交週期間回到貴族院，我很難成天待在圖書館吧。那段時間將不能幸福地從早到晚待在圖書館裡。真教人鬱悶。

見我垮下肩膀，菲里妮安慰我說：「羅潔梅茵大人不在的時候，我會去幫您蒐集各領地的故事。」然後，她也告訴了我中央提出的報告內容。

「正如萊歐諾蕾調查到的，鞀拿斯巴法隆這種魔獸多棲息在孛克史德克，本不該在貴族院出沒，所以普遍認為，可能是從前與孛克史德克有關的人帶進來的。」

聽說鞀拿斯巴法隆若要長到那麼大，一般需要好幾年的時間，所以眾人推測可能是在方便搬運的幼獸時期被帶進來；然後若以這個假設反推回去，那麼魔獸被帶進貴族院的時間，應該是肅清過後，也就是孛克史德克舍被封鎖時。

「但是，因為在孛克史德克舍附近並未找到鞀拿斯巴法隆的巢穴，也沒看到有任何植物不自然地枯萎，所以聽說也有人對於牠這幾年都是潛藏起來的假設，抱持著懷疑態度。」

據說透過軛拿斯巴法隆一路造成的黑色痕跡，可以看出牠是從孛克史德克舍的方向往艾倫菲斯特舍移動。但是，牠竟然就這麼筆直地向著艾倫菲斯特前進，這點教人匪夷所思。

「從孛克史德克舍到艾倫菲斯特舍的路上，還會經過亞倫斯伯罕舍與法雷培爾塔克舍，但牠似乎完全沒有靠近那兩個採集場所的跡象。」

另外，聽說現在也已經通知各領，貴族院內出現了軛拿斯巴法隆，也告知了魔獸有何特徵，要大家提高警覺。

「各領都接到指示，一旦發現軛拿斯巴法隆的蹤影，一定要透過舍監聯絡騎士團，爭取時間等待騎士團抵達。艾倫菲斯特也收到警告，要我們別再擅自進行討伐。」

聽說是因為尚未學成的見習騎士們有可能受重傷。洛飛的做法並沒有錯吧。但是，明明出現了像軛拿斯巴法隆這種會吸取魔力的魔獸，為什麼不是教給大家可以變出黑色武器的咒語，反而警告艾倫菲斯特不能再使用呢？我真是百思不解。

「明明只要教給學生，即便是見習騎士也能戰鬥，為什麼不這麼做呢？」

「就是因為怕有人亂來，才禁止教給學生吧？畢竟只要沒有方法能夠對付，學生也只能立即求援，然後審慎應對。」

聽完菲里妮的解釋，我點點頭說：「原來如此。」若想限制學生的行動，這確實不失為一個辦法。儘管內心仍有疑惑與不滿，但中央既已做了決定，也只能遵從。

「菲里妮，羅德里希現在怎麼樣了？原料確實回收了嗎？」

「羅德里希現在很努力在製作獻名用的石頭唷。只不過他很消沉地說，為了做獻名石，需要消耗非常大量的魔力，所以在那之前得先做回復藥水呢。」

菲里妮咯咯笑著，告訴我羅德里希的現況。明明只是去採集魔石而已，誰知道竟然演變成了討伐魔獸，幸好最終還是順利地採到了原料。

包括昏睡在內，對於一切又能回歸到日常生活，我安心地鬆了口氣。

愛書同好的茶會

「大小姐，早安。您今天身體狀況如何？」

……今天的我可是活力十足！唔呵呵～

不只乖乖喝了超級難喝藥水，還一直老老實實地躺在床上，連黎希達都大感吃驚，所以此刻我已經徹底退燒了。為了成功舉辦愛書同好的茶會，我的身體狀況至關重要。下床後，布倫希爾德微笑說道：「您能恢復健康真是太好了。」然後開始幫我整裝。

「今天幫您戴上兩個髮飾喔。因為我想加上休華茲他們服裝上也有的花飾。」

布倫希爾德幫我梳理頭髮時，莉瑟蕾塔則是準備好了今天的服裝，在旁靜靜微笑。她手上拿著的，是據說與休華茲他們有成套效果的服裝。至於是哪裡有成套效果，就是莉瑟蕾塔在裙襬添加了一樣的刺繡。不是兩人背心與圍裙上的魔法陣，而是與褲腳以及裙襬的花葉刺繡是一樣的。一眼就能看出莉瑟蕾塔對此有多麼執著。

……而我個人絕不退讓的成套配件，則是圖書委員的臂章呢。

這天我也戴妥了臂章。還要把漢娜蘿蕾的那份給她，大家一起戴同樣的臂章。

「羅潔梅茵大人，我要幫您圍上領巾，請稍微抬高下巴。幫您綁蝴蝶結唷。」

隔著一段距離時，莉瑟蕾塔臉上的恬靜微笑就和往常一樣，但是近距離一看，從她紅撲撲的臉頰與略快的說話速度，就能知道她其實相當興奮。

「不只休華茲與懷斯，莉瑟蕾塔還為我的服裝刺繡，一定很辛苦吧？」

「對我來說，最大的難關在於能否徵得羅潔梅茵大人的許可，刺繡倒沒什麼呢。」

雖然莉瑟蕾塔說，刺繡並不會花她多少時間，但怎麼看都不像是可以兩三天完成的東西。這是我絕對不想做的工作。

……莉瑟蕾塔對蘇彌魯的愛真是大爆發呢。

我看著裙襬上的刺繡，忍不住如此心想，一旁的布倫希爾德開始為今天要舉辦的茶會做最終確認。

「本日茶會上要帶的點心，分別是芬里吉尼與蜂蜜口味的磅蛋糕，以及核桃與茶葉口味的餅乾。」

聽說她也吩咐了廚房準備果醬、奶油與酒漬水果等配料。

「由於您曾答應漢娜蘿蕾大人，所以我已請羅吉娜優先彈奏羅潔梅茵大人創作的歌曲，好讓戴肯弗爾格的樂師能記下曲子。」

「已經向漢娜蘿蕾大人確認過，她會帶樂師同行了嗎？」

「那是當然。」

茶會到來之前，我便向漢娜蘿蕾提出了不少請求，諸如錫爾布蘭德也將出席，以及我因為收到了返回命令，想趁著這次的茶會借還書籍，還有把曲子教給她的樂師，聽說她都十分爽快地答應了。

「黎希達，要還給戴肯弗爾格的書，還有這次要借的書都準備好了嗎？這次我打算借貴族院的戀愛故事。」

「大小姐，早就準備好了。」

「還有，也別忘了我把戴肯弗爾格的書改為現代白話的原稿，我要問漢娜蘿蕾大人能不能印成書籍。啊，對了，還有圖書委員的臂章……」

「已經都帶了。要借給錫爾布蘭德王子的是騎士故事，沒錯吧？」

黎希達輕笑起來。先前我寫信問過領地，能否把艾倫菲斯特的書借給錫爾布蘭德，收到的回覆如下：「與課程有關的聖典繪本以外都可以。」斐迪南反倒是嚴厲告誡我，別因為交到了愛書的朋友就太過興奮，結果茶會期間始終把王子晾在一邊。還說就算是向王子推薦騎士故事也沒關係，一定要找話題與錫爾布蘭德交談。

……神官長說得沒錯，為了讓王子殿下成為愛書人士，我一定會努力推廣閱讀的樂趣！

茶會預計從第三鐘開始，因此二鐘半一響，等到學生們開始上課以後，我們便動身出發。我與捧著大量物品的近侍們，一同前往圖書館。

「公主殿下，來了。」

「今天是茶會。」

「請使用辦公室裡的桌子吧，我的侍從已經先開始準備了。」

休華茲與懷斯出來迎接後，索蘭芝帶著我們走進辦公室。這裡便是今日舉辦茶會的會場。只見索蘭芝的侍從正在添加椅子的數量。

「我們快點準備吧，距離第三鐘沒剩多少時間了。」

黎希達一聲令下，侍從們馬上開始準備。由於有王族要出席，準備上必須比去年更加慎重。見習文官們為自己尋找站位，以便稍後要做紀錄；羅吉娜則是備好樂器，在客人抵達的第三鐘之前，抓緊時間做最後練習。

交由侍從們準備茶會後，索蘭芝打開通往閱覽室的門。和去年一樣，開著門就能同時掌握閱覽室與辦公室兩邊的情況。但是，我發現今天閱覽室裡完全不見學生的蹤影。

「圖書館裡竟然一名學生也沒有，這還真難得呢。」

「因為前些天眾人皆收到通知，說是貴族院裡出現了軔拿斯巴法隆，所以很多宿舍都派了學生去看守，確保自領的採集區域沒有異常。」

由於軔拿斯巴法隆必須喚來中央騎士團才有辦法應付，最好是早期發現。為了保護自領的採集地，有的宿舍便輪流派人前往看守，因此來圖書館的學生也就減少了。

「艾倫菲斯特並未採取措施，防範軔拿斯巴法隆出現嗎？」

「因為據我收到的報告，騎士團已經打倒軔拿斯巴法隆了，也沒發現可能還有同類的跡象。況且需要採集上課用原料的學生們，平時就會出入採集區域，所以如果真的還有同類，應該也會在採集時發現吧。我們沒有特別派人看守。」

萬一被人知道其實是艾倫菲斯特的見習騎士們打倒的，一定會激起一些領地的鬥志，覺得自己也不能輸，所以對外皆宣稱是中央騎士團打倒的。既然老師們無意教給學生變出黑色武器的咒語，這麼做可以少點麻煩吧。

「由於出現了平常不會在貴族院周邊出沒的魔物，儘管老師們已經通知學生不用擔心，但見習騎士們還是一個個都躍躍欲試，艾倫菲斯特卻很冷靜呢。」

索蘭芝咯咯笑了起來，所以可能沒聽到，但我聽到了。站在背後的柯尼留斯偷偷小聲說：「因為在艾倫菲斯特，大家得優先阻止羅潔梅茵大人失控。」

……我最近明明很少失控！

但我還沒來得及回頭瞪柯尼留斯，索蘭芝接著微笑又說：

「不過，錫爾布蘭德王子也願意提供協助，真是讓我鬆了口氣呢。因為若只有羅潔梅茵大人一個人，魔力供給想必會給您造成很大的負擔，而漢娜蘿蕾大人是戴肯弗爾格的領主候補生吧？畢竟我知道去年的紛爭，儘管漢娜蘿蕾大人自身並沒有其他想法，但我還是暗暗擔心，艾倫菲斯特的處境是否會變得不利。」

索蘭芝的藍色雙眼中滿是欣慰。她並不是擔心漢娜蘿蕾，而是戒慎著倘若大領地戴肯弗爾格提出了什麼無理要求，屆時自己也無力阻止。但是，如今錫爾布蘭德也成了協助者，索蘭芝總算可以放下胸口大石了吧。

「而且說不定能透過錫爾布蘭德王子，讓中央知道圖書館的現況，進而願意派來中央的上級貴族擔任圖書館員……」

我也曉得到處都人手不足，但若能與王族有往來，或許會願意先為圖書館加派人手——索蘭芝喃喃說道。看來即便有休華茲與懷斯，但身為中級貴族的索蘭芝一個人要管理圖書館，還是很吃力吧。

「只要有我能做的事情，我都願意幫忙喔。因為我是圖書委員啊。」

我輕拍了拍臂章說，索蘭芝旋即綻開愉快的笑容：「您已經幫我很多了。」雖然我很想再多做點圖書委員該做的工作，但索蘭芝似乎認為，我只要能為休華茲與懷斯提供魔力就足夠了。

與索蘭芝閒聊了一會兒後，黎希達她們也做完準備，第三鐘的鐘聲響起了。羅吉娜結束飛蘇平琴的練習，現場安靜下來。

隨後，漢娜蘿蕾很快帶著近侍們現身。由於幾乎是鐘聲剛響完就到了，我有些驚訝，起身迎接漢娜蘿蕾。

「漢娜蘿蕾大人，歡迎您今日蒞臨。」

「羅潔梅茵大人、索蘭芝老師，感謝兩位的邀請。我非常期待今天的茶會呢。」

打完招呼，漢娜蘿蕾柔柔微笑。

「羅潔梅茵大人，您臨時決定要返回領地，百忙之中竟還費心履行與我訂下的約定，真的很謝謝您。」

「錫爾布蘭德王子突然要參加茶會，想必也讓漢娜蘿蕾大人吃了一驚吧？」

去年受邀參加音樂老師們舉辦的茶會，在現場看到亞納索塔瓊斯王子時，我可是吃驚得一時間說不出話來。我想漢娜蘿蕾肯定也很驚訝，甚至為此感到胃痛，但她只是笑了笑，優雅地左右搖頭。

「我的確嚇了一跳，但畢竟是王族提出的要求，怎麼能夠拒絕呢。這不是羅潔梅茵大人的錯唷。就只是運氣有一點點不太好而已。」

……明明我沒和她商量就邀請了王族，漢娜蘿蕾大人真是太善良了。

看著面帶甜美微笑的漢娜蘿蕾，我有種得到治癒的感覺。與此同時，漢娜蘿蕾也指示一同前來的樂師們坐在羅吉娜附近，看見哈特姆特他們拿好了書與紙筆，也吩咐近侍們跟進，完成了參加茶會的準備。

……雖然看起來文靜乖巧，但漢娜蘿蕾大人不愧是大領地的領主候補生呢。

看著她富有大領地風範的言行姿態，我暗暗佩服不已。接著我發現漢娜蘿蕾的目光不時投向敞開的房門，看向在閱覽室裡的休華茲與懷斯。等她下達完指示，我便開口問道：

「漢娜蘿蕾大人，您要不要先以圖書委員的身分，登記成為協助者呢？這樣一來，您就能碰休華茲他們了唷。」

被我發現她一直在盯著休華茲與懷斯，漢娜蘿蕾難為情得羞紅了臉，輕輕點頭說：

「……那就麻煩羅潔梅茵大人了。」

「休華茲、懷斯，請過來讓我的朋友登記成為協助者吧。」

「公主殿下的朋友。」

「登記。」

我朝著閱覽室呼喚後，休華茲與懷斯微微晃著小腦袋瓜走來。漢娜蘿蕾的雙眼立即發亮，微笑說道：「他們的服裝與羅潔梅茵大人是成套的呢。」我於是在旁訴說莉瑟蕾塔有多麼努力刺繡，同時漢娜蘿蕾也登記成了協助者。

「漢娜蘿蕾大人，請您戴上這個圖書委員的臂章，觸摸這裡的魔石。」

布倫希爾德將臂章交給漢娜蘿蕾的侍從，侍從再幫忙別在漢娜蘿蕾的手臂上。太完美了。真是無可挑剔的圖書委員！

「這樣一來，漢娜蘿蕾大人也和我們一樣了呢。」

我輕拍自己的臂章說，休華茲也模仿我，拍拍自己的臂章。
「漢娜蘿蕾，一樣。」
「哎呀！……呵呵，真是太可愛了。」
漢娜蘿蕾抬手掩著嘴角，笑得十分開心。周遭的近侍們也以溫柔的目光注視休華茲。現在已經可以觸碰休華茲與懷斯了，漢娜蘿蕾便小心翼翼地伸出手，輕輕地撫摸休華茲兩人的額頭。她愉快地瞇起眼睛，露出了沉醉的表情。
「我也是『圖書委員』了。往後請多指教唷，休華茲、懷斯。」
「請多指教，漢娜蘿蕾。」
在休華茲與懷斯的包圍下，漢娜蘿蕾笑得更開心了。那幅畫面就彷彿大型的蘇彌魯全聚集在了這裡，看起來非常溫馨。
……啊啊，真是幸好有邀請漢娜蘿蕾大人一起當圖書委員。
「羅潔梅茵大人，請問『圖書委員』該做什麼呢？先前我只聽說要為休華茲他們提供魔力……」
「這就是最重要的工作喔。等您修完課後也沒關係，我不在的那段期間，還請漢娜蘿蕾大人偶爾過來圖書館，摸摸休華茲與懷斯吧。」
「疼愛地摸摸休華茲他們，就是我的工作嗎？」
漢娜蘿蕾瞪圓了眼，看向我與索蘭芝。索蘭芝面帶微笑，點了點頭。
「因為若要讓休華茲與懷斯持續運作，提供給他們的魔力必須有光暗兩種屬性。僅靠我一個人無法讓他們動起來，因此兩位協助者若能來關心他們、提供魔力，就是最好的幫忙了。身為主人的羅潔梅茵大人不在時，如果還有人能來圖書館探望，相信休華茲與懷斯也會很高興，所以還請您務必前來。」

「好的。」

漢娜蘿蕾綻開了欣喜的笑容點點頭。這時，錫爾布蘭德也到了。他的侍從帶了點心當見面禮，交給站在最前方的布倫希爾德。錫爾布蘭德則是跨著大步，往圍繞著休華茲與懷斯的我們這邊走來。

「我非常期待今天的茶會，謝謝妳們邀請我。」

錫爾布蘭德開朗伶俐地唸出他剛學會的問候語，接著目光停留在我的衣服上。他來回看了看我與休華茲他們以後，露齒一笑。

「羅潔梅茵今天的服裝，與休華茲還有懷斯是成套的呢。」

「是我的侍從為了能有成套的效果，很認真地繡了這些圖案唷。很厲害吧？」

我稍微捏起裙子，向錫爾布蘭德展示上頭的刺繡，他笑得更燦爛了。

「對啊，非常可愛。嗯？漢娜蘿蕾也戴了和你們一樣的臂章呢。」

「是的，這是圖書委員的臂章。」

錫爾布蘭德看向漢娜蘿蕾的手臂說完，再看向自己的手臂，默默垂下目光。看見他難過的表情，「如果您不介意是我用過的東西，可以配戴我的臂章喔？」這句話幾乎要脫口而出，但我還是硬生生地吞了回去。畢竟他沒有親口說他想要，況且若把自己用過的東西送給王族，也實在太過失禮。至少得準備全新的臂章才行。

「若不覺得送給您同樣的東西有失禮數，錫爾布蘭德王子的臂章我可以在這次返回領地時命人製作，不知您意下如何呢？」
「可以嗎？」
「是的。因為總不能把我用過的東西送給您……請問，若要送給王子殿下新的臂章，是否會失禮呢？」
請您別擅自決定，要先徵求侍從的意見！——想起布倫希爾德曾對我這麼說，我看向錫爾布蘭德的近侍。察覺到我的視線，錫爾布蘭德也回頭仰望自己的近侍，目光中充滿期待。
「……若是錫爾布蘭德王子想要的話。」
「我想要。」
「那我回去便命人準備。我的專用裁縫師能力非常出色喔。相信下次返回貴族院的時候，她就已經準備好了。那麼，我們開始茶會吧。」
招呼大家入座後，我以眼神向羅吉娜示意。她輕點點頭，彈奏起飛蘇平琴。只見戴肯弗爾格的樂師眼神認真，緊盯著羅吉娜的雙手，專注地側耳傾聽。
侍從們開始泡茶後，我便介紹自己帶來的點心，並且率先試吃。
「今天我準備了在艾倫菲斯特十分流行的點心。這個是磅蛋糕，有芬里吉尼與蜂蜜口味；另外也可以依照自己的喜好，添加果醬或奶油等配料。這個是名為餅乾的點心，有核桃與茶葉兩種口味。」
由於錫爾布蘭德剛受洗不久，所以我準備了口味偏甜的磅蛋糕。去年漢娜蘿蕾已經在艾倫菲斯特主辦的茶會上吃過磅蛋糕，因此她馬上吩咐自己的侍從說：「我想要芬里吉尼的口味搭配果醬。」交由侍從把點心盛到盤子上。索蘭芝也吩咐自己的侍從，盛了蜂蜜口味的磅蛋糕，另外淋上酒漬水果。

黎希達特意讓錫爾布蘭德的侍從能看見自己的動作，慎重地夾起芬里吉尼口味的磅蛋糕，放進我的盤子裡，接著加上奶油。觀察過三種擺盤方式後，似乎是了解了該怎麼做，那名侍從便依著錫爾布蘭德的指示，盛了蜂蜜口味的磅蛋糕搭配果醬。

等大家都喝了茶，也吃過點心，總算可以進入正題。今天的主題，當然就是關於圖書委員的活動。

「今年多虧了錫爾布蘭德王子與漢娜蘿蕾大人，願意成為圖書委員提供協助，我不在的這段期間就可以放心了呢。」

「不只會戴一樣的臂章，錫爾布蘭德王子也會當『圖書委員』嗎？……那個，他方便從事這種活動嗎？」

漢娜蘿蕾驚訝地睜大紅色雙眼。她似乎以為我會獻上圖書委員的臂章，只是因為還小的王子想要臂章，並不曉得錫爾布蘭德也登記成為圖書委員了。由於錫爾布蘭德必須待在自己的離宮，盡量不與其他學生接觸，因此漢娜蘿蕾面露擔憂，不確定他能否從事這樣的活動。

「正如大家所知，我能來圖書館的時間並不長，等學生開始變多以後就沒辦法過來了。雖然只有短暫一段時間，但請讓我一起參加活動。漢娜蘿蕾，請多多指教。」

「豈敢，能與王族一起當『圖書委員』，是我的榮幸。與一年級時得到了最優秀表彰的羅潔梅茵大人不同，我無法那麼快就修完所有的課，所以能在圖書館遇見您的機會大概不多，但還請多多指教。」

索蘭芝面帶溫柔微笑，聽著兩人的對話。提供協助的人變多了，她也就不用擔心休華茲與懷斯會停止運作，所以很高興吧。

「兩人願意成為圖書委員，我真的很高興呢。要是沒有休華茲與懷斯，貴族院的圖書館只怕得面臨不少麻煩。」

「會有什麼麻煩嗎？」

錫爾布蘭德一臉認真地發問後，索蘭芝露出了愉快的笑容說明。

「因為貴族院圖書館的藏書皆是王族的所有物，倘若有人沒在期限前歸還，會造成非常嚴重的困擾。但是，如果不是休華茲他們現在正常運作，許多學生就會乾脆不歸還書籍，甚至有人沒辦理借書手續就私自帶走。」

「哎呀，明明是王族的所有物，卻有人不歸還書籍嗎？」

竟然有人借了東西卻不歸還，漢娜蘿蕾難以理解地眨了眨眼睛。

「因為下位領地的上級貴族知道，即使不歸還，索蘭芝老師也無法強勢地表達抗議，他們這種態度真是不可取。」

「這得想辦法解決才行呢。若是置之不理，也有損於王族的威嚴。」

聽到錫爾布蘭德的發言就像個富有正義感的男孩子，我拍向掌心。

「不如今年催促眾人還書的奧多南茲，就由錫爾布蘭德王子來寄送吧？若聽到王族親自開口催促，相信大家一定會臉色大變地跑來圖書館還書。」

「……咦？」

我這麼提議後，在場眾人全瞪大雙眼，呆若木雞地注視我。就只有錫爾布蘭德的明亮紫眸綻放光彩，和我一樣拍向掌心。

「這真是好主意。那麼就算我能來圖書館的日子不多，也可以發揮到王族的作用呢。」

「錫爾布蘭德王子也這麼說了。索蘭芝老師，您覺得呢？」

跟斐迪南比起來，錫爾布蘭德的催促應該更有效果吧？我興沖沖地轉過頭去，卻見索蘭芝手托著腮，露出為難的微笑。

「若能由王族親自催促，效果自然是不用多說……但是，錫爾布蘭德王子能出面做這種事情嗎？」

……對喔。因為每次來圖書館，他幾乎都在，所以我完全忘了，但其實錫爾布蘭德王子還不能公開行動。

「我會問問父王，催促學生歸還屬於王族的書籍，是否為王族應盡的義務。」

如果這屬於王族應盡的義務，錫爾布蘭德說他就能採取行動。儘管我很想說：「但我不覺得催促學生還書會是王族的義務呢。」但眼看錫爾布蘭德那麼開心，像是找到了自己能做的事情，我只好保持沉默。

……況且若真能由王族出面催促，相信效果一定絕佳，再加上他都湧起幹勁了，我也不忍心潑他冷水呢。

「羅潔梅茵大人，要不要再替您倒杯茶呢？」

書委員
書委員

布倫希爾德優雅地走上前來，為我倒了茶水後，端著盤子為我盛來餅乾。然後，她拿起其中一個餅乾翻面，對我盈盈一笑。

……這意思是要我馬上改變話題。看樣子我好像說錯話了。

雖然不明白自己說錯了什麼話，但現在必須改變話題。

「若能得到許可，催促學生還書這件事便交給錫爾布蘭德王子；但即便沒能得到許可，我們也會採取和去年一樣的做法，還請您別放在心上。」

我委婉地表示，就算沒有得到許可也請不要灰心，同時在腦海中思索著適合在茶會上提起的話題。新的話題必須讓尚未就讀貴族院的錫爾布蘭德也能產生興趣。倘若聊起漢娜蘿蕾也曉得的課程內容，或是我們在貴族院的人際關係，只怕完全聽不懂的錫爾布蘭德會覺得遭到冷落。真可惜明明有圖書委員這麼寶貴的共通話題，現在卻得想些其他的，偏偏一時間我也想不出來。

……有什麼話題是王族聽了會高興的呢？

我與亞納索塔瓊斯每次都只聊艾格蘭緹娜。只要三句不離艾格蘭緹娜，基本上就能讓亞納索塔瓊斯擁有好心情，所以靠這招沒問題。但是，眼下我根本不曉得錫爾布蘭德的喜好，實在是無計可施。對於才剛受洗完、平常也得待在離宮裡的錫爾布蘭德，我沒有任何與他有關的情報。

在場所有人都能熱烈參與討論的話題……共通點只有貴族院吧。啊，對了！

「對了，我一直很想請教索蘭芝老師，您知道貴族院的二十個不可思議嗎？」

我抛出了新話題後，漢娜蘿蕾與索蘭芝立即接住。

「我是知道幾則在貴族院裡流傳的奇聞異事，但應該沒有二十個那麼多吧。」

「我也曾經聽過幾則，但誠如索蘭芝老師所說，應該沒有二十則那麼多呢。」

兩人似乎都聽說過幾則傳聞。這件事顯然也勾起了錫爾布蘭德的興趣，只見他的明亮紫眸熠熠生輝，還微微往前傾身。

「貴族院的二十個不可思議嗎？有哪些不可思議的事情呢？」

「聽說是學生們覺得好玩，增加了傳聞的數量，還把類似的異聞結合在一起、更改內容，漸漸又變成其他傳聞，所以也無人知道真假，更不曉得是由誰傳出。我認識的文官告訴我，這些都是我們的父母親還是學生的那時候，曾在貴族院裡流傳過的神秘傳聞。」

「羅潔梅茵，妳快跟我說。」

看來我成功地改變了話題，大家都一臉興致勃勃地看著我。只不過，對於一臉期待的錫爾布蘭德真是不好意思，其實詳情我並不清楚。倒不如說，為了避免自己又多嘴失言，我打算請索蘭芝與漢娜蘿蕾來分享。

「我想想喔……像是會在畢業儀式夜裡跳舞的神像、時之女神會惡作劇的涼亭、開始比起迪塔的加芬納，還有打不開的書庫。事實上我並不曉得傳聞的詳細內容，但索蘭芝老師與漢娜蘿蕾大人曾聽過幾則奇聞吧？還請與我們分享。」

「阿度爾，你聽過哪些傳聞嗎？」

錫爾布蘭德說著，仰頭看向自己的侍從。名為阿度爾的侍從看來二十歲上下，只見他露出了為難苦笑，伸手搭在錫爾布蘭德的肩膀上。

「請您仔細聽索蘭芝老師的分享吧。」

茶會上不能由侍從擔任談話的主角，他們只負責在旁待命。錫爾布蘭德似乎是基於平常的習慣脫口發問，「啊」地低喊一聲，重新面向前方。索蘭芝以溫暖的目光注視著還不習慣社交活動的他，先是自言自語說：「該說哪個傳聞好呢？」然後開口：

「那我先來說個有關最高神祇的傳聞吧。貴族院裡，許多地方皆設有供奉神祇的祠堂。但是，曾經有個不乖的學生在祠堂裡惡作劇。由於他也不是直接對學生或老師們做了什麼，所以僅被訓誡幾句而已。然而那個學生因此膽子大了起來，更是繼續惡作劇。結果有一天，一道強烈的光芒忽然照在他身上，他就憑空消失了。從此，那個學生再也沒有回來。」

「咦？他去了哪裡呢？」

錫爾布蘭德與漢娜蘿蕾都露出了害怕的表情問道，索蘭芝臉上的笑意加深後，平靜地搖搖頭。

「很遺憾，這誰也不曉得……這就是自以為做壞事不會被神發現，但其實眾神全看在眼裡喔。王子殿下與兩位小姐也要當個好孩子，最奧之間祭壇上的最高神祇才不會親自出馬，將幾位帶往遙遠的高處。」

……明明聽來像是嚇唬小孩用的寓言故事，但感覺真的會發生，這點太恐怖了。

「還有……對了。在羅潔梅茵大人剛才提到的奇聞中，時之女神會惡作劇的涼亭我也聽說過。雖然對王子殿下與兩位小姐來說還有些太早了，但涼亭是與心儀異性私下會面的場所。由於領主候補生平常得帶著近侍行動，涼亭便是可以單獨與人交談、不被近侍打擾的地方。各位或許總有天也會到那裡去吧。」

索蘭芝用促狹意味十足的表情看著我們，輕聲笑了起來。聽說涼亭四面沒有牆壁，所以在外頭待命的侍從們可以清楚看見主人的行動，但只要使用防止竊聽的魔導具，就不會被人聽見對話，可以在涼亭內單獨交談。由於眼中只有彼此的兩人時光總是很快結束，短暫得教人吃驚，大家才戲稱這種現象是時之女神的惡作劇。

「但是，如果有人邀請各位前往時之女神會惡作劇的涼亭，可千萬不能輕易答應喔。否則旁人會誤以為兩人是對戀人。」

索蘭芝說完，我想起了艾薇拉所寫的貴族院戀愛故事。

……啊～在母親大人寫的戀愛故事中，養父大人拚命想約養母大人前往的地方就是涼亭。當時我還不懂為什麼非要涼亭不可，但原來那裡是戀人才會去的地方啊。因為養母大人曾一度拒絕說：「如果是其他地方的話，我可以與您一同前往。」我還心想那帶她去其他地方不就好了嘛。

遭到芙蘿洛翠亞拒絕後，齊爾維斯特詠詩詠了長長一大段，不斷向諸神訴說自己的哀愁，我還搞不懂他幹嘛那麼苦惱，現在總算明白了。我「哦哦」地點頭表示理解，漢娜蘿蕾也分享了她知道的奇聞異事。

「我耳聞過的，是開始比迪塔的加芬納。聽說和剛受洗孩子一樣大的加芬納，會在夜裡突然比起迪塔。據說有很多人親眼目擊過，但詳細情況我也不太清楚。」

……一聽到迪塔，就覺得八成與戴肯弗爾格有關呢。雖然這都是洛飛老師害的。

我感謝了漢娜蘿蕾的分享後，目光再投向索蘭芝。

「索蘭芝老師，那您聽說過打不開的書庫嗎？」

「如果是指無法打開的書庫，那麼就我知道的便有三處呢。」

「咦咦?!有三處那麼多嗎?!」

索蘭芝回答得這麼乾脆已經教我感到驚訝了，但聽完內容以後我更是吃驚。索蘭芝很快地瞥了眼錫爾布蘭德與他的近侍，然後緩緩點頭。

「前任圖書館員共有三人。他們每人各自保管一把鑰匙，只有三人同時拿出鑰匙來，才能打開那些書庫。為了避免遭竊，鑰匙放在哪裡都只有他們自己知道。所以在他們離開以後，鑰匙也下落不明，而那三個書庫再也無人能夠進入。由於那些書庫專門存放極少用到的古老文獻，因此目前也沒造成什麼麻煩。我想鑰匙多半放在他們的個人房間裡，也為了打開那些書庫，我一直等著中央派來上級貴族的圖書館員。」

在神殿像是聖典與一些鑰匙，也是只有成為神殿長的人能夠使用。那些鑰匙大概也設了類似的限制吧。光是聽到有三個無法打開的書庫，我就感到熱血沸騰。錫爾布蘭德與他的近侍往後應該會成為中央的上級貴族，或許有朝一日能打開吧。

……不過，必須同時有三把鑰匙才能打開的書庫，與尤修塔斯說過的、只有王族才能進入的書庫不一樣嗎？

「那麼，您聽說過只有王族才能進入的書庫嗎？」

「這我倒是沒聽說過，有這種書庫嗎？」

索蘭芝似乎不知道。我太失望了。聽到「只有王族才能進入」，錫爾布蘭德眨了眨眼睛。

「如果僅限王族，那我應該能進去吧。」

「因為只是謠傳，我也不曉得是否真有這樣的書庫。再加上這個世代聽過傳聞的人不多，可信度就更低了呢。」

「我再問問父王與母親大人吧，他們說不定知道什麼有趣的故事。」

錫爾布蘭德說完，笑得十分開心。聽到會有王族才曉得的有趣故事，我不由自主往前傾身。

「錫爾布蘭德王子，您若聽到了有趣的軼事，屆時還請與我分享。」

等回到艾倫菲斯特，我打算央求尤修塔斯告訴我其他傳聞，若再加上錫爾布蘭德提供的，說不定能集結到貴族院的二十個不可思議，然後印製成書。那麼除了騎士故事以外，也有適合男生看的書了吧。

……啊，書。我得還書才行。

總不能茶會要結束的時候才急急忙忙歸還。我轉頭看向見習文官們所在的方向，發現哈特姆特與菲里妮正在記錄茶會的情形。目光一與我對上，哈特姆特立即起身，伸手拿起了書。我對他輕輕點頭。

「漢娜蘿蕾大人，正如先前向您告知過的，接下來我必須返回艾倫菲斯特。所以，現在方便先歸還您借給我的書籍嗎？」

「好的，那我也把書還您。」

漢娜蘿蕾回頭看向自己的見習文官們。我們的文官互相交換了各自帶來的書，接著開始檢查書籍有無髒污或破損。漢娜蘿蕾看了他們一會兒後，回身朝我望來，露出迷人的微笑。

「羅潔梅茵大人，您借我的書本以現代語言寫成，非常簡單易讀，我看得津津有味呢。我非常喜歡艾倫菲斯特的書。」

……怎麼辦？我好高興，高興得話都說不出來了！

因為有我與路茲他們做出來的紙張、約翰他們做的印刷機，還有羅潔梅茵工坊的所有人認真印刷，才能有這本書。現在知道就連艾倫菲斯特以外的貴族也能接受，我高興得不得了。想到有個朋友不僅愛書，也想看到更多書籍，這麼美好的事情讓我好想向神獻上祈禱。

……祝福快要壓抑不住了！不行，我一定要忍住！

在我感動得渾身打顫時，站在身後的黎希達悄悄遞來了空魔石。我把空魔石握在掌心裡，注入魔力。我如釋重負地吐口氣後，漢娜蘿蕾連連眨了幾下眼睛。

「羅潔梅茵大人，您怎麼了嗎？」

「沒什麼。我只是回想起這本書完成之前，真的發生了很多事情。有漢娜蘿蕾大人這句話，我覺得所有辛苦都有了回報。我一直很想結交到可以像這樣一起看書、一起討論的朋友呢。」

「您這番話真教人不敢當。」

漢娜蘿蕾說完，露出含蓄的淡淡微笑。

「接著借給您的，是貴族院的戀愛故事。聽說裡面的故事有些只是傳言，有些則是我們的母親大人與祖母大人那一代實際發生過的。我雖然看不出原型人物是誰，但赫思爾老師好像對裡面幾則故事都有印象呢。」

菲里妮拿著戀愛故事集走來，並把書本遞給漢娜蘿蕾的見習文官。見習文官接過後，簡單地翻看過內容，再交給漢娜蘿蕾。

「那麼這裡面也有戴肯弗爾格的故事嗎？」

「有幾則故事是以見習騎士為主角，說不定其中就有從前戴肯弗爾格的見習騎士喔。」

那本戀愛故事集裡，有幾篇是見習騎士向戀人承諾，要將迪塔比賽的勝利奉獻給她；而比賽的結果有勝有負，但既然戴肯弗爾格一向是戰鬥到贏為止，想必獲勝故事的主角比較有可能是戴肯弗爾格的見習騎士吧。

「真教人期待呢。」

「漢娜蘿蕾大人，您若知道在戴肯弗爾格裡流傳的戀愛故事，還請與我分享。也許可以製成書籍呢。見習文官若願意整理成原稿，我非常樂意買下。」

我這麼表示後，雙眼發亮的不是漢娜蘿蕾，而是服侍她的見習文官。若能幫忙蒐集來大量故事，我也會非常開心，希望能激起他們的動力。

「羅潔梅茵大人，我也希望有機會拜讀艾倫菲斯特的新書。因為工作的關係，我一看到新書就想看得不得了呢。」

「我非常能明白您的心情。哈特姆特，請把書拿給索蘭芝老師。」

哈特姆特將漢娜蘿蕾剛還回來的那本以戀愛為主的騎士故事，遞到索蘭芝手中。索蘭芝接過後，輕輕地撫摸書封，驚訝地看著封面上的押花。然後，她動作十分小心地翻開書頁。

「艾倫菲斯特的書輕薄又容易攜帶，內容也淺顯易懂。再加上還有插圖，非常吸引人喔。」

漢娜蘿蕾有些興奮得紅了臉頰，向索蘭芝大力推薦艾倫菲斯特的書。索蘭芝抬起頭來，高興地看著漢娜蘿蕾。

「好的。光是看到漢娜蘿蕾大人變得如此喜愛看書，就能知道艾倫菲斯特的書有多麼精采呢。」

聽了兩人的對話，我高興得幾乎要飛起來，甚至忍不住想感謝突如其來的返回命令。我真想立刻回到艾倫菲斯特，稱讚古騰堡夥伴的每一個人。

……我要告訴大家，就連大領地的領主候補生也看得非常開心！路茲一定會跟我一樣高興，而且若能因此開拓新客源，班諾先生應該也會高興吧？還要犒賞孤兒院裡的所有人。

但由於冬季期間力行節儉，不能浪費，才不會耗盡準備好的食糧，所以我決定等到了春天再為孤兒院的伙食稍微加菜。這時，錫爾布蘭德來回看了看索蘭芝與漢娜蘿蕾，然後遲疑不決地開口：

「羅潔梅茵，我也想看看艾倫菲斯特的書，不知道是否方便呢？」

「當然可以呀，錫爾布蘭德王子。」

很好！我在心裡擺出勝利姿勢。因為剛才好像說錯話了，錫爾布蘭德若不主動開口，我也不好推薦書籍給他。我看向哈特姆特後，他便拿著騎士故事交給錫爾布蘭德的侍從阿度爾。

「先前我借給漢娜蘿蕾大人的騎士故事是以戀愛為主，但我想男士應該會比較喜歡戰鬥為主的故事吧。製作這本書的時候，我就是希望已經識字的小孩子們也能享受閱讀的樂趣。這對大人來說是很輕鬆的讀物，但對小孩子來說，我想正好適合用來踏入閱讀的世界。」

阿度爾點了點頭，確認過內容後，遞給錫爾布蘭德。

「誠如羅潔梅茵大人所言，這本書的難度正好適合現在的王子殿下。」

雖然沒有簡單到一下子就能讀完，但也沒有難到讓人完全看不懂、只想舉手投降。現在錫爾布蘭德也和漢娜蘿蕾還有索蘭芝一樣，手上拿了本書，他高興地點點頭說：「我會加油。」

「那麼，這次我也準備了一本書要借給羅潔梅茵大人。克拉麗莎。」

漢娜蘿蕾似乎是一直等到所有人都拿了書，這才開口對我說道，然後看向自己的見習文官。名為克拉麗莎的見習文官，將一本裝幀精美的厚書交給哈特姆特。

「漢娜蘿蕾大人，謝謝您。這下子我回到艾倫菲斯特以後，也不會感到無聊了。」

獲得了一本新書後，必須與貴族院圖書館分開的痛苦這才減輕不少。漢娜蘿蕾真是我的救世主。

「那個，請問羅潔梅茵大人有何感想呢？呃，因為我借給您的戴肯弗爾格的書，用詞艱澀古老，內容也十分難懂吧？」

看過艾倫菲斯特的書以後，確實會擔心戴肯弗爾格的書是否讓人難以理解吧。我笑著搖了搖頭。

「因為聖典的關係，我老早就習慣了古老用語，反倒是戴肯弗爾格悠久又豐富的歷史令人感到震撼呢。我看得非常開心。」

「幸好您看得十分開心。」

漢娜蘿蕾像是放下心來地露出微笑。看著她的笑容，我順勢提出非常重要的請求。

「對了，漢娜蘿蕾大人，我有個請求。其實我把戴肯弗爾格的史書改寫成了現代書面語，能請您確認內容有無錯誤嗎？」

漢娜蘿蕾與克拉麗莎還在眨著眼睛，哈特姆特便把我改寫為現代書面語的整疊原稿交給她們。克拉麗莎接過後，很快地翻看內容，瞪圓雙眼。

「由於分量頗多，恐怕很難當場確認內容有無錯誤。」

「當然我會把那份原稿借給妳們，並沒有想要當場確認完畢喔。」

我說完，漢娜蘿蕾便爽快答應：「那麼，就請讓我們帶回去確認吧。」

「另外，因為既已改寫成了現代書面語，我希望能將這份原稿製成書籍，不知能否得到您的允許呢？」

「艾倫菲斯特要把戴肯弗爾格的歷史製成書籍嗎？」

漢娜蘿蕾露出了無法理解的表情，轉頭看向自己的侍從。若能看到寫有他領歷史的書籍，我覺得這一定很有意思，但一般人不會想看這種書嗎？還是說，戴肯弗爾格的歷史禁止在外流傳？

「……這件事我恐怕無法僅憑一己之見決定。那個，我可以將原稿帶回去，先與奧伯商量嗎？」

「好的，麻煩漢娜蘿蕾大人了。」

……希望奧伯．戴肯弗爾格會爽快答應。

「那麼，我也將這份資料借給羅潔梅茵大人吧。說不定能讓您覺得自己也成了圖書館員呢。」

索蘭芝借給我的，是從前的圖書館員所寫的工作報告。她說這些資料非常珍貴，在上級貴族的圖書館員突然離開以後，索蘭芝工作時都會拿來當作參考。

「裡面有些記述還提到了從前曾在館內運作的魔導具。羅潔梅茵大人若想設計魔導具，也許能夠供您參考吧？」

這個並不是擺在圖書館架上供人借閱的資料，而是曾為圖書館員的人所寫的工作報告。關於圖書館的魔導具，可能找不到更詳細介紹的資料了吧。

「索蘭芝老師，我最喜歡您了。」

「哎呀呀……」

索蘭芝「呵呵呵」地笑了起來。哈特姆特接過資料後，疊在向戴肯弗爾格借來的那本書上。看到還沒讀過的書疊在一起，我的目光忍不住被吸引過去。真想馬上翻開來看。但一旦在茶會中途拿起了書，我肯定會把其他事情全拋在腦後。近侍們也很清楚這一點吧。只見柯尼留斯悄悄移動位置，不讓書出現在我的視野裡。

「阿度爾，我也想給羅潔梅茵一點回禮。有沒有適合的書呢？」

錫爾布蘭德回頭詢問自己的侍從。王族通常認為收到別人的進獻也是理所當然，所以不會特別思考回禮。想不到錫爾布蘭德這麼循規蹈矩，也想回借本書給我。

……哇噢！錫爾布蘭德王子真是大好人！我竟然可以看到中央的書！

一想到可能有機會閱覽收藏在未知領域裡的書籍，我感動不已。阿度爾垂下眼簾稍微思索。

「在下次見面之前，應該是能找到一本適合的書……」

說完，阿度爾往我瞥來一眼。

「但若能徵得許可，邀請羅潔梅茵大人前往王宮圖書館，她是否會更高興呢？」

聽到這句話，我高興得當場失去意識。

返回領地

睜眼醒來，我正躺在自己的床上。我是什麼時候睡著的呢？完全沒有昨晚的記憶呢……我這麼心想著坐起來，伸手拿起枕邊的搖鈴。鈴鐺剛發出「叮鈴」的輕脆聲響，黎希達馬上掀開布幔走進來，凝重的臉上滿是擔憂。

「大小姐，您感覺怎麼樣？」

「黎希達，我剛才做了非常幸福的夢喔。我可以去王宮圖書館了呢！」

「……那並不是夢。只不過，現在還不曉得國王是否會下達許可呢。看來您精神不錯，那真是太好了。」

黎希達臉上的擔心變作了無奈。至此，我總算想起來了。我在茶會上因為太過高興和感激，結果抑制不了快要溢出的魔力，就這麼昏倒了。

……不——！我明明是茶會的主辦人，居然昏倒了，而且還是第二次！在王族面前失去意識也是第二次！

我感覺到自己臉上血色盡失。完蛋了。這種情況非常不妙吧？我惶惶不安地仰頭看向黎希達。

「黎希達，那個，結果茶會呢？茶會後來怎麼樣了？」

「當然也就中斷了。怎麼可能繼續下去呢。」

聽說本來是其樂融融的愛書同好茶會，結果因為我突然昏倒，頃刻間演變成了懸疑劇與恐怖片裡的一景。

「錫爾布蘭德王子的近侍為了回禮，才剛提議可以邀請您前往王宮圖書館時，您就啪噹一聲倒下了。看到這一幕，王子殿下的近侍整個人呆若木雞。大小姐，中央的上級貴族向來善於隱藏情緒，您可是讓他們都目瞪口呆呢。」

聽說沒想到他會因此讓我暈倒的阿度爾，當場「什麼?!」地張大嘴巴，僵在了原地動彈不得。畢竟只是提議而已，都還沒得到許可，誰也料想不到會有人因此就高興得暈過去吧。

……嗚啊啊，阿度爾先生，真的非常對不起！

而錫爾布蘭德看著一動也不動的我，同樣慌得六神無主，雙眼甚至噙著淚水，搖晃渾身僵直的阿度爾問他：「羅潔梅茵她怎麼了？」再加上王子的近侍們雖然很努力安撫錫爾布蘭德，要他冷靜下來，卻是用著變尖的嗓音，明顯自己也方寸大亂。

……對不起，我對不起大家。我不是故意要讓你們留下心理陰影的！

「由於討論到書的時候，大小姐就需要空魔石了。聽到能夠受邀前往王宮圖書館時，我也猜到大小姐多半會無法壓下激動的情緒。只是沒想到，結果您還是再一次在王族面前暈倒了。漢娜蘿蕾大人似乎又想起了去年的情景，淚水在眼眶裡打轉呢。」

看到我無預警地昏倒，似乎不只有錫爾布蘭德他們驚慌失措。就連首次目睹我暈倒的索蘭芝也慌了手腳，聽說漢娜蘿蕾也一樣。

「後來怎麼樣了呢？」

黎希達告訴我，她立即送出了奧多南茲，向韋菲利特還有夏綠蒂求援。兩人趕來以後，開始安撫錫爾布蘭德一行人、向眾人說明我的情況，幫我收拾爛攤子。期間黎希達則是抱起我，與護衛騎士一同告退，侍從與文官留下收拾場地。

「大小姐，您也得向韋菲利特小少爺與夏綠蒂大小姐道聲歉，還有謝謝他們。」

「我知道。」

……我真的給大家添了好多麻煩。

頹然地垮下腦袋瓜後，我忽然想起自己還有非常重要的事情沒問。我仰頭看向黎希達，戰戰兢兢地開口：

「……那個，茶會是什麼時候的事了呢？剛才？還是昨天？」

「已經是兩天前了。錫爾布蘭德王子、漢娜蘿蕾大人、索蘭芝老師，他們都送來了禮品表示慰問，也曾多次捎來奧多南茲詢問您的情況。」

我正為自己幹下的好事痛苦抱頭時，布幔外傳來話聲。「羅潔梅茵大人醒了嗎？」似乎是接到消息的女性近侍們開始來到房間集合。

「大小姐，倘若您的魔力已經鎮定下來，身體也沒有不適的話，請下樓去用餐吧。現在時間快中午了，夏綠蒂大小姐也將回來，讓她看看您恢復活力的樣子吧。」

據說在我昏睡期間，黎希達幫我把不少魔力轉移到了魔石去。怪不得我醒來的時候覺得神清氣爽。我對黎希達點一點頭，下床走到布幔外後，近侍們一致安下心來地放柔表情。

「大家，抱歉讓妳們擔心了。」

「羅潔梅茵大人無須道歉。居然在招待王族的茶會上讓主人暈倒……我身為侍從真是太失職了。」

在幫我洗臉、更換衣服的時候，布倫希爾德始終懊悔地噘著嘴唇。其實侍從們已經非常努力，為了阻止我失控，不僅思考了要怎麼用餅乾與茶水給我暗號和指示，也預先商量好了遞魔石給我的時機。她們一點也不失職。

「不能怪布倫希爾德妳們，反倒是在王族面前暈倒兩次的我，沒資格當貴族呢。」

我沮喪地垮下肩膀後，萊歐諾蕾靜靜搖頭。

「這次並非全是羅潔梅茵大人的責任。單純只是對方的本事不容小覷，竟能精準命中羅潔梅茵大人的弱點。不愧是王族的侍從，我真是甘拜下風。斐迪南大人捎來回覆時也說，就某方面而言，您暈倒也是好事。」

「……咦？我暈倒為什麼是好事呢？」

我眨了眨眼睛後，菲里妮難以啟齒似的回答：

「因為斐迪南大人說，您若沒有失去意識，肯定會忘了要先商量，直接一口答應。」

……真是好險。神官長說的沒錯，我如果沒有暈倒，肯定一口答應。因為當下我根本沒想到這需要商量啊。幸好安全過關。

「大小姐昏睡的這段期間，也過了您本該返回領地的日子，但因為回去前必須先向王族與大領地打聲招呼並致歉，所以我們已向奧伯．艾倫菲斯特徵得許可，讓您暫時留在貴族院。」

我必須向出席茶會的人道歉，也要通知多雷凡赫的阿道芬妮，說我接到了必須返回領地的命令。

……道完歉以後，還得去圖書館提供魔力吧？是不是也該帶顆魔石過去呢？嗯……總覺得我好像還忘了其他事情……是什麼呢？還有什麼事情嗎？

我扳著手指列出自己在回去前該做的事情，一邊下樓走去餐廳。柯尼留斯已經在樓梯平臺上等候，輕點了我的臉頰一下說：「幸好妳醒了。每次都讓人嚇出一身冷汗。」

走進餐廳後，已經有許多學生在吃午餐。「姊姊大人！」夏綠蒂一揚聲呼喚，大家就不約而同地轉過頭來。看來我在茶會上暈倒這件事，已經是人盡皆知。夏綠蒂站起來後，仔細端詳我的臉色，藍色眼眸裡滿是不安。

「雖然您已經恢復意識，但不繼續躺著休息沒關係嗎？」

「這次我醒來後覺得精神很好呢。夏綠蒂，讓妳擔心了。」

夏綠蒂摸摸我的臉頰，又摸了摸我的額頭。我輕碰她的手背，對她投以微笑後，她才安心地放鬆下來。我轉頭看向正在用餐的韋菲利特。

「韋菲利特哥哥大人，抱歉給您添麻煩了。」

「妳醒來就好，身體恢復健康了吧？」

我點點頭後，韋菲利特接著繼續用餐，一邊告訴我茶會後來的慘狀。聽說黎希達他們帶著我返回宿舍後，韋菲利特便開始向錫爾布蘭德他們說明我的身體狀況。他和去年安慰漢娜蘿蕾時一樣，分享了他以前曾在洗禮儀式上拉著我跑，結果害我倒地不起，以及我只是被幾個雪球砸中就暈倒的事蹟，最後安撫表示：「請各位不必擔心。」想不到錫爾布蘭德聽了卻怒斥他說：「你怎能對柔弱的女士做那麼過分的事！」

「畢竟王子殿下當下的心情非常混亂，我剛好成了他宣洩情緒的出口吧。但我這次明明是去幫妳，結果卻被王族罵了。這種經驗還真是不可多得。」

「對不起、對不起，韋菲利特哥哥大人。」

聽說錫爾布蘭德在近侍們的勸告下，總算返回離宮。韋菲利特目送一行人離開後，接著拚命安慰漢娜蘿蕾。

「漢娜蘿蕾大人噙著淚目，不斷地說：『畢竟是第二次了，我沒事的。』但我怎麼看她都不像是沒事的樣子，甚至還擔心會不會連她也暈過去。」

韋菲利特說他和去年一樣，一路送漢娜蘿蕾回到宿舍，並向宿舍裡的人解釋。

「我負責安撫索蘭芝老師。但其實這是我第一次趕往姊姊大人暈倒的現場，自己也相當不知所措呢。」

這麼說來，至今我從未在夏綠蒂的面前昏倒過，先前需要幫忙善後的時候她也不曾在場。她說她雖然仿效韋菲利特，安慰大家說：「這是常有的事。」但看到我昏迷不醒的樣子，讓她回想起了當初害得我浸入尤列汾藥水中的往事，心裡害怕得很想哭。但是，儘管處在那種精神狀態下，聽說夏綠蒂還是表現得非常鎮定，不僅努力安撫索蘭芝，還指示自己的近侍去協助布倫希爾德他們整理現場。她的應對實在不像是第一次遇到這種突發狀況。

……夏綠蒂真是太堅強了。

「總之向所有人道歉以後，妳就要返回艾倫菲斯特。明白了嗎？」

在我用完午餐時，哈特姆特回到了宿舍。他撇下午餐，先開始向我報告。他說他上午上了調合課，下課後與赫思爾說了幾句話。

「羅潔梅茵大人，雷蒙特希望能與您會面，把他的研究成果交給您。赫思爾老師也有同樣的請求。不知您打算如何回覆？」

……我想起來了。被我忘記的就是赫思爾這對師徒！

終於想起回去前該打聲招呼的對象還有誰以後，我感到豁然開朗。

「由於我要為休華茲與懷斯供給魔力，還要把魔石交給索蘭芝老師，所以得去圖書館一趟。請幫我轉告他們，若是明天上午，可以在圖書館見一面。」

「遵命，我再送去奧多南茲。」

哈特姆特說完，立刻轉身離開餐廳。我預先吩咐莉瑟蕾塔，去圖書館的時候，記得為赫思爾與雷蒙特準備一些食物。那對研究狂師徒肯定又沒有好好吃飯。

午餐過後，我用奧多南茲告訴眾人自己已經恢復健康，並為在茶會上暈倒一事致歉；也為自己回去得太過匆忙，沒能好好建立情誼而道歉。只有寄給索蘭芝的奧多南茲，我另外又補充說：「明天上午我會過去供給魔力。」我也聯絡了阿道芬妮，告訴她自己在茶會上昏倒，領主因此命我返回艾倫菲斯特。這天下午，我就在忙著道歉與打包行李中度過了。

「羅潔梅茵大人，能看到您這麼有精神，我總算可以放心了。」

「索蘭芝老師，真的很對不起。我情緒一激動起來就容易暈倒，還請您別放在心上。」

我再次向如釋重負的索蘭芝道歉，並把一顆魔石交給她，讓她可以在我離開的時候使用。由於我一聽到王宮圖書館就興奮得暈了過去，黎希達便幫我取出魔力，所以蘊含了滿滿魔力的魔石其實有好幾顆。

「由於錫爾布蘭德王子與漢娜蘿蕾大人也會過來，我想魔力應該不會不足，但保險起見還是先把一顆魔石交給您。」

「謝謝您。但是比起這個，我更擔心羅潔梅茵大人的身體呢。回去艾倫菲斯特以後，請您一定要好好休養。」

……但我想回到艾倫菲斯特以後，多半會比待在貴族院的時候更忙吧。

因為現在正值冬季的社交活動期間，又有奉獻儀式。在那之前，還有監護人們的審問與說教。儘管我如此心想，但索蘭芝已經一臉不安地看著我，我也不再多說。

「錫爾布蘭德，來了。」

懷斯的聲音讓我轉頭看向大門，只見錫爾布蘭德與近侍們果真走了進來。聽說只要主人與協助者一踏進圖書館的占地內，休華茲與懷斯馬上就能知道。再說得確切點，是連在圖書館裡的哪個地方都知道。

「羅潔梅茵，妳真的沒事了嗎？」

錫爾布蘭德的紫色眼眸蒙上陰影，憂心忡忡地注視我。由於我們幾乎差不多高，當他筆直地朝我望來，一眼就能看出他有多麼擔心。

……畢竟王子身邊應該沒有會突然暈倒的人，也難怪大受衝擊吧。有可能自己雖曾臥病在床，但從沒看過別人毫無意識的樣子。然而，我卻在這樣的錫爾布蘭德面前暈了過去。對他來說想必是很難平復的衝擊。

「抱歉讓您擔心了……那個，因為我情緒一激動起來，經常容易失去意識。不習慣的人看了往往會嚇一大跳，所以平常我已經十分小心，不讓自己暈倒，這次卻還是嚇到了您，實在非常對不起。」

王宮圖書館帶來的刺激好像有些太強烈了——我在心裡頭嘀咕。但要是對方說光提議我就暈倒了，那還是別邀請我，我可會非常傷腦筋，所以只是在心裡說。

我道歉後，錫爾布蘭德大力搖了搖頭。

「因為事出突然，我嚇了一大跳，但現在已經沒事了。我以後不會只是嚇得動彈不得，會變得更加可靠，以『圖書委員』的身分幫助羅潔梅茵。」

……錫爾布蘭德王子努力想要成長的樣子，真是太可愛了。

「下次我不會再不知所措了。」他還用力握拳這麼說，眼中燃燒著堅定的決心。變可靠以後，目標竟然是不再不知所措，這點也好可愛。

「我不在的這段期間，休華茲他們就拜託錫爾布蘭德王子了。您若願意多來關心他們，那我就放心了。」

錫爾布蘭德高興地點點頭時，圖書館內投下了七彩光芒。雷蒙特上完課後，應該很快會過來圖書館。

「那個，錫爾布蘭德王子，雖然很難向您啟齒，但我接下來與人約好了在圖書館見面。」

「錫爾布蘭德王子，不能讓太多人看見您。現在既已看見羅潔梅茵大人恢復健康的模樣，還請立即返回離宮。」

阿度爾催促著依依不捨的錫爾布蘭德，也看向我說：「羅潔梅茵大人，我們也都鬆了口氣。」

錫爾布蘭德一行人離開後鐘聲響起，不久赫思爾與雷蒙特便抵達。今天大概是因為離開了研究室，兩人的儀容都整潔乾淨。

……感覺這兩人真像一對母子。尤其是那種專心一意埋頭研究、為此奉獻整個人生的研究者姿態，實在是太像了。

我看著兩人，心底冒出這些想法時，赫思爾不滿地開口說了。

「羅潔梅茵大人，您今年這麼快就要回去了。我的研究進度都還沒達到預期。」

「因為我接連昏倒，艾倫菲斯特的所有人好像都坐立難安。」

討伐完靼拿斯巴法隆後我就昏睡不醒，一醒來參加了茶會後又馬上暈倒。由於靼拿斯巴法隆這件事我們沒對他領學生說出事實，所以我沒特別提及，但赫思爾似乎心領神會。「斐迪南大人身為監護人，想必也是成天提心吊膽吧。」她咯咯發笑，又說：

「洛飛還告訴我，等妳身體恢復以後，預計在幾天後召開詢問會。但既然妳要回去那就沒辦法了，我們這邊再調整時間。」

「麻煩老師們了。」

正當洛飛與其他老師還在調整時間，討論要在哪一天詢問我有關靼拿斯巴法隆的事情時，領地就下達了返回命令。有時間可以先與監護人們商量，老實說我鬆了口氣。赫思爾把老師那邊的一些情報透露給我後，拿起雷蒙特手中的幾份資料。

「這些資料是我的研究成果，請幫我轉交給斐迪南大人。還有，雷蒙特也有作業要提交給斐迪南大人。」

在赫思爾的催促下，雷蒙特有些畏畏縮縮地看向我的近侍們，往前走了一步，然後遞來一疊植物紙。

「我已經完成斐迪南大人出的作業，畫好了改良後的設計圖，請幫我交給他。那個，如果能再得到他的意見就更好了。」

哈特姆特接過以後，對雷蒙特點了點頭。似乎是因為與哈特姆特互動過幾次，看得出來雷蒙特的肩膀不再那麼緊繃僵硬。

「雷蒙特，接下來我暫時會返回艾倫菲斯特，但哈特姆特還會在貴族院，所以若有新習題，會由他交給你。在那之前，你要維持正常的生活作息，記得乖乖上課、攝取充足的營養與睡眠，才有力氣面對新作業。」

「哎呀，羅潔梅茵大人，妳是雷蒙特的母親嗎？」

赫思爾傻眼地說，但我沒好氣地瞪向她。每當斐迪南成天待在工坊裡不出來，除了赫思爾以外，其他人可是都覺得很困擾。

「就是因為赫思爾老師身為師父，卻沒照顧好弟子的生活，斐迪南大人長大後才會變成那樣。小時候的生活會對未來產生深遠影響，所以眼看雷蒙特現在的生活脫離了常軌，我怎麼能夠坐視不管呢。再這樣下去，雷蒙特會變成斐迪南大人二號。」

「真的嗎?!」

「意思是你會完全沒有生活能力，請別表現得那麼高興。」

斥責雷蒙特後，我遞出了請莉瑟蕾塔幫忙準備的簡單輕食。

「你一定是只顧研究，眼看與我約好的時間快到了才過來，也沒有進食吧。資料我已經確實收到了，今天請記得用餐與上床歇息。」

「羅潔梅茵大人真不愧是聖女呢，我太感動了。」

雷蒙特還沒動作，赫思爾就接過裝有輕食的籃子，開心得直發抖。赫思爾這師父果然一點也不及格。

「赫思爾老師，也請您別忘了要去上課。雷蒙特，你要記住，每天督促師父出去上課也是弟子的重要工作之一喔。」

我在提供食物的同時，也把監督赫思爾的工作交給雷蒙特，就此結束了會面。

「我應該沒有其他事情忘了做吧？」

回到宿舍以後，我最後再次檢查寫有待辦事項的清單，一邊前往轉移廳。除了要送行的近侍們，韋菲利特與夏綠蒂也一起來了。

「只要妳寫在上面的事情全做完了，應該就沒問題了吧。妳趕快回艾倫菲斯特，乖乖挨父親大人他們的罵吧。明明是為了讓妳與王族保持距離，才下達返回命令，結果妳竟然在茶會上暈倒，讓王族對妳更是印象深刻，他們似乎因此頭痛得要命。」

「啊嗚……」

柯尼留斯和我一起站在轉移陣前，但他把我送回領地以後，馬上就會回到貴族院。據說是為了享受最後一年在貴族院的時光。這次因為我太早回去了，萊歐諾蕾與優蒂特也還沒修完課。

「艾倫菲斯特那裡還有達穆爾與安潔莉卡，護衛想必是不用擔心……但只有我一個人回去，還是好寂寞呢。」

「奉獻儀式結束以後，請姊姊大人盡早返回貴族院吧。」

夏綠蒂說完露出微笑。今年我離開的這段期間，羅吉娜是託給夏綠蒂照顧。自己不在的時候，還有同為女性的領主候補生在這裡，真教人感到安心。

「羅潔梅茵，妳不用擔心我們。有夏綠蒂在，我就比去年放心多了。至少我不用再被迫參加全是女性的茶會。」

韋菲利特聳聳肩說。夏綠蒂咯咯輕笑起來，我也笑了。

「黎希達、柯尼留斯，我們走吧。」

我與黎希達還有柯尼留斯一起站上轉移陣。轉移陣隨即亮起黑金兩色光芒，視野跟著模糊扭曲。

終章

近來，每天都會收到來自貴族院的報告書。每每齊爾維斯特總會屏退近侍，在領主辦公室裡與卡斯泰德還有斐迪南一同閱覽。

在貴族院開始上課之前，報告書的內容都相當平穩。比如羅潔梅茵看到書架後歡天喜地，對韋菲利特表現出了前所未有的感謝；再比如面對羅潔梅茵優先談論書籍的獨特問候方式，夏綠蒂為此困惑不已；這些都能一笑置之。雖然還發生了舊薇羅妮卡派的學生想向羅潔梅茵獻名的事情，但羅潔梅茵似乎認為獻名令人感到沉重，本人並不太能夠接受，所以他也決定靜觀其變。

交流會結束後，收到的報告書內容也還算平和。儘管多雷凡赫仿造出了絲髮精一事確實教人驚訝，但他早有心理準備，只是沒想到這麼快。報告中還曾提到，領內的情報正透過來自亞倫斯伯罕的女性貴族貝緹娜往外流出，但這本來就是她嫁過來的目的，因此也在預料之中。最重要的是，今年貴族院內有位尚未正式亮相的第三王子，但只要他一直待在離宮裡頭，那就完全不需要擔心。

「……需要擔心的，便是羅潔梅茵是否會與他接觸。」

「斐迪南，你講話別這麼不吉利！聽說王子基本上都會待在離宮，兩個人絕沒有接觸的可能。我說沒有就是沒有！」

當然，其實齊爾維斯特也懷有和斐迪南一樣的憂懼。只要見識過羅潔梅茵去年是如何與王族產生交集，就讓人很難相信她能平靜安穩地度過二年級。

開始上課之後，羅潔梅茵在貴族院的生活就與平穩二字越離越遠。她不僅強拉了戴肯弗爾格的領主候補生一起當圖書委員，還在圖書館內對好幾樣魔導具提供了魔力，更在思達普的變形課上變出神具，斐迪南給她的護身符還攻擊了教師。而且為了強化自製的玩具，她居然把床架上的布幔射穿了好幾個洞！

看完接二連三寄來的報告書，齊爾維斯特、斐迪南與卡斯泰德總在對視之後，深深地發出嘆息。寄來的報告書實在太多了，光看就讓人心神俱疲。齊爾維斯特用指尖大力搓揉眉心。

「斐迪南，羅潔梅茵為何如此異於常人？」

「不知道，別問我。看來羅潔梅茵對平穩兩字的理解，明顯與我們不一樣。有必要先從語彙的意義與她達成共識。」

斐迪南撥起頭髮，長長嘆了口氣，看起來也是筋疲力盡。對於每天都有報告書寄來，卡斯泰德也是渾身無力。

「還不到一週的時間就能惹出這麼多麻煩，這也算是種才能了吧。雖然她不需要這種才能……」

聽見卡斯泰德的嘀咕，齊爾維斯特這才驚覺一項駭人的事實。

……對喔。儘管收到了這麼多報告書，但現在根本連一週也還沒過去。難怪還沒收到來自赫思爾的報告。

後來，報告書仍是蜂擁而至。內容包括二年級生們成功地在所有學科的第一堂課就通過考試；來信詢問多雷凡赫邀請了他們參加茶會，應該要如何應對；還有羅潔梅茵已經下定決心，要接受羅德里希的獻名；以及參加完音樂老師們舉辦的茶會後，回報蒐集來的情報等等。

此外，與茶會以及社交活動有關的詢問信，似乎不只齊爾維斯特，連芙蘿洛翠亞、斐迪南和艾薇拉也收到了。畢竟男性與女性的著眼點不同，回答也會不一樣。齊爾維斯特認為，每個人提供不同角度的答覆後，應該能稍微幫上孩子們的忙吧。由於艾倫菲斯特今年的排名上升了，往來對象也與從前大不相同，先前出席領主會議的大人們全疲累不堪。但現在看來，就讀貴族院的孩子們也不容易。面對羅潔梅茵的奇言怪行，感覺孩子們應對起來都比去年要熟練，似乎成長了不少。

面對寄回領地的大量報告書，齊爾維斯特始終都能苦笑以對，但也只持續到了羅潔梅茵在圖書館遇見第三王子為止。

『為了敲定為休華茲與懷斯更換新衣的日子，姊姊大人前往圖書館時，聽說遇見了錫爾布蘭德王子。請問這是常見的事情嗎？（夏綠蒂）』

『羅潔梅茵非常樂觀，說王子殿下因為不能公開行動，往後多半不會再見面了吧。可是，我有種非常不祥的預感。（韋菲利特）』

……父親我也是，韋菲利特。我內心也有非常不祥的預感！

「果然還是接觸了嗎？」

「斐迪南，你為何這麼鎮定?!」

「……現在還只是接觸而已，並未發生任何事情。重點在於今後。你要是現在就六神無主，看了往後的報告書只會承受不住。齊爾維斯特，你冷靜點。」

對方可是尚未入學、本來也不該見到面的王族，羅潔梅茵竟然接觸到了喔！然而斐迪南卻只是揮了揮手，不再多加理會。齊爾維斯特覺得他未免冷靜過頭了。

「聽了你那麼不吉利的發言，誰還冷靜得下來?!我反而更不安了。」

「接下來，各種麻煩只會接踵而來。想想去年就知道了吧？喏，你看看哈特姆特的報告書吧。會讓你更加不安喔。」

斐迪南面帶淺笑，遞來報告書。看來他只是臉皮厚，其實內心也相當慌亂。

『羅潔梅茵大人向錫爾布蘭德王子問好後，接著便開始看書。但是，對於外表看似與自己同年的羅潔梅茵大人，王子殿下似乎很感興趣。他還特地上二樓來，看了一眼羅潔梅茵大人看書的模樣。（哈特姆特）』

……拜託了，可以別來招惹我家的孩子嗎?!

可以的話他真想放聲這麼吶喊，但齊爾維斯特忍住了。

「斐迪南，有沒有辦法能讓羅潔梅茵不與王族接觸？」

「現在她已經所有科目都在第一堂課就通過考試，總算可以前往圖書館，不可能阻止得了她吧。你若真心想要阻止，只會嚴重牽連到周遭旁人。你想重蹈韋菲利特去年的覆轍嗎？」

「唔……」

想起了去年羅潔梅茵因為圖書館而失控，結果把身邊所有的人全拖下水，害得他們苦不堪言，齊爾維斯特沒再吭聲。卡斯泰德也無計可施似的聳聳肩。

「我看要阻止她去圖書館是不可能的，我們也干涉不了王族的行動。只能向神祈禱，希望本該待在離宮裡的王子懂得自制，別再靠近圖書館了。」

「可惡！祈禱獻予諸神！」

「奧伯．艾倫菲斯特，貴族院捎來了緊急通知。」

今年不只是羅潔梅茵格外令人費心。寄來的報告書上，寫著舍監赫思爾正栽培亞倫斯伯罕的一名學生為愛徒。

『後天就要為休華茲與懷斯更換新衣，這件事本預計邀請赫思爾老師同行，請問現在該如何處置才好呢？（瑪麗安妮）』

『艾倫菲斯特的情報有可能從赫思爾老師經由弟子，全洩露到亞倫斯伯罕那裡去，非常危險。至今交給赫思爾老師的資料都沒問題嗎？（伊格納茲）』

『請問有辦法讓弟子雷蒙特成為我們的情報來源嗎？他與賈鐸夫老師也有交流，研究相關的情報也會流到多雷凡赫那裡去。（哈特姆特）』

『雷蒙特的改良能力非常出眾。他不僅改良了我設計的魔法陣，還教我如何修改。還有，他很想看斐迪南大人的書，可以借給他嗎？（羅潔梅茵）』

……羅潔梅茵！為何就妳如此沒有危機意識?!被亞倫斯伯罕襲擊的人不是妳嗎?!

齊爾維斯特內心興起了強烈的衝動，很想大喊著「唔嘎——！」猛戳羅潔梅茵的臉頰。

「雖說赫思爾已經轉籍至中央，但真希望她能為艾倫菲斯特多想一下。」

卡斯泰德說出口的，是身為艾倫菲斯特貴族必然會有的感想。然而聽到這樣的發言，斐迪南卻神色冷峻地瞪向卡斯泰德。

「艾倫菲斯特從未為赫思爾著想過，說話別那麼自私。」

「斐迪南，你是什麼意思？」

斐迪南板起臉孔，語氣平淡且冷靜地開始說明。原來赫思爾打從收了斐迪南為弟子，也開始受到薇羅妮卡的打壓。日復一日，赫思爾再也無法在宿舍的房間裡安穩度日，經常只能在研究室裡過夜。原本艾倫菲斯特會提供舍監的資助，也全被薇羅妮卡的手下截走中飽私囊，根本沒有送到她手中。

這些事發生在齊爾維斯特從貴族院畢業以後，因此他全然不曉得斐迪南與赫思爾有這段過往。當時斐迪南可是連年獲頒最優秀表彰，得到國王的親口表揚，也與上位領地有個人私交，透過販賣魔導具與材料，更賺進了難以想像他還只是學生的大筆財富。聽到斐迪南在貴族院的生活其實不如自己所想，齊爾維斯特一時間不敢置信。

「你說給舍監的資助嗎？既然你知道，為何在拉下母親大人以後沒告訴我？自那之後都過幾年了?!自己師父的生活過得那麼拮据，你都無所謂嗎？」

「因為赫思爾說她不需要。這種只會妨礙自己栽培弟子的資助，她說不要也罷。也是說著這些話的赫思爾，在我就讀貴族院時庇護了我。」

正因如此，斐迪南才會敬仰赫思爾，並從自己靠著販賣魔導具賺來的收入中撥出資金，以個人名義提供援助給她。總算明白了為何畢業之後，他們師徒的情誼仍如此深厚，齊爾維斯特內心油然升起一陣酸楚。

「斐迪南，拜託了，這麼重要的事情你要告訴我啊。身為領主卻這麼一無所知，會讓我覺得自己真是沒用。」

「……因為你母親只讓我留下了不愉快的回憶，我不願去回想。請見諒。」

斐迪南痛苦地微微蹙眉，垂下眼眸以沙啞的嗓音說。見狀，齊爾維斯特自然也無法再追問下去。

「……好吧。」

斐迪南長嘆口氣後，站起身說：「我去一趟貴族院。」

「慢著，斐迪南！大人基本上禁止介入。」

就是因為不能介入，每次看完報告書就頭痛得要命的齊爾維斯特，除了寫信回覆以外也沒有其他宣洩方式。然而，斐迪南擺了擺手說道：

「這次沒問題。因為規定本來就是魔導具該由製作者負責處置。我只是要順便與恩師說幾句話。況且能與赫思爾溝通的人也只有我了，不是嗎？」

斐迪南說他會去拿回放在赫思爾那裡的魔導具，順便與她稍微討論出共識。

「……齊爾維斯特，你不必擔心。我們絕不會做出對艾倫菲斯特不利的事……」

「我沒在擔心這種事。我只是在想你與赫思爾談話的時候，會不會勾起你不愉快的回憶……知道了。這件事就交給你。」

「嗯，包在我身上吧。」

當日斐迪南隨即寫下了指示送去貴族院，隔天傍晚更帶著艾克哈特與尤修塔斯親自前往。夜裡，只見他一臉明朗暢快，帶著大量的魔導具返回。

翌日，齊爾維斯特總算明白，自己的祈禱終究沒能傳到諸神耳裡。因為這天收到的報告書上，寫著他一直畏懼著的、羅潔梅茵與王族接觸的消息。

『今天是為休華茲兩人更換新衣的日子。多虧羅潔梅茵大人下達許可，我第一次摸到了他們。新衣也非常適合兩人。中途錫爾布蘭德王子跑來參觀，在我沒注意到的時候，錫爾布蘭德王子就已經成為魔力供給的協助者了。（瑪麗安妮）』

……在為休華茲與懷斯更換新衣的日子，王子忽然冒了出來，還在沒注意到的時候就成了協助者嗎？

「給我等一下！羅潔梅茵是主人，王族卻是協助者嗎?!一般應該反過來吧?!」

「我昨天剛去貴族院化解了一些棘手的情況。為何僅僅相隔一天而已，她又能惹出這麼大的麻煩？」

斐迪南難得地凝視遠方，如此無力低喃。齊爾維斯特深有同感。

「喏，也看看這些報告吧。我頭痛得要命。」

卡斯泰德啪沙一聲遞來報告書，隨後按住額頭，「啊……」地發出低吟。齊爾維斯特接過了讓卡斯泰德如此大受打擊的報告書後，先為自己打氣一番，然後開始看起。

『姊姊大人與錫爾布蘭德王子相處得非常融洽。就我的觀察，王子殿下似乎對姊姊大人有好感，姊姊大人對王子殿下也是。她說話時的神情，明顯與面對哥哥大人時不一樣。注視著王子殿下的眼神，就像看到書本一樣熱切，還問我對年紀比較小的男士有何感想。我雖然馬上幫哥哥大人說話，但哥哥大人還是要有能對姊姊大人說「圖書館就交由妳打理」的魄力才行。（夏綠蒂）』

『王子殿下看似喜歡蘇彌魯，但顯然對羅潔梅茵大人更感興趣。一提到王宮圖書館，羅潔梅茵大人立刻被吸引住了。真是大意不得。王子殿下似乎因為身高的關係，將羅潔梅茵大人誤認成了夏綠蒂大人，羅潔梅茵大人也因此誤以為王子殿下對夏綠蒂大人有好感。後來，羅潔梅茵大人還被要求讓出魔導具主人的位置。但羅潔梅茵大人當場表示，目前還不能公開行動的錫爾布蘭德王子恐怕無法定期供給魔力，加上即便是男性，也會被休華茲他們喚作公主殿下，所以王子殿下最終決定以協助者的身分，幫忙提供魔力。（哈特姆特）』

『今天我們為休華茲與懷斯更換了新衣。聽說索蘭芝老師就住在圖書館裡頭，對此我真是太羨慕了。將來我也想住在圖書館裡面。啊，對了對了。我們為休華茲兩人更換新衣的時候，錫爾布蘭德王子出現了。雖然王子殿下要我幫他問問，但很可惜，夏綠蒂似乎比較依賴哥哥，對年紀比自己小的沒興趣。真希望她能多依賴姊姊呢。（羅潔梅茵）』

「……怎麼彷彿只有羅潔梅茵一個人活在其他世界？」

明明其他人都沒提及，但羅潔梅茵寫的報告書上，篇幅最多的就是關於索蘭芝住在哪裡，還延伸說到自己對未來的期許，與王子有關的消息怎麼看都只是順便寫一下。

「羅潔梅茵實在是不適合參加社交活動……」

「她還會在這種狀態下與王族有更多交集嗎？饒了我吧。」

卡斯泰德與斐迪南不約而同用力按住了太陽穴。

「斐迪南，不能把羅潔梅茵帶回來嗎？至少撐過王子會出入圖書館的那段時間……」

「畢竟她好不容易能去圖書館了，而且剛去沒幾天……總之我會先警告她，萬一再惹出什麼麻煩，就下令讓她返回領地。」

三人一致扶額苦嘆。然而，一連串的騷動才剛剛揭開序幕而已。

「我收到了羅潔梅茵的詢問信。」

『現在圖書館的茶會也要邀請錫爾布蘭德王子參加了。請問能把艾倫菲斯特的騎士故事集借給王子殿下嗎？另外，有沒有需要注意的事情呢？』

「羅潔梅茵怎麼會邀請王族參加茶會?!簡直不自量力！」

以艾倫菲斯特的地位，頂多只有在領主會議時才敢款待王族。因為比起受邀，負責款待的那方得留意更多細節、付出更多心力。這對缺乏社交能力的羅潔梅茵來說，根本是不可能的任務。

「此刻我只能預見到，羅潔梅茵會因為顧著與愛書的朋友說話，便把王族徹底晾在一邊。」

斐迪南說完，齊爾維斯特也能輕易地想像到那幅畫面。若是羅潔梅茵，就算非常失禮，她也絕對會這麼做。

「得趕快讓她與侍從想些暗號，在必須改變話題、對王子置之不理太久時使用。光是討論到借書還書，她的情緒肯定就會太過激動。參加茶會時，最好讓她多帶點魔石前往。」

他們把能想到的對策全寫下來，送去給羅潔梅茵的近侍。給羅潔梅茵的回信上，更是耳提面命地再三強調：「絕不能把王族晾在一邊。」

集齊所有人的回覆，才送去貴族院不久，又收到了來自夏綠蒂的緊急通知。今年的緊急通知還真是源源不絕。

『舊薇羅妮卡派的孩子們出去狩獵魔獸後，沒想到羅德里希卻受了傷跑回來，因此哥哥大人已經帶著見習騎士趕往救援。姊姊大人為羅德里希施予治癒的時候，順便詢問了情況，得知出現的魔獸是靼拿斯巴法隆。結果姊姊大人為了給予暗之祝福，也帶著護衛騎士衝出去了。雖然姊姊大人已指示我通知老師，但還有沒有我該做的事情呢？（夏綠蒂）』

「靼拿斯巴法隆？這是什麼？」

從未聽過的名字讓齊爾維斯特歪過了頭。「這可麻煩了。」斐迪南如此低喃說完，馬上提筆寫下回覆。他在信上指示夏綠蒂，要提醒趕往現場的見習騎士們絕對不能攻擊靼拿斯巴法隆，並囑咐眾人輪流挑釁，爭取時間直至中央騎士團趕到。

「這是種在孛克史德克一帶出沒，性質類似陀龍布的魔獸，只有黑色武器能造成傷害。」

「你說什麼?!那可糟了！我們……」

「不行，卡斯泰德。艾倫菲斯特絕不能派出騎士團，只能委託中央。」

一旦派出騎士團前往貴族院，若被視為對中央的入侵也百口莫辯。除非中央主動求援，否則艾倫菲斯特絕不能派出騎士團。卡斯泰德緊緊咬牙，兩眼死瞪著斐迪南寫著回覆的雙手。

寫完後，斐迪南大步流星地前往轉移廳，將剛寫好的回信交給在場騎士：「立即把這封信送過去。事態緊急。」

多半是一直在貴族院的轉移廳裡等著回覆，夏綠蒂也很快捎來回音。

『這些事皆已告知現場騎士。聽說騎士們還是不小心進行了攻擊，使得魔獸體型變大，但目前大家正輪流爭取時間。（夏綠蒂）』

「竟然有人知道靼拿斯巴法隆，真是優秀。」

斐迪南暫且安下心地呼出嘆息，撩起頭髮。

不知道靼拿斯巴法隆究竟怎麼樣了？三人始終心神不寧地等著後續回報，最終收到這樣的通知：『聽說已經打倒靼拿斯巴法隆了。但是，姊姊大人也暈倒了。除此之外沒有其他受害情形。（夏綠蒂）』

「靼拿斯巴法隆被討伐了就好。雖然還是會擔心，但反正羅潔梅茵的暈倒也已經是家常便飯了。」

原本還一臉恨不得即刻趕往救援的卡斯泰德，此刻總算放鬆了緊繃的肩膀，安心地吐出大氣。齊爾維斯特也如釋重負。

隔天，他們收到了好幾封報告書。

『這次我一接到消息就馬上進行準備，趕往救援。後來因為馬提亞斯說，要在老師們趕到之前爭取時間，我就建議大家分組，輪流去對付魔獸。還在爭取時間的時候，羅潔梅茵出現了，為大家的武器施予暗之祝福。之後，我們開始發動攻擊。但魔獸的動作很快，攻擊老是落空。攻擊到一半的時候，羅潔梅茵忽然用一塊黑布罩住靼拿斯巴法隆的頭，限制住了牠的行動，我們才能一鼓作氣展開攻擊，對牠造成嚴重傷害。雖然這是我第一次討伐魔獸，但我是第二最有貢獻的人喔！（韋菲利特）』

『羅潔梅茵大人果然是名副其實的聖女。她為武器施予黑暗之神的祝福時，那側臉凜然不可侵犯，詠唱起禱詞的聲音也如歌聲一般悅耳動聽。靼拿斯巴法隆最警戒的對象，明顯就是羅潔梅茵大人。牠任由其他騎士攻擊自己，唯獨羅潔梅茵大人用「水槍」射出的攻擊，一定想盡辦法避開。發覺魔獸一直在閃避自己的攻擊後，羅潔梅茵大人便變出黑暗之神的神具，限制住了靼拿斯巴法隆的行動。倘若沒有羅潔梅茵大人，我們肯定無法打倒牠吧。不僅如此，羅潔梅茵大人還變出了芙琉朵蕾妮之杖，藉由儀式讓採集區域徹底恢復原樣。我親眼見證了神的奇蹟。而且是無與倫比的奇觀！感謝獻予諸神！（哈特姆特）』

『據說老師們與中央騎士團趕到的時候，魔獸的討伐就已經結束了。我們還收到通知，得去說明討伐時的詳細情況，以及與艾倫菲斯特神殿有關的問題。靼拿斯巴法隆似乎是從孛克史德克舍的方向過來。由於學生理應還不會施展暗之祝福，所以我們得對外宣稱是中央騎士團打倒的。（夏綠蒂）』

「……這些報告，講的全是同一件事沒錯吧？」

「每份報告裡都提到了靼拿斯巴法隆，想必錯不了吧。」

但是，齊爾維斯特怎麼看也不像在講同一件事。

「不過，至少可以肯定的是，這次學生們都很努力。」

「是啊，原本這可不是學生應付得來的魔獸。看來等他們成年以後，也可以期待他們在討伐陀龍布時大顯身手了。」

卡斯泰德說完，齊爾維斯特也點點頭。斐迪南卻按著太陽穴，用沉吟般的嗓音說：

「齊爾維斯特，等羅潔梅茵身體一恢復，就把她叫回來。我有事必須盡快與她商議。」

「嗯？」

「是有關祝福的事。羅潔梅茵恐怕是直接詠唱了聖典上的禱詞，和騎士團教給騎士們的咒語不太一樣。在問話開始之前，我想先與她談談。」

於是齊爾維斯特照著斐迪南的要求，下達了返回命令。

儘管已經吩咐羅潔梅茵，在邀請王族出席的茶會結束以後，要立刻返回艾倫菲斯特，然而到了他所指定的日子，轉移陣上卻只送來了一疊紙張。

斐迪南接過騎士遞來的紙張後，快速翻看內容，一度用力閉起雙眼，然後露出了眼中毫無笑意的笑容說：「奧伯・艾倫菲斯特，我們先回辦公室吧。」看樣子她又闖了什麼大禍。

回到辦公室後，斐迪南唸起了哈特姆特寄來的報告書。據說羅潔梅茵在茶會開始之前，便讓戴肯弗爾格的領主候補生登記成為協助者；當王子表示想要圖書委員的臂章時，她也答應了要贈送給他。

……繼去年的髮飾，今年居然又接下了王族的委託嗎？羅潔梅茵，妳到底在想什麼！啊，什麼也沒在想吧。其實我也知道。

齊爾維斯特用力按壓額頭，聽著斐迪南繼續唸出報告書上的內容。

「就在眾人和樂融融地討論著與書有關的話題時，聽說羅潔梅茵突然建議王子，可以由他送出催促學生還書的奧多南茲。」

「啊?!」

「居然指派工作給王子？她以為自己是什麼人?!」

卡斯泰德與齊爾維斯特忍不住齊聲大喊。斐迪南發出嘆息，輕輕甩了甩頭。

「當時在場的所有人肯定都這麼想吧。我繼續往下唸。」

「雖然我一點也不想聽，但你唸吧。」

按理說，王族聽到這種提議本該大為震怒，但聽說王子卻是非常高興，還說會與國王商量。由於太過突然，再加上完全無法預料對方會作何反應，結果兩邊的侍從都無法及時阻止。

「聽說就連王子的近侍也啞然失聲。但幸好沒演變成羅潔梅茵犯下大錯。」

「這點確實值得慶幸，但這位王子與羅潔梅茵的組合還真危險。你們不覺得嗎？」

儘管是王子，但可能因為從小接受了日後要成為臣子的教育，感覺沒養出多少王族的傲氣。否則的話，怎麼可能與高采烈地接受羅潔梅茵無禮的提議。

「但我們越是覺得危險、越想讓他們保持距離，羅潔梅茵只會越往對方靠近吧。」

「此刻我正打從心底慶幸，自己不是得在一旁跟著出席茶會的近侍。要是我的身分還可以不用聽取這些報告，那就更好了。」

「卡斯泰德，你別想一個人逃跑。死了心一起聽吧。這可是你女兒。」

斐迪南哼聲發出冷笑，繼續唸報告內容。但你不也是監護人嗎——齊爾維斯特在心裡頭這麼嘀咕，同時專心傾聽。

「後來與戴肯弗爾格借還書籍時，一聽到戴肯弗爾格的領主候補生稱讚了艾倫菲斯特的書本，羅潔梅茵便使用了空魔石。」

「只是聽到讚美就得拿出空魔石嗎？幸好有讓她帶在身上。」

「記得去年，她可是剛與對方結為朋友就失去意識。」

聽到斐迪南這麼說，齊爾維斯特忍不住皺起臉龐。

「……才剛結為朋友，她就失去了意識嗎？換作是我可不想要有這種朋友。想不到戴肯弗爾格的那名領主候補生精神這麼強韌。」

「畢竟是戴肯弗爾格的女人，無須大驚小怪。」

「我真搞不懂羅潔梅茵到底是變健康了，還是變虛弱了。」

她好像變得比使用尤列汾藥水前更容易暈倒了——卡斯泰德咕噥著說。

「她的身體雖然變健康了，但魔力也增加了，所以暈倒的頻率並無太大改變。」

斐迪南神情有些苦澀地這麼解釋後，接著唸下去。

「嗯……看到其他人都借了書給羅潔梅茵當回禮，王子大概是受到影響，開口表示他也想提供回禮。結果就在王子的近侍提議，可以邀請羅潔梅茵前往王宮圖書館時，她便暈了過去不省人事。」
「她又在王族面前暈倒了嗎?!」
「她身為茶會的主辦人又暈倒了嗎?!」
齊爾維斯特與卡斯泰德的吶喊同時響起。斐迪南沉著臉，瞪著報告書瞧。
「後來茶會怎麼樣了?是怎麼中斷的?有好好收拾善後嗎?」
由於太想知道後續，齊爾維斯特一把搶過斐迪南手中的報告書。
『隨後現場陷入一片混亂。不僅中央的近侍倉皇無措，王子殿下也雙眼含淚，漢娜蘿蕾大人更是快要哭出來地反覆說著「我沒事」。我們急忙向韋菲利特大人還有夏綠蒂大人求援，他們費了好番工夫才收拾局面。(哈特姆特)』
……為了幫羅潔梅茵收拾殘局，感覺韋菲利特與夏綠蒂會急速成長吧。
「……整場茶會簡直驚心動魄。斐迪南，這下該怎麼辦?」
「沒什麼怎麼辦，每件事都得問過羅潔梅茵。等她向所有人道完歉，你就命她返回領地。正好她剛連續暈倒兩次，可以拿來當作藉口。我本來還打算只聽完說明，就讓她返回貴族院，但我改變主意了。我會讓她一直待到奉獻儀式結束為止。」
斐迪南有絲自暴自棄地說。齊爾維斯特非常能明白他不想再管了的心情。因為他的頭比去年還痛。卡斯泰德看起來連開口都懶了。齊爾維斯特也完全能懂他的心情。
……為什麼?為什麼羅潔梅茵可以惹出這麼多麻煩?平穩，這是與羅潔梅茵最無緣的兩個字。

絕不退讓的決心

「因為羅德里希獻給我的，是我最想要的東西呀。我會連同故事接受你的獻名。」

這句話從我的耳朵穿透全身，徐緩地浸潤開來。在我首次表示想要獻名的時候，那雙金色眼眸裡還滿是困惑與排斥，如今卻截然不同，有著包容與覺悟。羅潔梅茵大人溫柔地瞇起那對金眸，露出輕柔的微笑。

……不只是故事而已，她也接納了我。

白塔那件事發生以後，這些年來我始終孤單一人。不僅相同派系的人疏遠我，父親大人也經常對我拳腳相向。拯救了我的，是羅潔梅茵大人印製的書。而此刻我心裡的喜悅更甚當時。

……這種幸福的感受該怎麼形容才好呢？

儘管想要化作言語，我卻想不到恰當的文字。在胸口蔓延的這股心安與感動，相信沒有任何人能明白吧。我只是靜靜品味著幸福。

正因如此，在羅潔梅茵大人提及家人的那一瞬間，我立刻鮮明地回想起了父親大人那自我中心的命令、出事後判若兩人的態度，以及一次次對我的拳打腳踢。一股恐懼沿著背脊往上攀升，我的心臟彷彿被人使力捏住。

……我不要。

我很輕易便能想見，如今在舊薇羅妮卡派內沒了容身之處的父親大人他們，這次一定會利用自己改為投靠領主一族。感覺羅潔梅茵大人的一番好心會就此遭到踐踏，我不寒而慄。

「請您允許我在獻名的同時，離開家人身邊。」

聽到羅潔梅茵大人應允，我暫時鬆了口氣。因為我不想再一次任由父親大人為所欲為。而且，我也不想牽累到羅潔梅茵大人。

「羅德里希，太好了呢。我也很高興。」

「菲里妮，謝謝妳。」

由衷的感謝很自然地脫口而出。菲里妮是我至今單方面感到嫉妒的對象，就算她為我感到擔心，我也一直無法坦然接受。然而，現在我卻能真誠地接受她的祝福，一個人的心理竟能產生這樣的變化，我自己最為驚訝。過往那個總用嘲諷眼光看待一切的自己消失了，現在的我單純只感到高興。

但是，為我感到開心的好像只有菲里妮而已。羅潔梅茵大人的近侍多是萊瑟岡古的貴族。即便舊薇羅妮卡派的人表示自己願意獻名，他們似乎還是無法徹底相信我。就在羅潔梅茵大人去沐浴、無法注意到的時候，我被叫去了會議室。柯尼留斯大人、哈特姆特大人、布倫希爾德大人與萊歐諾蕾大人共四位上級貴族，神色嚴肅地站成一排。面對這樣的陣仗，沒有中級貴族會不膽怯畏縮吧。

我吞了吞口水。原本我心裡還滿是羅潔梅茵大人願意接受獻名的喜悅，此刻卻逐漸滲入不安，開始擔心自己獻名以後，可能也無法與周遭的人和平相處。

「羅德里希，現在還來得及。你要不要再重新考慮獻名？你就算獻名以後成為近侍，仍有人會非常排斥你。我認為你現在的想法太天真了。」

第一個先開口的，是柯尼留斯大人。那雙漆黑眼眸筆直地凝視我。他大概看我不順眼，言下之意就是在威脅我說：「你若成為近侍，我對你不會太客氣。」但是，類似的話我至今已經聽過不知多少遍了。

「……羅潔梅茵大人已經說了，她願意接受我的獻名。我也無意改變自己的決心。倘若各位想推翻這個結果，請向羅潔梅茵大人提出請求。」

我拒絕了要求後，布倫希爾德大人微微蹙眉，露出了不快的表情。

「我只能預見到往後會有不少麻煩呢。雖說羅潔梅茵大人已經做了決定，我也不會公開反對……」

「哎呀。既然羅德里希會獻上名字，我倒覺得跟托勞戈特那樣的人比起來，比較讓人放心呢。但就算撇開派系不說，韋菲利特大人對你多半沒有什麼好印象，如今兩位又已訂下婚約，我只希望他們不會因為你而有無謂爭執。哈特姆特，你呢？」

萊歐諾蕾大人這番話宛如當頭棒喝。儘管我只是依著父親大人的指令行事，白塔一事卻被迫負起全責，我就此成了陷害韋菲利特大人的人。我這樣的身分，確實有可能引發未婚夫妻間的爭吵。我從沒想到這個層面，不同以往的不安開始在內心滋長。雖然我無意打消獻名的念頭，但我也不曉得自己能否與韋菲利特大人好好相處。萊歐諾蕾大人詢問了意見後，我轉頭觀察哈特姆特大人的反應。

……其實近侍當中，最讓我感到不安的便是哈特姆特大人。

他是能力非常優秀的上級見習文官。一旦身為中級見習文官的我成為近侍，他將成為我的上司。近侍當中，是最需要可以和平共處的對象。由於有好幾次我只是與菲里妮說幾句話，他便會往我瞪來，那對銳利的橙色眼眸都印在腦海裡了。

前陣子，是哈特姆特大人為我提供建言說：「如果你希望羅潔梅茵大人能接受自己，就要明白說出自己的想法與心情。」同時他也說：「我不希望你在投靠羅潔梅茵大人時這麼舉棋不定，快點打定主意。」因此，他絕非只是出於好心。

……沒問題嗎？

我很清楚他們不歡迎我，但也不想遭到明顯的排擠與欺凌。考慮到身分差距，情況對我極度不利。大概是注意到了我的視線，哈特姆特大人露齒一笑。

「羅潔梅茵大人從來不考慮派系，只看個人能力。那麼既然她已經決定接受，我自然不可能有異議吧？」

「哎呀，真教我驚訝。哈特姆特竟然這麼乾脆就接受……」

布倫希爾德大人掩著嘴角，瞪大眼睛。我也有同感。還以為哈特姆特大人是最嫌我礙眼的人。哈特姆特大人輕挑起眉，意外地看向布倫希爾德大人。

「是嗎？因為我今年就要畢業了，明年起近侍當中的見習文官，將只剩下級貴族菲里妮一人。坦白說我比較想要上級見習文官，只可惜沒有人才，所以也只能趕在明年之前栽培羅德里希了吧？儘管他的魔力量偏下級，但好歹也是中級貴族。」

「見習文官的人數不足確實是個大問題呢。既然哈特姆特有意栽培，那我也沒有意見……況且即使被一群上級貴族包圍，羅德里希似乎也不打算改變心意……」

布倫希爾德大人一臉無可奈何似的說完，萊歐諾蕾大人看著她發出了輕笑聲。瞬間，她們散發出來的氣息變得柔和多了。看來只是想測試我，是否會輕易改變心意。我意會過來時，哈特姆特大人與柯尼留斯大人跨步來到我面前。前者朝我遞來一張裁切過的小紙片。

「羅德里希，你說過你不曉得獻名石要怎麼製作吧？做法我之後再教你，你先盡快蒐集到我寫在這上面的材料。因為跟艾倫菲斯特比起來，貴族院這裡品質優良的原料比較多。」

「哈特姆特大人，謝謝您。」

在我眼裡，遞來的那張紙，就像是在測試我能否成為羅潔梅茵大人近侍的試卷。我用顫抖的手接下紙片。

「羅德里希，你聽好了。在你蒐集原料的時候，羅潔梅茵大人的近侍不會提供任何協助。因為要是以後也有人願意獻名，也要求我們提供協助的話，到時候只會沒完沒了。你要自己找到願意陪你去採集原料的見習騎士，靠著自己蒐集材料。」

「我明白了。柯尼留斯大人，我會好好努力。」

要獻給羅潔梅茵大人的新故事，我花了一年的時間寫成。如今羅潔梅茵大人已願意接受我的獻名，只要蒐集到材料，也有人願意教我做法。

……就只差一步了！

雖然已經能看見終點，但那「一步」卻很難達成。我需要找到願意陪我去採集原料的見習騎士，可是我沒有錢能支付報酬。哈特姆特大人寫在紙片上的材料，都不是我一個見習文官可以獨力去採回來的。有的還得打倒魔獸，取其魔石。我必須委託見習騎士幫我打倒魔獸，再請他們把魔石讓給我。但是，我靠著抄書賺來的零用錢，都已經花在生活費上了。再加上我花了很多時間在撰寫要獻給羅潔梅茵大人的故事上，本來也就沒有靠著抄書賺到很多錢。

……這下可頭大了。

我完全不曉得該怎麼辦，只好每天繼續抄寫書籍，努力多賺點錢。就在這段期間，赫思爾老師收了亞倫斯伯罕的見習文官為愛徒一事，在宿舍內引發軒然大波。斐迪南大人還專程從艾倫菲斯特跑來，赫思爾老師也從文官樓的研究室來到宿舍，兩人進行了長談。原本不會出現在宿舍裡的兩個人，竟然同時出現在宿舍的餐廳裡。就連只是一般學生的我們，也看得出來這件事的嚴重性。

……看來領主一族並沒有放鬆對亞倫斯伯罕的警戒呢。

舊薇羅妮卡派的貴族們都覺得，奧伯既已接受了亞倫斯伯罕的女性貴族嫁過來，那麼不久之後也許能與亞倫斯伯罕重新展開交流。但是，只要看見領主候補生與其近侍，還有斐迪南大人那般警戒的神態，就能知道那樣的未來不會輕易到來。

看著大家在宿舍內為此議論紛紛的模樣，我始終覺得事不關己，一直到哈特姆特大人喚我前去為止。

「羅德里希，獻名用的材料你蒐集好了嗎？」

「不，還沒有。」

我目前只調查過紙片上的未知名詞，了解是指哪些原料，但一次也還沒有踏進過採集區域。因為委託見習騎士擔任護衛很花錢，所以我想一次解決。

「為了避免羅潔梅茵大人與雷蒙特有過多接觸，她的文官必須負責與雷蒙特接洽。

包括蒐集亞倫斯伯罕的情報、監督赫思爾老師流出的情報等等，你得學會的工作一口氣增加了許多。現在沒有時間等到一年後了，你快點蒐集好材料。」

「就算您催促我，但我和上級貴族不一樣，手上並沒有那麼多錢，可以委託見習騎士當我的護衛、幫忙討伐。至少在收到抄書的酬勞之前都沒辦法啊。」

我請求哈特姆特大人再給我一點時間，他卻不耐煩地瞪我一眼。

「看來你不是很聰明哪。這跟階級毫無關係。你若不懂得怎麼靠自己的人脈與情報賺取金錢，如何能勝任羅潔梅茵大人的文官？現在是因為真的沒有時間了，我才直接告訴你，但往後你要自己思考。」

後來，我照著哈特姆特大人說的，找來了馬提亞斯大人與勞倫斯大人，還有夏季尾聲為了把信送到領主手中，想盡辦法要與羅潔梅茵大人的近侍取得聯繫的舊薇羅妮卡派見習騎士們，集結眾人與我見面。

「羅潔梅茵大人已經答應接受我的獻名了。為了製作獻名石，我必須蒐集材料，能請各位擔任我的護衛、幫我討伐魔獸嗎？雖然我沒有錢能支付報酬，但我保證，之後會把獻名石的做法提供給各位，並在成為近侍以後，將各位引薦給羅潔梅茵大人。」

不出所料，見習騎士們全露出了非常厭惡的表情。我沒有喘息地接著開口，並且盡可能挺直背脊，表現得理直氣壯，努力不讓聲音顫抖。

「為了以備不時之需，各位最好也趁現在先準備好材料吧？先前寫信要提醒奧伯的時候，相信大家就已經做好了反抗父母的覺悟吧？」

「羅德里希，你在威脅我們嗎?!」

「勞倫斯大人，請您冷靜一點……我這只是建議。」

儘管從自己的嘴裡說出來，但連我也覺得這真是狡辯。不管誰聽了，都只會覺得我是在威脅他們：「你們若不和我一起去蒐集材料，我就向你們的父母親告密。」盤著手臂的馬提亞斯大人聽我說完，那雙藍眼瞪了過來。

「羅德里希，這不像你會說的話……羅潔梅茵大人的近侍中會下達這種指令的，是萊歐諾蕾大人嗎？還是布倫希爾德大人？不對，這種言詞間挾帶脅迫的說話方式，是哈特姆特大人嗎？」

「馬提亞斯大人果然敏銳。」

在派系內地位一直最低的我，絕不可能想到要威脅他們。即便我沒有明說是誰的指示，馬提亞斯大人似乎也能猜到。

「對象若是哈特姆特大人，那對我們太不利了。照著他說的一起去採集吧。」

「喂，馬提亞斯。」

「反正報酬當中，也包括日後將我們引薦給羅潔梅茵大人。經過赫思爾老師與她的愛徒這件事，我認為先準備好退路也是不錯的選擇。」

馬提亞斯大人答應了陪我一同前往採集，同時那雙藍眼注視著我。

「可是羅德里希，先前我也提醒過你，凡事都該考慮再三。這次你先取得材料就好了吧。別一時衝動就獻名，再好好斟酌考慮。」

馬提亞斯大人說過的忠告閃過腦海。但是，我不會推翻自己的決心。

「馬提亞斯大人，我明白您是為我擔心，但是對我來說，這樣的建言毫無意義。就算你們都覺得我只是一時衝動，但這一年來，我一直在尋找能夠侍奉羅潔梅茵大人的方法。如果只要獻名就能得到她的信任，那我願意獻上名字。」

馬提亞斯大人的眉頭一動。

「那麼要是情勢改變，你打算怎麼辦？再怎麼後悔也無法挽回喔。」

「馬提亞斯大人是指您先前舉例說過的男性吧？我想僅僅只是情勢改變而已，他多半不會後悔獻名。縱然自己的主人前往了他領，他大概也對主人保有忠心，甚至時時刻刻都在思考，自己還能為那位大人做些什麼、能否幫上主人的忙。」

倘若自己的主人從下任領主的位置上被拉下來，還得前往他領，這絕不是一句「不甘心」就能帶過的事情。內心肯定會自責不已，質疑是不是自己還不夠盡心盡力？當初是不是還有能為主人做的事情？但唯一不變的，是對主人的忠誠。無論情勢如何改變，都會對主人效忠。若沒有這樣的覺悟，絕不可能獻上自己的名字。

「……那你的家人呢？你是怎麼想的？」

馬提亞斯大人發出低吼般的聲音問道。我回想自己的家人後，露出苦笑。自私自利又老是暴力相向的父親，以及只會對他承順逢迎的母親。家裡並沒有我的容身之處。倘若那個家能讓我有一丁點的歸屬感，我也不會如此渴求羅潔梅茵大人的救贖。

「家人又會為我做什麼了？我打算與家人斷絕關係。因為我絕對無法容忍自己的家人對主人帶來任何不利。」

「但是……」

馬提亞斯大人看著我的藍色雙眼凌厲瞇起。或許是我的錯覺，他的臉色有些蒼白。他似乎還想說些什麼，但我心意已決。不管再怎麼爭辯，我們的對話只會是平行線。

「我想要獻名。我的忠心，永遠僅獻給羅潔梅茵大人一人。」

「羅德里希說的沒錯。馬提亞斯，你別再說了。況且獻名本來就是私下進行的事情。既然當事人都已經做了決定，我們沒必要去干涉。」

「勞倫斯……」

勞倫斯大人輕拍了拍馬提亞斯大人的肩膀，橙色眼眸朝我看來。

「羅潔梅茵大人願意接受你的獻名，我倒覺得是好事一樁。因為往後只要觀察你，自然就能知道領主一族對於我們舊薇羅妮卡派有何感想、打算怎麼對待你，也能知道貴族們會有什麼反應。現在最重要的，是羅德里希未來的遭遇，而不是動搖他的決心。不是嗎？」

「……你的意思是，要利用羅德里希嗎？」

「反正他也為了採集材料要利用我們，所以算是扯平了吧？更何況不管我們說什麼，我想羅德里希的決心都不會改變。」

勞倫斯大人目不轉睛地盯著我，彷彿不想錯過我的任何反應。他說得沒錯。雖然聽見自己到了這時候還要被利用，內心十分不甘，但我也為了蒐集材料要利用他們，所以是彼此彼此。想利用的話就隨他們高興吧。我只會為了自己的願望展開行動。

「走吧。」

土之日這天，我依著馬提亞斯大人的指示變出騎獸，與主要隸屬舊薇羅妮卡派的見習騎士們一同飛離宿舍。

絲毫沒有察覺到自外往內側延伸的黑色足跡，我們直接飛進了採集區域。

舊孛克史德克舍的探索

「啊，您是洛飛老師吧？」

我敲了敲赫思爾研究室的房門後，一名身穿調合服、綁著亞倫斯伯罕領巾的少年探出頭來。八成是赫思爾的弟子吧。由於不是我負責年級的學生，我從沒見過他，也不曉得他叫什麼名字。

「赫思爾老師，洛飛老師到了。已經到了兩位說好的時間嗎？」

「再等一下，我現在正好不能打斷。」

「……老師是這麼說的，還請您稍候……」

沒等弟子說完，我就自行打開房門，大步走進完全沒有侍從在整理、亂得簡直像垃圾堆的研究室。

「你如果是赫思爾的弟子，就給我記好了。她說的『等一下』絕對不能相信，因為不管再怎麼等，也等不到她結束。這我已經親身體會過了。就是為了直接用蠻力把她帶走，才由我來叫赫思爾，我可沒打算等她。」

「請別使用蠻力。老師正在調合當中，非常危險。」

我老大不客氣地闖進研究室後，只見弟子一派不知所措，赫思爾卻還是全神貫注地攪拌著調合鍋。鍋面上浮現著幾道魔法陣，確實如弟子所說，要是強行中斷會有危險，這連我也看得出來。

……這下可怎麼辦？

「赫思爾，艾倫菲斯特的學生惹了點麻煩，為他們收拾善後可是舍監的工作。」

「我知道，所以我不是在做準備了嗎？我們說好的時間是第三鐘，在鐘聲響起前別打擾我。」

原來是這樣。赫思爾的儀容看得出來經過侍從打理，顯見她並沒有忘了約定。儘管我很想在鐘聲響起前就抵達中央樓，但眼下看來也沒辦法。

「只要稍微遲到一點，傅萊芮默會嘮叨個沒完喔。」

「反正只是吵而已，沒什麼危害，別管她就好了。」

我光是想起傅萊芮默那足以讓人耳鳴的尖銳嚷嚷聲，整個人就虛脫無力，赫思爾卻好像毫不在乎。

「……妳聽到她的聲音居然能充耳不聞嗎？」

「洛飛，你妨礙到我調合了，我反而覺得你更吵。」

……畢竟也得有這麼厚的臉皮，否則哪能恣意妄為呢。

遭到赫思爾的驅趕，我詢問弟子可以在哪裡等她。研究室內各式各樣的物品隨意擺放，就連該給客人坐的椅子上也堆滿木板。

「……您要在這裡等嗎？這幾天因為羅潔梅茵大人身體不適，沒有再來造訪，所以現在並沒有可以供人坐下的地方；平常直到調合結束為止，侍從也不能進來……」

聽完弟子的回答，我皺起臉環顧研究室。屋內唯一看來能坐的，就只有聽說是赫思爾平常在坐的那張椅子。

「我要是等會兒再來，她肯定又會做起其他調合，所以只能在這裡等了。這我也已經有過親身體驗。」

迫不得已下，我只好坐在赫思爾的椅子上，但整間屋子裡居然只有這個地方能讓人好好坐下來，這是怎麼回事啊？騎士樓的男休息室因為只有男性進出，經常是邋遢凌亂，但都還比這裡整潔。赫思爾的研究室未免太可怕了。

趁著坐下來等候，我決定在腦海中跑一遍今天的行程。今天要前往舊孛克史德克舍進行搜索。鞑拿斯巴法隆是種棲息於舊孛克史德克的魔獸，留下的蹤跡也顯示牠是從已經封鎖的宿舍一帶，往艾倫菲斯特的採集區域移動。為此，我們已經徵得國王的許可，在中央騎士團的陪同下搜索舊孛克史德克舍。

至於鞑拿斯巴法隆出現的原因，目前推敲出了三種可能性。一是有人帶進來，二是宿舍一帶有魔獸的巢穴，三是某些因緣巧合下，舊孛克史德克城裡的轉移陣忽然發動，把鞑拿斯巴法隆送到了這裡來。因為魔獸也擁有魔力。端看舊孛克史德克城的管理方式，確實不能排除在各種偶然下，轉移陣有自行發動的可能性。

……要是能很快查明原因就好了，但只怕沒這麼容易。

最主要便是，一同前往探索的老師們本身就有問題。頭一個是赫思爾。由於研究被迫中斷，看得出來她心不甘情不願，一點幹勁也沒有。光要把她帶去宿舍就得耗費一番心力，但鞑拿斯巴法隆一事畢竟與艾倫菲斯特有關，她不能不參加。

再來，是傅萊芮默。由於亞倫斯伯罕負責管理舊孛克史德克舍，會議上聽到有人懷疑鞑拿斯巴法隆是被帶進來的，她氣得七竅生煙。當時在會議上，她就已經用那尖銳刺耳的嗓音再三激動反駁，今天的搜索行動肯定又會表現得歇斯底里。由於單是聽到她的聲音就讓我疲憊不堪，我實在不太想靠近她。

接著，是賈鐸夫老師。他是多雷凡赫的舍監，也是文官課程的教師。因負責的年級與專業課程不同，我與他沒什麼交集。他因為對平常少見的稀奇魔獸極感興趣，主動表示也要參加搜索。感覺他還是以研究為主要目的，比起查明原因，更想發現靼拿斯巴法隆的行蹤。

最後，就是我本人洛飛。其實當初是朗納杜斯老師收到了夏綠蒂大人寄來的奧多南茲，所以理應由他前往。但是，由於朗納杜斯老師已是騎士課程的最高齡教師，因此要與中央騎士團一起行動時，都是由我出面。老實說，討伐靼拿斯巴法隆也就罷了，但這種追查原因的搜索行動根本不適合我。再加上只要看看同行成員，很輕易便能想見，此行恐怕是多災多難。

「赫思爾，第三鐘響了，走吧。我不能再等了。」

「唉……你就是這麼急性子，女性才會對你避而遠之喔。」

……要妳多管閒事。

赫思爾離開調合鍋時，毫不掩飾臉上的不甘願，但也確實是在鐘響的同時就結束了危險的調合。這般讓人難以真正發火的優秀掌控能力，實在教人火大。眼看赫思爾滿臉羨慕地望著正在專心調合的弟子，我趕緊把她拖出研究室，邁步前往中央樓。

「希望妳以後別再給我們添這種麻煩。」

「哎呀，真討厭。被添麻煩的人是我才對吧。畢竟靼拿斯巴法隆的討伐都已經結束了。如果再次出現，再把牠打倒不就好了嘛。」

儘管這種敷衍了事的態度我不太能認同，但她的意見我倒贊成。若有魔獸出現，打倒就好了。要是事情可以總結得這麼簡單，真不知道有多輕鬆。

「妳好像覺得這件事已經落幕了，但討伐雖已結束，卻還沒有查明原因。中央騎士團也是因此才向國王提出請求，請他打開舊孛克史德克舍的大門。再說了，因為還有很多疑點，還得找來羅潔梅茵大人召開詢問會，所以舍監必須在場。」

「啊，還有這件事呢。你們到底要剝奪我多少研究時間才滿意呢？真希望至少詢問會可以延期。」

赫思爾嘟嘟囔囔抱怨不停，但現在已經決定，等羅潔梅茵大人在圖書館舉辦完茶會，就要對她進行問話。

「由於錫爾布蘭德王子不肯讓步，堅持要參加圖書館的茶會，所以其實詢問會老早就延過一次了。我不想再拖更久。」

「哎呀，真遺憾。」

嘴上雖然這樣說，赫思爾看來卻不怎麼遺憾地輕笑一聲，走向中央樓有一道道大門的區域。首先是通往第一順位領地宿舍的大門，越往後排名越低。再後方是幾道沒有標示號碼的大門。其中一道大門通往的，便是領地已被廢除，宿舍也被關閉的舊孛克史德克舍。一名中央騎士正站在門前。

「其他老師已經到了。請進。」

騎士幫忙打開大門後，我們一走進宿舍，便見幾個人在玄關大廳起了爭執。分別是兩名中央的騎士，以及賈鐸夫老師與傅萊芮默。

「你們在吵什麼？」

我出聲一問，賈鐸夫老師便撫著鬍子，帶有指責意味地看向傅萊芮默。

「因為傅萊芮默老師一進宿舍，就施展了洗淨魔法。」

「啊？」

今天的搜索行動，就是要調查宿舍內部是否留有鉬拿斯巴法隆的足跡，以及有無人為闖入的可能性等等。一旦施展了洗淨魔法，會把那些線索全部清除。

「妳到底在想什麼，居然施展了洗淨魔法?!」

「天哪！這麼髒的地方，不先清理乾淨要怎麼踏進來呢！會弄髒衣服的吧！」

這算哪門子施展洗淨魔法的理由。如果無法忍受衣服被弄髒，那根本只是來搗亂的。但要是說些暗示她離開的話，傅萊芮默肯定又會怒氣沖天，說她一定要消除亞倫斯伯罕的嫌疑。我完全可以明白，為何賈鐸夫老師與中央的騎士們一臉厭煩。明明語言相通，講起話來卻無法交流。

然而，傅萊芮默似乎也對我們感到不耐，向同樣身為女性但只是袖手旁觀，明顯不想被牽扯進來的赫思爾尋求同意。

「妳是女性，應該也明白的吧?!」

「這點程度的髒污我並不介意喔。」

……我想也是。畢竟都能在那樣的研究室裡生活了。

雖然身為貴族女性，那麼回答好像不太恰當，但向赫思爾尋求同意是沒用的。因為她對髒污的容忍度比我還要高。

「妳要是那麼愛乾淨，打從一開始就該穿調合服或騎獸服這種不怕弄髒的衣服吧。一進來就施展洗淨魔法，只會被人懷疑妳試圖湮滅證據。」

「天哪！妳這種做事不守時又散漫的人，才沒有資格說我！」

其實我覺得赫思爾說的更有道理，但傅萊芮默顯然認為自己的想法才是對的，別人說的再正確她也聽不進去。眼看與赫思爾越是交談，傅萊芮默的情緒越是激動，我與賈鐸夫老師互相使了眼色，把兩人分開來。

「在這裡爭吵也對搜索沒有助益，我們分頭行動吧。」

「嗯，那麼赫思爾老師與洛飛老師一組，我與傅萊芮默老師一組吧。然後，還請中央的騎士各派一人監督……」

這天中央騎士團還派了人負責監督。但他們擔心的，並不只是有人會動手腳掩蓋這次事件的痕跡；最主要是為了監督熱愛研究、容易失控的教師，以免他們看到宿舍裡的稀有材料與道具後就順手拿走。

「既然一樓清理乾淨了，那我們就負責這邊。麻煩不怕弄髒衣服的人去搜索廚房所在的底樓和地下室吧。」

傅萊芮默莫名得意洋洋地挺胸，逕自決定了負責範圍。但與她爭辯也只是浪費時間，所以我們馬上開始行動，尋找通往底樓的樓梯。由於傅萊芮默施展了洗淨魔法，玄關大廳直至一樓的走廊都光亮潔淨，但只要隨便打開一扇門，就能看見屋內積滿了灰塵，慘遭破壞與傾倒的家具也維持著原樣沒動，還能看見即使房間的主人已經不在了，登記仍未消除的秘密房間門扉。

「……真是慘烈的現場呢。」

「因為孛克史德克畢竟是大領地，力量強大，聽說抵抗到了最後一刻。」

冷不防地，我想起了學生時期的友人。他是我在迪塔上的好對手，畢業後加入中央騎士團，成為第四王子的護衛騎士後殉職了。那些如今已經不在人世的友人與舊識接連閃過腦海，平常總是刻意不去回想，因而一直壓抑著的感傷悄然滲開。

「這讓我不禁想起，那時候有很多學生突然就在隔年不見蹤影呢。」

孛克史德克被廢除後，領地分割成了兩個區塊，分別由亞倫斯伯罕與戴肯弗爾格管理。但是，並不是所有學生都成了其中一個領地的領民。有很多學生就此消失。

「可以別再沉浸在感傷中了嗎？重要的是若要查明原因，究竟要怎麼做？貴族院並不是鞮拿斯巴法隆的棲息地。除非是有人從舊孛克史德克領帶進來，否則不可能在貴族院裡見到這種魔獸。」

赫思爾找到了塵埃滿布、沒有半個腳印的樓梯後，回過頭來。我與騎士一同確認過滿是灰塵的樓梯上沒有任何痕跡後，拾級而下。

「所以，就如同前些天有人在教職員會議上提出過的，我也認為亞倫斯伯罕或戴肯弗爾格的學生嫌疑最大。」

「赫思爾。」

她居然會懷疑戴肯弗爾格的學生，太教我意外了。但即便我狠瞪向她，赫思爾似乎也不以為意，語氣平淡地續道：

「我明白你們身為舍監聽了會很生氣，但這確實是最有可能的推論吧？因為他領學生如果想帶進來，得先向人購買魔獸。」

「購買軛拿斯巴法隆嗎？這種事有可能嗎？」

軛拿斯巴法隆是黑色魔獸，要把牠帶進來並不容易。除非熟知牠的特性，否則即便還是幼獸，同樣不好應付。再者軛拿斯巴法隆十分罕見，開會時有些老師就算聽了名字，也不曉得是指哪種魔獸。所以我從沒想到過會有他領學生購買後，再帶進貴族院的可能性。我與中央的騎士面面相覷。

「要是沒有處理好，將牠帶進來的學生多半也得受點皮肉傷，但這不是不可能的事情。因為早在十年之前，我就遇過相同的情況。」

「妳說什麼？」

我與中央的騎士大感驚訝。赫思爾邊走下樓梯，邊告訴我們從前發生過的事情。

「從前曾有個學生向孛克史德克的學生購買了軛拿斯巴法隆，唆使牠攻擊斐迪南大人。由於事情並不是發生在冬季，貴族院裡幾乎沒人，又只是艾倫菲斯特的內部糾紛，再加上斐迪南大人他們也自行討伐了魔獸，所以從未對外公開……但我想這次的事情大概也差不多吧。」

赫思爾似乎知道些什麼。堪稱是研究狂、幾乎寸步也不離研究室的她，究竟知道哪些內幕？我被引起了興趣，一邊走下樓梯。底樓是平民的活動範圍。騎士們也曾闖進這裡，逮捕貴族嗎？屋內可見櫃門損壞的櫃子、蓋子掀開的置物箱，破損的鍋子上還結著蜘蛛網。但是，所有事物全覆蓋上了厚厚的灰白塵埃，由此可知宿舍自從被封鎖後，再也沒人踏進來過。

「妳說差不多是什麼意思？」
「意思就是，策劃這件事的人對艾倫菲斯特懷恨在心。」
「妳為何這麼認為？」
「因為黑色魔獸不是從舊孛克史德克舍，筆直地前往艾倫菲斯特的採集場所嗎？明明還有戴肯弗爾格、亞倫斯伯罕、法雷培爾塔克、中央……這幾個採集區域的魔力都比艾倫菲斯特豐富，不管去哪裡都不奇怪，魔獸卻沒有遲疑過的痕跡。」
「但我記得艾倫菲斯特的採集場所，魔力蘊含量也很豐富吧？」
「那是因為羅潔梅茵大人施予了治癒吧。在我記憶中，原本採集區域裡的材料並沒有那麼豐富多樣。」
我回想了追查黑色魔獸行蹤時的情況。當時赫思爾雖然一起來了，卻一臉嫌麻煩地連聲說：「好想回研究室喔。」沒想到她早在心裡有了推論，真是教我驚訝。
「至於為何懷恨在心，也只有問犯人才曉得了。究竟是因為領地的排名被擠下來而心生不滿，還是對艾倫菲斯特的學生懷有私怨，抑或其他原因……」
赫思爾扳著手指列出了幾種可能性後，大嘆口氣。看來既像感到麻煩，也像是因為思緒過於紛亂，所以心力交瘁。
「妳能猜到犯人是誰嗎？」
「怎麼可能……但是，其實我也在懷疑傅萊芮默。就算把學生們也算進來，她仍是最容易把鞑拿斯巴法隆帶進來的人。」
「喂，赫思爾，這種懷疑……」

這種時候還不該說出來。我提醒後，赫思爾轉動目光瞪向樓上。

「我最近才曉得，原來亞倫斯伯罕與艾倫菲斯特的不和似乎相當嚴重。因為就連我要把雷蒙特收為弟子，領內的人也大為警戒。」

平常可是極少有機會能聽到他領之間的關係，頂多偶然聽見學生們在宿舍裡的幾句交談，或者透過課堂上的氣氛瞧出一些端倪。發現我正豎耳傾聽，赫思爾故作滑稽地聳聳肩。

「真是的，連要收誰為弟子也不能隨我高興，未免太麻煩了……」

「妳不是已經隨自己高興收為弟子了嗎？就是今天那個出來應門的亞倫斯伯罕學生吧？妳是不是講得有點太誇張了？況且要是有什麼不和，比場迪塔一決勝負不就好了……」

「我們可沒辦法和戴肯弗爾格一樣。」

赫思爾皺起臉說，打開洗衣室的門。裡頭擺放著侍從們使用的升降魔導具。這可以把待洗衣物從樓上送到樓下，再把下人們洗好的衣服送回樓上。由於平常不會進入這種地方，我感到相當新奇。

……不過，這裡一樣沒有任何發現哪。

「姑且不論與亞倫斯伯罕有無關係，但我很希望這次的事件只是犯人對艾倫菲斯特懷恨在心，因而獨自犯案。」

「嗯？」

「因為如果是單獨犯案，如今已經釀成這麼大的風波，中央騎士團也都提高警覺，想必不會再故技重施吧。」

赫思爾說完頓了一下，轉向中央的騎士又說：

「但是，倘若犯人還有其他動機或目的，不過是先在艾倫菲斯特進行了一場實驗，那麼鉅拿斯巴法隆便有可能再度出現。無論貴族院裡有多少見習騎士，變不出黑色武器就無法打倒黑色魔獸，只能苦等中央騎士團趕到。所以請中央騎士團的所有人要明白，學生們可以說是完全無力反擊，若收到了求援通知還請盡速出動。」

……雖然平日是研究狂，但赫思爾畢竟也是老師吧。

想不到她竟如此為學生們著想。我本來只希望今天的調查能查明原因，但看來也有必要重新思考，魔獸再度出現時該如何應對。心裡彷彿也有聲音這麼問著自己：身為教師，你是否想過該如何保護學生們的安全？

「我們必須加快聯絡與行動的速度，還有，有可能請國王下達許可，讓騎士課程的教師們能在緊急時刻使用黑色武器嗎？」

「洛飛，就是這樣，你們要考慮得再詳盡一點。拜託別再發生會減少我研究時間的事情了。」

「喂！」

內心的感動瞬間煙消雲散。赫思爾還真是本性難移。不過，她提供的意見確實非常寶貴。雖然令人火大，但我也打算重新檢視與騎士團的聯絡方式。

「廚房裡灰塵滿布，沒有人動過的跡象，樓梯上也沒看到任何腳印。至於能找到的秘密房間，我們都已經消除了登記在上頭的魔力。總結來說，我們這裡沒有發現任何與軛拿斯巴法隆有關的線索。你們呢？」

我們查看完底樓與地下室，這麼詢問隨後會合的賈鐸夫老師三人。探查完一樓以上的樓層，傅萊芮默挺胸報告他們的調查結果。

「我們既沒找到有人可以藏身的地方，也沒發現軛拿斯巴法隆留下的蹤跡。你說對吧，賈鐸夫老師？」

「……嗯。」

於是我們得出一致的結論：軛拿斯巴法隆並不是利用這裡的轉移陣進來。即便真是有人帶進來，也是使用了其他宿舍的轉移陣吧。

「要提交給國王的報告書，就由我和中央騎士團的人們負責撰寫，除了找來中央騎士團的負責人洛飛老師，其他人可以先回去了。」

「賈鐸夫老師，謝謝你。」赫思爾笑容滿面地道謝後，急匆匆地離開。看著她的背影，賈鐸夫老師再轉向傅萊芮默。

「傅萊芮默老師，妳也累了吧？畢竟搜索二樓和三樓時都沒有施展洗淨魔法……不過，這下子亞倫斯伯罕的嫌疑也算是洗清了。」

「是呀，我總算放心了。那我回去向奧伯與第一夫人報告了。」

聽到嫌疑洗清了，傅萊芮默也高高興興地離開。賈鐸夫老師笑咪咪地目送，直到大門完全關上以後，臉上的笑容立即消失。

「由於艾倫菲斯特的舍監赫思爾老師，以及一進宿舍便施展洗淨魔法的傅萊芮默老師與此事關聯甚深，有項發現我判斷最好別告訴她們。」

賈鐸夫老師看向中央騎士團的兩名騎士，略微壓低音量說：「還請提醒國王。」緊張的氣氛讓我嚥了嚥喉嚨。到底發生什麼事了？

「轉移陣曾有使用過的痕跡。」

「什麼?!」

我忍不住大叫後，聲音大到自己也嚇了一跳，急忙用一隻手摀住嘴巴。一時間還不敢相信的我，轉頭看向剛才與他們同行的騎士，想要知道是真是假。但是，就連那名騎士也一臉吃驚地看著賈鐸夫老師。

「但方才我也在場，並未發現任何異狀……」

「……因為我原是領主候補生，曾修習過領主候補生課程。我也只是因此才知道，至於其他同行的人……傅萊芮默老師與你多半都看不出來。」

與賈鐸夫老師同行的那名騎士眨了眨眼睛。他確實沒看出來吧。

「由於這是領主候補生的上課內容，詳細情況我也不能告訴你們。若想確認，得有已從貴族院畢業、並且修習過領主候補生課程的王族同行吧。」

那麼儘管錫爾布蘭德王子以王族的身分駐守在貴族院，也無法勝任這份工作。中央的騎士們點了點頭。我也一樣。賈鐸夫老師緩緩呼氣，若有所思地把玩鬍子。

「如此一來，羅潔梅茵大人的詢問會將是重要關鍵。因為不管是連待過神殿的其他人也不曉得的暗之咒語，還是她對採集區域施展的治癒，目前來看羅潔梅茵大人都太可疑了。」

「但艾倫菲斯特是受害者吧？」

聽完赫思爾的推論，我也覺得應該是對艾倫菲斯特懷恨在心的人所為，所以賈鐸夫老師這番話讓我不解地眨了眨眼睛。

「當時傅萊芮默老師的情緒太過激動，所以我不認為她的意見完全正確。但是，聽到她說艾倫菲斯特並未因為這次的事情蒙受任何損失，確實點醒了我。」

軛拿斯巴法隆雖然突然出現肆意破壞，但在羅潔梅茵大人給予了暗之祝福以後，見習騎士們成功將其討伐；慘遭破壞的採集區域也已得到治癒，魔力蘊含量甚至比他領的採集場所還要豐富。就結果來看，艾倫菲斯特確實沒有任何災情。

「所以，也不能排除其實是艾倫菲斯特在利用軛拿斯巴法隆，進行某種實驗的可能性。因為艾倫菲斯特舍平常根本沒有舍監，領主候補生可以想做什麼就做什麼。」

赫思爾並不住在宿舍，這是眾所皆知的事實。不管學生們提出了怎樣的報告，她未必會去確認報告內容是否正確。又一個從未想到過的可能性讓我後頸一涼。

「我認為羅潔梅茵大人的詢問會，最好也請來國王的近侍出席……看是要首席文官或中央騎士團長。」

賈鐸夫老師如此提議後，無人表示反對。

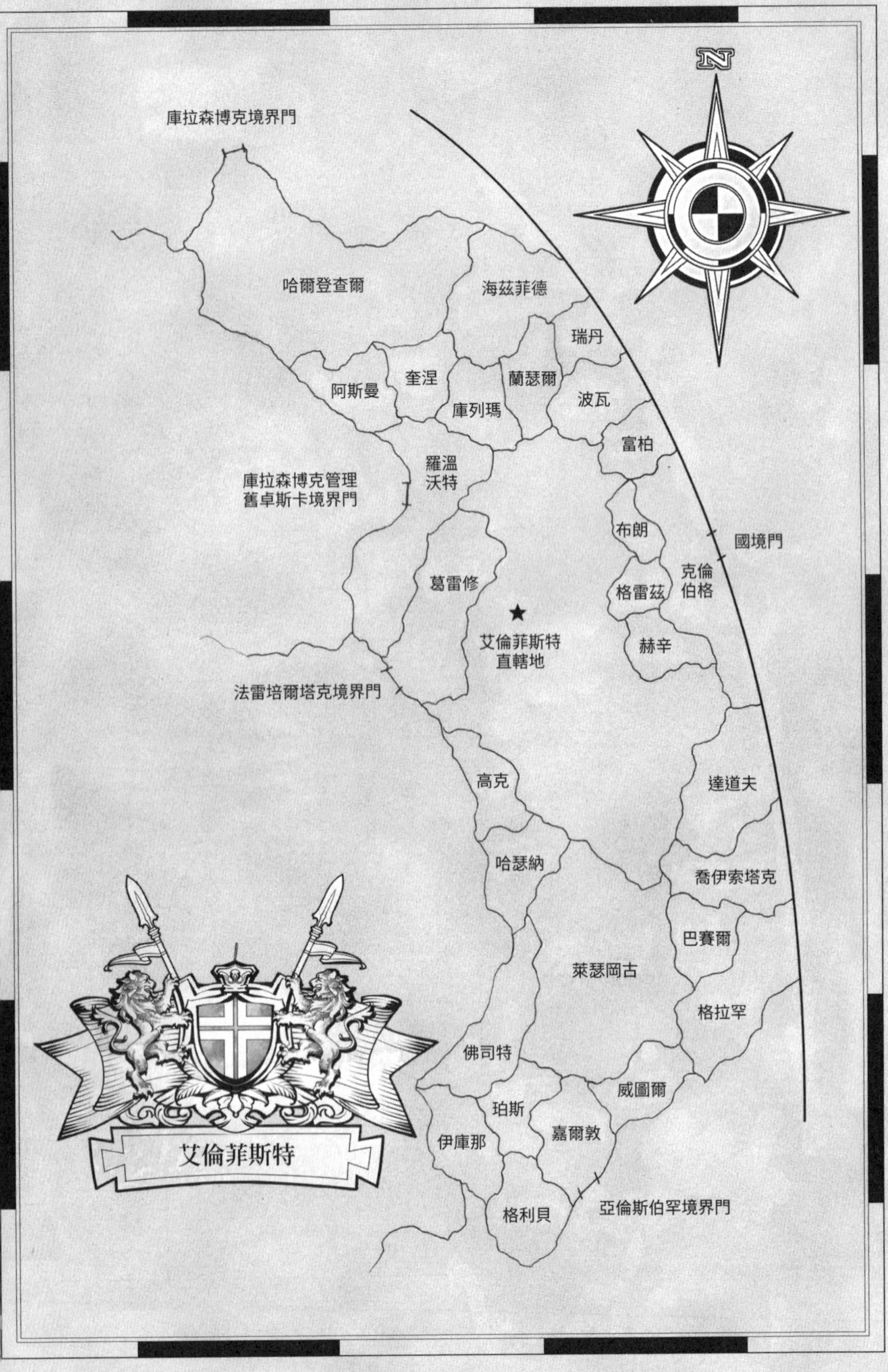
N
庫拉森博克境界門
哈爾登查爾
海茲菲德
瑞丹
阿斯曼
奎涅
蘭瑟爾
庫列瑪
波瓦
富柏
羅溫
沃特
庫拉森博克管理
舊卓斯卡境界門
布朗
國境門
克倫
伯格
葛雷修
格雷茲
艾倫菲斯特
直轄地
赫辛
法雷培爾塔克境界門
達道夫
高克
哈瑟納
喬伊索塔克
巴賽爾
萊瑟岡古
格拉罕
佛司特
威圖爾
珀斯
嘉爾敦
伊庫那
艾倫菲斯特
格利貝
亞倫斯伯罕境界門

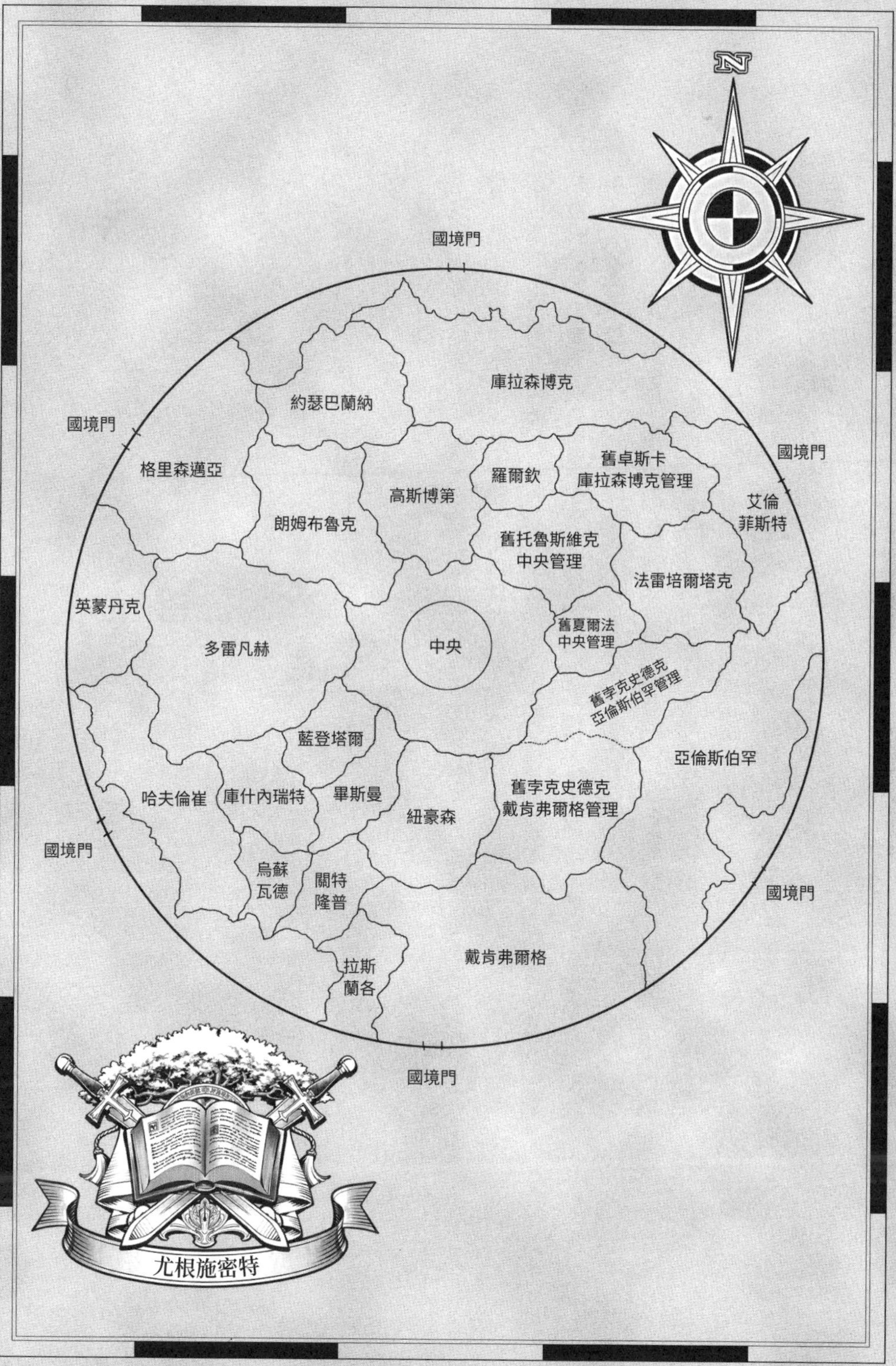
N
國境門
庫拉森博克
約瑟巴蘭納
國境門
格里森邁亞
國境門
舊卓斯卡
庫拉森博克管理
羅爾欽
高斯博第
艾倫
菲斯特
朗姆布魯克
舊托魯斯維克
中央管理
法雷培爾塔克
英蒙丹克
多雷凡赫
中央
舊夏爾法
中央管理
舊孛克史德克
亞倫斯伯罕管理
藍登塔爾
亞倫斯伯罕
哈夫倫崔
庫什內瑞特
畢斯曼
紐豪森
舊孛克史德克
戴肯弗爾格管理
國境門
烏蘇
瓦德
關特
隆普
國境門
戴肯弗爾格
拉斯
蘭各
國境門
尤根施密特

後記

大家好久不見了，我是香月美夜。

非常感謝各位購買本作，《小書痴的下剋上：為了成為圖書管理員不擇手段！【第四部】貴族院的自稱圖書委員（VI）》。

羅潔梅茵在貴族院的二年級生活開始了。

就和去年一樣……不對，今年羅潔梅茵引發的騷動更甚以往。她不僅在課堂上變出神具，還在強化了水槍後把布幔射得坑坑洞洞，簡直族繁不及備載。與此同時，還發生了許多也不能全怪羅潔梅茵的風波。比如洛飛不斷強烈建議她修習騎士課程、休華茲他們請她為女神像供給魔力、在圖書館多次遇見錫爾布蘭德王子、赫思爾收了亞倫斯伯罕的學生為弟子、羅德里希在採集材料時竟碰上了魔獸鞮拿斯巴法隆……

總之，羅潔梅茵為了應付眼前的情況就已經焦頭爛額。雖然可以理解監護人們有多麼頭痛，但明明只是想看書而已，卻不得不返回領地的羅潔梅茵還是萬分沮喪。

這集的序章由夏綠蒂擔任主角。韋菲利特與羅潔梅茵訂下婚約以後，下任領主便內定為韋菲利特，不管夏綠蒂如何努力，都已與下任領主的位置無緣。但是，為了能夠輔佐救過自己一命的羅潔梅茵姊姊大人，夏綠蒂仍是凡事全力以赴。

終章的主角則是齊爾維斯特。留在艾倫菲斯特的監護人們，只能閱覽大家寄來的報告書。在卡斯泰德與斐迪南的陪伴下，三人今年一樣是看著不停寄來的成疊報告書，每天頭痛不已。

短篇如同既往，先在「成為小說家吧」網站的活動報告上向讀者募集人選，再從中決定角色。最後，這集的短篇由羅德里希與洛飛擔任主角。

羅德里希視角的短篇中，描寫到了羅潔梅茵決定接受獻名以後，在她看不見的地方發生了哪些事情。比如羅德里希與羅潔梅茵近侍們的對話，以及背後其實經過怎樣的交涉，他才會與舊薇羅妮卡派的見習騎士們一起去採集材料。在這則短篇中，應該也能稍微窺看到哈特姆特私底下有多麼活躍。

而洛飛視角的短篇中，描寫了一群人去舊孛克史德克舍探索的情況。內容還包括老師們對於軔拿斯巴法隆一事的感想，以及羅潔梅茵無從知曉的、老師們之間的關係等等。負責羅潔梅茵這個年級的老師們會直呼彼此的名字，但對於負責不同年級的老師則要加敬稱。老師們各有各的看法與解讀，並沒有一致的共識。結果羅潔梅茵不僅遭到莫須有的懷疑，詢問會還預計找來國王的近侍一同出席，究竟屆時會是怎樣的局面呢？敬請期待下一集。

本集請椎名老師設計的新角色，便是赫思爾老師的愛徒雷蒙特，還有錫爾布蘭德王子的首席侍從阿度爾。雷蒙特那副邋裡邋遢的模樣我個人非常喜歡（笑）。領巾還綁在腰間上以免妨礙到調合，真是太符合雷蒙特的人物設定了。

然後有消息要通知大家。

正如書腰上的大字所示，《小書痴的下剋上》竟然要改編成動畫了！

三月九日開始，「小書痴的下剋上」動畫官網上，可以看到主要工作人員名單與聲優陣容，還有宣傳影片。

booklove-anime.jp

動畫版的聲優陣容與至今廣播劇版的並不相同，可能會有許多讀者感到可惜，但新的聲優陣容同樣無比豪華，也全是演繹能力非常出色的資深聲優。請各位自己確認過後，感受那份驚喜吧。因為我在甄選階段就已經大吃一驚。

還有，請一定要看看宣傳影片中動起來的梅茵等人與平民區的景色。動畫的工作人員非常細心地參考了小說插圖與漫畫的設定，呈現出來的畫面讓書裡的角色與世界觀都更立體生動了。而我自己其實也提出過麻煩又瑣碎的要求，好比從梅茵他們居住的貧民區到奇爾博塔商會所在的富豪區，希望建築物的氣氛與色彩能有所不同；還有即便只是背景裡的路人，髮型與裙長也得依照設定等等。

此外，由動畫版聲優陣容錄製的廣播劇第三輯也確定要推出了！將與第四部Ⅶ同時發售。故事內容以羅德里希的獻名為主，還有學生們在貴族院的生活點滴，敬請期待。原著小說官網現正開放預購中。

http://www.tobooks.jp/booklove/

這集的封面是圖書委員大集合。有羅潔梅茵、休華茲、懷斯，還有漢娜蘿蕾與錫爾布蘭德。休華茲他們穿的可是新衣喔。莉瑟蕾塔的刺繡太可愛了。拉貢海報則是討伐鞀拿斯巴法隆的想像圖，見習騎士們全拿著武器。由於想像圖是黑色魔獸配上黑色武器，好像有為羅潔梅茵增添了幾分冷硬氣息。非常感謝椎名優老師。

最後，要向購買本書的各位讀者獻上最高等級的謝意。

第四部第七集預計六月發行。期待屆時再相會。

二〇一九年一月　香月美夜

每回都出場的
卷末漫畫
輕鬆悠閒的家族日常
作畫 椎名優
一起努力當圖書委員吧～
咦？耳朵？
危險，請勿觸碰
沙沙沙……
換個角度來看，斐迪南大人的護身符還真方便呢。
好像摩西十誡一樣
請別說得那麼悠哉。我們可是很希望護身符別再發動。
走走走……
小心點，是炸彈少女。
碰到她說不定會爆炸。
私底下被取了不太體面的綽號。

愛的機智問答

請妳當作這顆魔石要送給韋菲利特大人，想出不一樣的示愛語句吧。
咦咦咦?! 怎麼強人所難!!
「今、今晚的月色真美啊？」
為何要稱讚月亮？
要聊天氣嗎？
夏目漱石
「噢，韋菲利特，為何你是韋菲利特？」
為什麼要對名字感到疑惑？
莎士比亞
「雅德莉安!!」
完全聽不懂。
全數失敗！
電影《洛基》

優秀

羅潔梅茵大人，
這是斐迪南大人託我保管的新書。
呼噢!!
其實託給我保管的書還有幾本，
也有他領學生抄寫好的書籍。
呼呀!!!
哈特姆特，你手邊到底還有多少本書呢？
好想看、好想摸，好想馬上翻開來讀
哇啊啊
啊啊
不行喔。我每次只會給您一本書。
笑咪咪
不~~~不僅沒回答我的問題，還故意再次提醒我！可是身為近侍真是太盡職了！

小書痴們敲碗期待的官方公式集終於推出啦！

小書痴的下剋上

FANBOOK

沒有書，我就自己做！③

香月美夜 原作　**椎名優** 繪　**鈴華** 漫畫

《小書痴的下剋上》系列官方公式集再度登場！除了收錄各集封面、拉頁海報的彩圖和草稿，以及主要角色的設定資料集外，還有香月美夜老師的番外篇小說〈瞞著主人的圖書館觀摩〉和鈴華、波野涼、椎名優等三位老師的漫畫作品，並特別收錄古騰堡之旅MAP和尤根施密特領地一覽表，當然更不能錯過香月老師的Q&A，深入了解老師創造的小書痴宇宙！

首度參加賭上出書權利的迪塔比賽！
羅潔梅茵也捲入領地之間的洶湧波濤中……

小書痴的下剋上

第四部　貴族院的自稱圖書委員VII

香月美夜 原作　**椎名優** 繪

羅潔梅茵在與愛書同好們舉辦的茶會上昏倒後，受命返回艾倫菲斯特。除了再次見到平民區的人們，能在神殿專心看書也讓她欣喜不已。本以為剩下的冬日能安穩度過，不料聖典竟浮現神秘的字句與魔法陣，寧靜的生活也再度離她遠去。此外，今年更是羅潔梅茵首次出席領地對抗戰，但是在表揚儀式上卻出現了恐怖分子，羅潔梅茵能否與斐迪南一同平息貴族院的騷動呢？

國家圖書館出版品預行編目資料

小書痴的下剋上：為了成為圖書管理員不擇手段!. 第四部，貴族院的自稱圖書委員 . VI / 香月美夜著；許金玉譯 . -- 初版 . -- 臺北市：皇冠，2021.01
面； 公分 . --（皇冠叢書；第 4908 種）(mild；32)
譯自：本好きの下剋上 司書になるためには手段を選んでいられません . 第四部，貴族院の自称図書委員 . VI
ISBN 978-957-33-3648-8（平裝）

861.57 109020128

皇冠叢書第 4908 種
mild 32

小書痴的下剋上

爲了成爲圖書管理員不擇手段！

第四部 貴族院的自稱圖書委員VI

本好きの下剋上
司書になるためには
手段を選んでいられません
第四部 貴族院の自称図書委員VI

作　　者—香月美夜
譯　　者—許金玉
發 行 人—平　雲
出版發行—皇冠文化出版有限公司
台北市敦化北路 120 巷 50 號
電話◎ 02-27168888
郵撥帳號◎ 15261516 號
皇冠出版社（香港）有限公司
香港銅鑼灣道 180 號百樂商業中心
19 字樓 1903 室
電話◎ 2529-1778　傳真◎ 2527-0904
總 編 輯—許婷婷
美術設計—嚴昱琳
著作完成日期— 2019 年
初版一刷日期— 2021 年 1 月
初版三刷日期— 2024 年 3 月
法律顧問—王惠光律師

讀者服務傳真專線◎ 02-27150507
電腦編號◎ 562032
ISBN ◎ 978-957-33-3648-8
Printed in Taiwan
本書特價◎新台幣 299 元 / 港幣 100 元